Los relojes

Biblioteca Agatha Christie

Agatha Christie
Los relojes

Traducción de Ramón Margalef Llambrich

Planeta

PEFC Certificado

Este libro procede de bosques gestionados de forma sostenible

PEFC

PEFC/14-38-00305 www.pefc.es

Avda. Diagonal, 662-664, 08034 Barcelona (España)
www.planetadelibros.com

Diseño de la cubierta: Booket / Área Editorial Grupo Planeta
Ilustración de la cubierta: © David Sierra
Primera edición en Colección Booket: enero de 2026

Depósito legal: B. 20.974-2025
ISBN: 978-84-08-31410-3
Composición: Realización Planeta
Impreso en España

Biografía

Agatha Christie es conocida en todo el mundo como la Dama del Crimen. Es la autora más publicada de todos los tiempos, tan solo superada por la Biblia y Shakespeare. Sus libros han vendido más de dos mil millones de ejemplares en todo el mundo. Escribió un total de ochenta novelas de misterio y colecciones de relatos breves, más de veinticinco obras de teatro y seis novelas escritas con el pseudónimo de Mary Westmacott. Probó suerte con la pluma mientras trabajaba en un hospital durante la Primera Guerra Mundial, y debutó en 1920 con *El misterioso caso de Styles*, cuyo protagonista es el legendario detective Hércules Poirot, que luego aparecería en treinta y tres libros más. Alcanzó la fama con *El asesinato de Roger Ackroyd* en 1926, y creó a la ingeniosa Miss Marple en *Muerte en la vicaría*, publicado por primera vez en 1930. Se casó dos veces, una con Archibald Christie, de quien adoptó el apellido con el que es conocida mundialmente como la genial escritora de novelas y cuentos policiales y detectivescos, y luego con el arqueólogo Max Mallowan, al que acompañó en varias expediciones a lugares exóticos del mundo que después usó como escenarios en sus novelas. En 1961 fue nombrada miembro de la Real Sociedad de Literatura y en 1971 recibió el título de Dama de la Orden del Imperio Británico, un título nobiliario que en aquellos días se concedía con poca frecuencia. Murió en 1976 a la edad de ochenta y cinco años. Sus misterios encantan a lectores de todas las edades, pues son lo suficientemente simples como para que los más jóvenes los entiendan y disfruten, pero a la vez muestran una complejidad que las mentes adultas no consiguen descifrar hasta el final.

www.agathachristie.com

A mi viejo amigo Mario,
con recuerdos felices
de las deliciosas
comidas en el Caprice

Personajes

Relación de los principales personajes que intervienen en esta obra:

CORONEL BECK: Jefe de Colin Lamb.
JOSAIAH BLAND: Maestro de obras.
MRS. BLAND: Esposa del anterior.
EDNA BRENT: Compañera de trabajo de Sheila Webb.
SARGENTO CRAY: Uno de los suboficiales del detective inspector Hardcastle.
R. H. CURRY: Supuesto nombre de un individuo asesinado.
MRS. CURTIN: Empleada de limpieza de la señorita Pebmarsh.
ERNIE CURTIN: Hijo de la anterior.
GEORGE: Sirviente de Hércules Poirot.
GERALDINE: Niña de diez años de edad.
GRETEL: Sirviente de los McNaughton.
RICHARD HARDCASTLE: Detective inspector.
MRS. HEAD: Sirviente de los Waterhouse.
MRS. HEMMING: Una de las vecinas de Wilbraham Crescent.
INGRID: Sirviente de Geraldine.
JANET: Compañera de Sheila Webb.
COLIN LAMB: Agente del Servicio Secreto y especialista en biología marina.

ANN LAWTON: Madre de Sheila Webb.

MRS. LAWTON: Tía de Sheila Webb.

KATHERINE MARTINDALE: Directora del Cavendish Secretarial Bureau.

MRS. MCNAUGHTON: Una de las vecinas de Wilbraham Crescent.

ANGUS MCNAUGHTON: Esposo de la anterior.

MILLICENT PEBMARSH: Vecina de Wilbraham Crescent, ciega, profesora de una entidad dedicada a la enseñanza de niños invidentes.

AGENTE PIERCE: Uno de los subordinados del detective inspector Hardcastle.

HÉRCULES POIROT: Famoso detective belga.

MRS. RAMSAY: Una de las vecinas de Wilbraham Crescent.

BILL RAMSAY: Hijo de la anterior.

TED RAMSAY: Hermano del anterior e hijo de Mrs. Ramsay.

DOCTOR RIGG: Médico de la policía.

MERLINA RIVAL: Exactriz.

MR. SOLOMAN: Librero de viejo.

EDITH WATERHOUSE: Una de las vecinas de Wilbraham Crescent.

JAMES WATERHOUSE: Hermano de la anterior.

SHEILA WEBB: Sobrina de Mrs. Lawton, empleada de Cavendish Secretarial Bureau.

MAUREEN WEST: Una de las compañeras de Sheila Webb.

Prólogo

La tarde del 9 de septiembre fue como tantas otras. Ninguna de las personas afectadas por los acontecimientos de aquel día pudo alegar haber abrigado algún presentimiento que anticipara una inminente desgracia. Con la excepción de Mrs. Packer, domiciliada en Wilbraham Crescent, número 47, quien, especializada en toda clase de presagios, describió con mucha posterioridad a los acontecimientos las inquietudes y preocupaciones que la habían asaltado. Ahora bien, Mrs. Packer quedaba tan apartada del 19, y se hallaba tan escasamente ligada al suceso ocurrido allí, que no tenía por qué haberse sentido asaltada por ningún tipo de presentimiento.

En el Cavendish Secretarial & Typewriting Bureau, cuya directora era miss K. Martindale, el día 9 había ido desarrollándose al ritmo de tantos otros, una jornada más. El teléfono sonaba de vez en cuando, las chicas trabajaban en sus respectivas máquinas y la labor, en general, venía siendo sostenida sin excesos, ni por encima ni por debajo de otros muchos días anteriores. Ninguna de las tareas que se llevaban entre manos era particularmente interesante; hasta las dos y treinta y cinco minutos de la tarde, el 9 de septiembre hubiera podido juzgarse una jornada más que iba a pasar sin pena ni gloria.

A las dos y treinta y cinco minutos sonó el zumbido del interfono. Llamaba miss Martindale y Edna Brent, en la oficina exterior, se apresuró a contestar. Su voz sonaba ligeramente nasal y un tanto confusa, porque al mismo tiempo se paseaba un caramelo a lo largo de la mandíbula.

—Diga, miss Martindale...

—Edna... Eso no es lo que te he enseñado. Cuando hables por teléfono, o por el interfono, acostúmbrate a pronunciar con toda claridad las palabras, procurando que tu respiración no resulte ruidosa.

—Lo siento, miss Martindale.

—Así está mejor. En cuanto te lo propongas, lograrás lo que te he dicho. Dile a Sheila Webb que venga a verme.

—Ha salido a comer y no ha regresado todavía, miss Martindale.

—¡Ah!

Frente a la mesa de trabajo de miss Martindale había un reloj. Levantó la vista hasta él. Eran las dos y treinta y seis minutos. Exactamente seis minutos de retraso. Los últimos días, Sheila Webb había descuidado su trabajo.

—Dile que venga a verme en cuanto llegue.

—Sí, señorita.

Edna trasladó el caramelo al centro de la lengua, chupándolo con fruición. Luego se dispuso a continuar su labor interrumpida. Estaba pasando a máquina una novela de Armand Levine que se titulaba *Amor al desnudo.* Pese al forzado carácter erótico de sus páginas, la joven seguía el texto con un interés relativo. Lo mismo, en definitiva, les ocurriría a los lectores de Mr. Levine, pese a sus desvelos. La obra venía a ser una clara demostración de que no hay nada tan aburrido como la pornografía insulsa. A pesar del señuelo de las sugestivas cubiertas y de los provocativos títulos, las ventas de aquel escritor bajaban año tras año y la última factura, correspondiente a diversos trabajos de mecanografía, le había sido enviada tres veces, sin que el acreedor consiguiera nada.

Se abrió la puerta y Sheila Webb entró en el local, respirando agitadamente.

—Sandy Cat[1] ha preguntado por ti —le notificó Edna. Sheila Webb hizo una mueca.

—¡Qué suerte la mía! ¡Un día que llego tarde!

La joven se alisó los cabellos, cogió un bloc y un lápiz y llamó al despacho de la directora.

Miss Martindale alzó la mirada. Era una mujer de cuarenta y tantos años, de aire seguro y vivos modales. Por sus rojizos cabellos y el hecho de ser Katherine su nombre de pila, las chicas que tenía a sus órdenes la designaban, secretamente, desde luego, con el apodo de Sandy Cat.

—Se ha retrasado usted, miss Webb.

—Lo siento, miss Martindale. Se ha producido un embotellamiento en el tráfico cuando regresaba.

—A esta hora del día esa clase de incidentes se repiten con mucha frecuencia. —Miss Martindale señaló con un movimiento de cabeza un bloc que tenía sobre la mesa—. Ha telefoneado una tal miss Pebmarsh. Necesita una taquígrafa a las tres. Se ha interesado por usted expresamente. ¿Ha trabajado con ella en alguna otra ocasión?

—No lo recuerdo, miss Martindale. Últimamente, no, desde luego.

—Las señas son Wilbraham Crescent, número 19.

Miss Martindale hizo entonces un gesto de interrogación.

Sheila Webb movió la cabeza, negando.

—No recuerdo haber estado ahí...

Su interlocutora consultó el reloj.

—A las tres. No le será difícil atender esa petición. ¿Tenía usted alguna cita esta tarde? ¡Ah, sí! —Miss Martindale echó un vistazo a su bloc de apuntes—. La del profesor Purdy, en el hotel Curlew. A las cinco. Antes de esta hora habrá usted vuelto. De no ser así enviaré a Janet.

1. *Sandy,* bermejo, rojizo. *Cat,* gata, abreviatura y deformación de Katherine. *(N. del T.)*

La directora hizo un gesto de despedida y Sheila regresó a la oficina.

—¿Algo de interés, Sheila?

—¡Bah! Lo de todos los días. Una vieja que ha llamado desde Wilbraham Crescent... Y a las cinco, el profesor Purdy. Ya me figuro lo que me espera, con sus interminables series de nombres relacionados con la arqueología. ¡Uf! ¡Qué ganas tengo ya de que me suceda algo emocionante que me saque de la rutina!

Se abrió la puerta del despacho de miss Martindale.

—Olvidaba las instrucciones que me han dado al llamar, Sheila. Las había anotado aquí. Si al llegar usted a la casa comprueba que miss Pebmarsh no ha regresado aún, entre. Verá que la puerta no está cerrada con llave. Espere en la habitación situada a la derecha del vestíbulo. ¿Se acordará de todo o quiere que se lo escriba?

—No lo olvidaré, señorita.

La directora volvió a entrar en su despacho.

Edna Brent rebuscó bajo su silla, de donde extrajo un zapato de un color bastante chillón y el afilado tacón que se había desprendido de este.

—¿Cómo voy a regresar ahora a casa? —gimió la joven.

—¡Oh, Edna! Deja de quejarte, por favor... Ya pensaremos en algo —dijo una de las chicas, y reanudó su trabajo.

Edna suspiró mientras ponía en la máquina otra hoja de papel:

El deseo le dominaba... Con dedos temblorosos desgarró la frágil tela que cubría sus senos, forzándola a tumbarse sobre el sopá

—¡Maldita sea! Ya me he equivocado —murmuró Edna, buscando encima de la mesa su goma de borrar.

Sheila cogió su bolso y salió.

Wilbraham Crescent era una fantasía en piedra, obra de un constructor victoriano de la década de 1880. Adoptaba la forma de una media luna y estaba constituida por casas adosadas con sus jardines respectivos, orientadas en sentido contrario. Tal disposición suponía para las gentes ajenas a la localidad una fuente de considerables dificultades. Aquellos que llegaban por la parte exterior eran incapaces de localizar los números bajos, y los que visitaban primero el lado opuesto se quedaban desconcertados al intentar hallar los altos. Las viviendas ofrecían un aspecto impecable, digno, y las fachadas contaban con adornos artísticos. La modernización apenas las había afectado por lo que respecta a lo que se veía desde la calle. Las cocinas y los cuartos de baño eran las únicas piezas de aquellas casas que habían notado los aires —el vendaval, mejor dicho— del cambio.

Nada de particular presentaba la vivienda que ostentaba encima de la entrada el número 19. Las cortinas de las ventanas se veían muy limpias; el tirador de latón de la puerta brillaba; el sendero que conducía a la entrada principal estaba bordeado de rosales. Sheila Webb abrió la cancela y, después de cubrir la pequeña distancia que la separaba de la puerta, pulsó el botón del timbre. Nadie contestó a su llamada y, tras aguardar prudentemente un minuto o dos, se decidió a obrar de acuerdo con las instrucciones que le habían dado.

La puerta quedó abierta y ella entró en la casa. La puerta de la derecha del vestíbulo estaba entornada. Llamó con los nudillos, esperó y entró en la habitación al cabo de un momento. Se encontró con un agradable cuarto de estar, quizá excesivamente recargado de muebles para el gusto moderno. Lo que más le llamó la atención fue el número de relojes que descubrió. Oyó el tictac de un reloj de péndulo en un rincón; sobre la repisa de la chimenea había otro de porcelana de Dresde; un escritorio contaba con uno de plata; admiró un ejemplar menudo, de gran fantasía, dorado, cerca de la chimenea; sobre una mesa vio otro en su estuche de cuero, de matiz algo desvaído, una pieza de viaje. En una esquina aparecían unas desgastadas letras doradas que componían un nombre: ROSEMARY.

Sheila Webb consultó el reloj del escritorio sin poder evitar un gesto de sorpresa. Marcaba algo más de las cuatro y diez minutos. Su mirada se posó en el ejemplar de la repisa de la chimenea. Las manecillas señalaban la misma hora.

La joven experimentó un enorme sobresalto al oír por encima de su cabeza un levísimo susurro metálico seguido de un golpe seco. Por la puertecilla de la caja, artísticamente labrada, de un reloj de cuco abierta de pronto salió el clásico pajarito: ¡cucú!, ¡cucú!, ¡cucú! En esas notas parecía haber un acento de amenaza. El animalito desapareció y la portezuela se cerró con brusquedad.

Sheila Webb sonrió débilmente y miró a su alrededor. Fijó la vista de un modo distraído en un extremo del sofá que quedaba no muy lejos de ella. Y fue entonces cuando, repentinamente, se quedó inmóvil. Al cabo de unos instantes se fue irguiendo poco a poco, estremecida.

Acababa de distinguir el cuerpo de un hombre tendido en el suelo. Tenía los ojos entreabiertos, unos ojos que, evidentemente, miraban sin ver. Frente al cuerpo, vestido con un traje gris oscuro, pudo apreciar una mancha húmeda y negruzca. De manera mecánica, Sheila se agachó y se acercó al cadáver para tocar la mejilla, fría, la mano, también fría... A continuación rozó con las yemas de los dedos la mancha y retiró apresuradamente la mano, sin apartar ni un segundo la vista del cuerpo, horrorizada...

En aquel preciso instante oyó el ruido de una puerta y volvió la cabeza rápidamente hacia la ventana. Vio la figura de una mujer caminando por el sendero, con cierta prisa. Sheila tragó saliva... Tenía la garganta seca. Permaneció quieta, como enraizada en el suelo, incapaz de moverse, de gritar, mirando hacia delante.

Se abrió la puerta y entró en la casa una mujer mayor, alta, que portaba una bolsa de la compra. Sus cabellos ondulados tenían muchas hebras grises. La recién llegada los llevaba recogidos hacia atrás. Sus ojos eran grandes, hermosamente azules. La mirada de la mujer pasó sobre Sheila sin siquiera verla. De la boca de esta salió un ruido inarticulado. Aquellos ojos azules se volvieron en su dirección, buscándola. La mujer inquirió con brusquedad:

—¿Quién anda ahí?

—Yo... Es que...

La joven se interrumpió, asustada, al ver que la otra se disponía a acercarse a ella pasando por detrás del sofá. Y entonces lanzó un grito.

—No..., no se mueva... Tropezará con... Y él..., él está muerto...

Capítulo 1

Narración de Colin Lamb

Para decirlo en términos policíacos: a las dos y cincuenta y nueve minutos del día 9 de septiembre yo me deslizaba a lo largo de Wilbraham Crescent, encaminándome al oeste. Era la primera vez que visitaba aquel lugar y, francamente, Wilbraham Crescent consiguió desconcertarme.

Al correr de los días, me había estado dejando gobernar por una corazonada, tanto más persistente cuanto menos probable parecía que fuera a conducirme a resultados prácticos. No lo puedo remediar. Yo soy así.

El número que deseaba hallar era el 61. ¿Daría con él al fin? No. Me sería imposible. Habiendo seguido aplicadamente los números que iban del 1 al 28 no logré otra cosa que alcanzar el otro extremo de Wilbraham Crescent. Una vía bautizada con el nombre de Albany Road obstaculizaba mi camino. Volví sobre mis pasos. Por la parte norte no había ninguna casa; tan solo un muro. Al otro lado de este se elevaban varios bloques de pisos modernos, a los cuales se entraba, bien claro se veía, por otra carretera. Nada había que hacer por allí.

Levanté la vista hacia los números de las casas frente a las cuales estaba pasando en aquellos momentos: 24, 23, 22, 21, Diana Lodge (presumiblemente, el 20, con un gato color naranja acicalándose en la valla), el 19...

La puerta de la casa con este número se abrió inopinadamente y por ella salió corriendo, en dirección al sendero, una muchacha que daba la impresión de estar impulsada por un cohete. Su semejanza con este aparecía realzada por el prolongado chillido que acompañaba su avance. Era un alarido agudo, ensordecedor, singularmente inhumano. A la altura de la cancela, la joven se me echó encima con tal violencia que estuvimos a punto de rodar los dos por el suelo. Pero no fue solo el tropezón... La chica se aferró desesperada a mis brazos, poseída de un loco frenesí.

—Quieta —le dije cuando conseguí recuperar el equilibrio, sacudiéndola ligeramente—. Vamos, serénese.

La joven obedeció. Continuaba agarrada a mí, pero había dejado de gritar. Abría la boca angustiada, sollozando ahogadamente. No puedo decir que mi reacción fuera muy brillante. Le pregunté si le ocurría algo.

Reconociendo que mi pregunta era obvia, quise enmendarla.

—¿Qué le ocurre?

La muchacha hizo una profunda inspiración.

—¡Allí! ¡Allí! —exclamó señalando hacia la casa.

—Siga, siga...

—Hay un hombre tendido en el suelo..., muerto... La mujer iba a tropezar con él.

—¿Quién era? ¿Por qué iba a tropezar con él?

—Creo..., creo que es ciega. Y ese hombre tiene la ropa manchada de sangre.

La joven fijó la mirada en su vestido, soltándome un brazo.

—También hay manchas de sangre en mi vestido —añadió.

—En efecto. —Yo mismo acababa de advertir algo raro en una manga de mi chaqueta—. También en mi americana. Fíjese... —Suspiré, procurando considerar la situación con frialdad—. Será mejor que me lleve ahí dentro, que me enseñe...

Pero ella comenzó a temblar de nuevo.

—No puedo, no puedo... No volveré a entrar ahí.

—Tal vez sea lo más sensato.

Miré a mi alrededor. No descubrí ningún sitio adecuado para dejar a una chica que estaba a punto de desmayarse. La deposité suavemente en el suelo, con la espalda apoyada en los hierros de la cerca.

—Quédese ahí hasta que yo vuelva. No tardaré. No se mueva. No le pasará nada. Inclínese hacia delante. Descanse la cabeza sobre las rodillas si siente algo raro.

—Creo... creo que ya me encuentro mejor.

Sin embargo, no parecía muy convencida. No quise prolongar más tiempo aquella conversación. Procuré tranquilizarla dándole unas palmaditas de consuelo en un hombro y me dirigí hacia la entrada de la casa. Crucé el umbral y vacilé unos segundos al llegar al vestíbulo. Me asomé a una habitación que quedaba a la izquierda y resultó ser el comedor, vacío en aquellos instantes. Luego pasé al cuarto opuesto...

Lo primero que vi fue a una mujer ya entrada en años, de cabellos grises, que se encontraba sentada en una silla. Esta volvió la cabeza con rapidez.

—¿Quién es?

Enseguida me di cuenta de que la mujer era ciega. Sus ojos, que parecían mirarme, se hallaban en realidad fijados en un punto más allá de mi oreja izquierda.

No me anduve con rodeos.

—De esta casa ha salido hace unos minutos una joven gritando. Me ha asegurado que ha visto el cadáver de un hombre.

Mis palabras, noté, parecían absurdas... No era posible que allí, en aquella habitación ordenada donde se encontraba una mujer serena, tranquilamente sentada en una silla, hubiera un cadáver. Contemplé la figura de la desconocida, con las manos sobre el regazo, poseída de una extraña calma. Pero su respuesta no se hizo esperar.

—Detrás del sofá —manifestó.

Me desplacé unos centímetros en aquella dirección. Y entonces vi al hombre... Tenía los brazos extendidos. Sus ojos vidriosos daban la impresión de estar contemplando el charco de sangre...

—¿Cómo ha pasado esto?

—Lo ignoro.

—Pero, seguramente... ¿De quién se trata?

—No tengo la menor idea.

—Debemos llamar a la policía. —Eché un vistazo en torno a mí—. ¿Dónde está el teléfono?

—No tengo teléfono.

Me acerqué a mi lacónica interlocutora.

—¿Vive usted aquí? ¿Es esta su casa?

—Sí.

—¿Quiere contarme lo sucedido?

—Desde luego. Regresaba de hacer unas compras... —Fijé la vista en la gran bolsa que había sobre una de las sillas situadas junto a la puerta—. He entrado en casa... Me he dado cuenta de que había alguien aquí. Los ciegos advertimos fácilmente estas cosas. He hecho una pregunta en voz alta... No he oído más que la respiración agitada de una persona. Me he dirigido hacia ella... Luego he oído un grito. Alguien me ha hablado de un cadáver, de que iba a tropezar con él... Y entonces ha salido de la habitación gritando.

Asentí. Los relatos de las dos mujeres coincidían.

—¿Qué ha hecho usted después?

—He avanzado cuidadosamente, hasta que mis pies han encontrado un obstáculo.

—¿Y luego?

—Me he arrodillado. Mi mano ha entrado en contacto con otra, la de un hombre. Estaba fría... No tenía pulso... Me he levantado y me he sentado en esta silla, esperando. Alguien se acercaría a la casa. La joven, quienquiera que fuese, daría la voz de alarma, eso he pensado. Me he dicho que sería mejor no abandonar la casa.

Me dejó profundamente impresionado la extraordinaria calma de aquella mujer. No había gritado ni echado a correr por la casa, presa del pánico. Había decidido esperar, sencillamente. Eso era lo más sensato, pero de todos modos tenía que haberse esforzado mucho para contenerse.

—¿Quién es usted? —me preguntó.

—Me llamo Colin Lamb. Pasaba por aquí casualmente.

—¿Dónde se encuentra la joven?

—La he dejado junto a la cancela. Se halla aún bajo los efectos de la tremenda impresión que ha sufrido. ¿Cuál es el teléfono más próximo a esta casa?

—Hay una cabina a unos cincuenta metros de la entrada, al volver la esquina.

—Es cierto. Recuerdo haber pasado ante ella. Iré allí. Debo llamar a la policía. Se...

Vacilé. Iba a preguntarle: «¿Se queda usted aquí entretanto?» o «¿No le importa continuar esperando en esta habitación?».

La mujer me relevó de la obligación de pronunciar una de esas dos frases.

—Sería mejor que hiciera entrar a esa chica —opinó, decidida.

—No sé si querrá.

—No hay por qué hacerla pasar a esta habitación. Instálela en el comedor, al otro lado del vestíbulo. Dígale que voy a preparar un poco de té.

La mujer se levantó y se acercó a mí.

—Pero... ¿podrá usted...?

Una débil sonrisa flotó unos segundos en aquel rostro.

—Mi querido joven: llevo cocinando mis comidas catorce años, desde que me trasladé a esta casa. El ciego no tiene por qué ser un desvalido.

—Lo siento. He dicho una estupidez. Tal vez sería conveniente que me dijera su nombre...

—Millicent Pebmarsh... Miss...

Salí de la casa. La joven levantó la vista a mi llegada, haciendo un esfuerzo para ponerse en pie.

—Me parece que ya casi estoy bien...

La ayudé y contesté, animoso:

—¿Casi?

—Había... había un hombre muerto ahí dentro, ¿verdad?

Asentí.

—Desde luego. Voy a la cabina telefónica para dar parte a la policía. En su lugar, yo esperaría dentro de la casa. —Levanté la voz para atajar su protesta—. Entre en el comedor... Queda a la izquierda del vestíbulo. Miss Pebmarsh le está preparando una taza de té.

—Así pues, esa era miss Pebmarsh, ¿no? Es ciega, ¿no es cierto?

—Sí. El suceso le ha producido también a ella una impresión enorme. Pero es una mujer extraordinariamente sensata. Vamos. La acompañaré. Mientras aguardamos la llegada de la policía, una taza de té le sentará magníficamente.

Le pasé un brazo por los hombros, incitándola a que echara a andar por el sendero. Unos segundos después se hallaba confortablemente acomodada en el comedor de la casa y yo eché a correr en busca del teléfono.

Una voz impersonal dijo:

—Comisaría de Crowdean.

—¿Podría hablar con el detective inspector Hardcastle?

La voz respondió, cautelosamente:

—Ignoro si se encuentra aquí. ¿Quién está al aparato?

—Dígale que soy Colin Lamb.

—Un momento, por favor.

Esperé. Enseguida llegó a mis oídos la voz de Dick Hardcastle.

—¿Colin? No te esperaba aún... ¿Dónde estás?

—En Crowdean. Concretamente en Wilbraham Crescent. En el número 19 hay un hombre muerto tendido en el suelo. Creo que ha sido apuñalado. Ha debido de morir hace media hora aproximadamente.

—¿Quién ha encontrado el cadáver? ¿Tú?

—No. En esos instantes yo solo era un inocente transeúnte. Una muchacha que salía con la velocidad de un rayo de una de las casas de por aquí se me ha echado encima. Ha estado a punto de derribarme. Muy nerviosa, me ha comunicado que había visto el cadáver de un hombre y que una mujer ciega iba a tropezar con él.

—Bueno, Colin, no me estarás tomando el pelo, ¿verdad?

La voz de Dick era ahora de desconfianza.

—Admito que la cosa suena a fantasía, Dick; pero lo cierto es que todo ha ocurrido tal como acabo de explicártelo. La mujer ciega es miss Millicent Pebmarsh, la dueña de la casa.

—E iba a tropezar con el cadáver... ¿Cómo es eso posible?

—Parece que al ser ciega no se había dado cuenta de que el cadáver estaba allí.

—Pondré la maquinaria policial en funcionamiento. Espérame ahí. ¿Qué has hecho con la chica?

—Miss Pebmarsh le está preparando una taza de té.

El comentario de Dick fue que allí todo parecía muy tranquilo, muy sereno y hasta hogareño...

Capítulo 2

En el número 19 de Wilbraham Crescent la maquinaria de la ley había comenzado a funcionar. Se encontraban allí un médico, un fotógrafo, el especialista en huellas dactilares... Todos se movían eficientemente de un lado para otro, concentrados en sus tareas respectivas.

Finalmente llegó el detective inspector Hardcastle, un hombre alto, de rostro severo, sobre cuyos ojos campeaban unas cejas expresivas. Deseaba comprobar si cada una de las piezas del complicado mecanismo funcionaba bien, si todo se iba haciendo de manera adecuada. Echó un último vistazo al cadáver, intercambió unas breves palabras con el médico, un forense del servicio policial, y pasó al comedor, donde se hallaban reunidas tres personas con sus tazas de té ya vacías: miss Pebmarsh, Colin Lamb y una joven de figura espigada y rizados cabellos castaños, de ojos inmensamente grandes y atemorizados. «Muy guapa», pensó el inspector.

Se presentó a miss Pebmarsh.

—Soy el detective inspector Hardcastle.

Algo sabía acerca de miss Pebmarsh, si bien en el terreno profesional sus caminos no se habían cruzado nunca. La había visto algunas veces. Se trataba de una maestra de escuela que había conseguido un empleo relacionado con la enseñanza del braille en el Aaronberg Institute, que acogía a niños discapacitados. Quedaba absolutamente fuera de lo normal que su impecable casa hubiese sido escenario de un crimen... Ahora bien, las cosas improbables se dan en la vida con más frecuencia de la que uno desearía.

—Esto, miss Pebmarsh, debe haber sido una experiencia terrible para usted —dijo Hardcastle—. Por fuerza tiene que haberle causado una impresión tremenda. Lo que yo necesito ahora es un relato escueto de los hechos, en el orden en que sucedieron. Tengo entendido que fue miss... —Hardcastle echó una rápida mirada a su bloc de notas— Sheila Webb quien realmente descubrió el cadáver. Si usted me lo permite, miss Pebmarsh, iré con esta joven a la cocina. Así podré charlar con ella tranquilamente.

El inspector abrió la puerta que comunicaba el comedor con la cocina y aguardó a que la chica pasara ante él. Dentro de aquella pequeña dependencia se encontraba ya un agente, que escribía apoyado en una mesita de formica.

—Esta silla parece bastante cómoda —dijo Hardcastle, ofreciendo a Sheila Webb una versión moderna de una silla estilo Windsor.

La chica, todavía muy nerviosa, tomó asiento, observando al policía con ojos grandes y asustados.

Hardcastle estuvo a punto de decirle: «No tengas miedo, hija, que no voy a comerte». Pero, naturalmente, se contuvo y se concentró de un modo exclusivo en el interrogatorio oficial.

—No tiene usted por qué estar preocupada. Ye he dicho que lo único que deseo es hacerme con un relato claro de lo sucedido. Veamos... Se llama usted Sheila Webb. ¿Vive en...?

—Palmerston Road, número 14... Detrás de la fábrica de gas.

—Sí, ya sé. Supongo que trabaja usted en algún sitio.

—En efecto. Soy taquimecanógrafa. Trabajo en el Secretarial Bureau de miss Martindale.

—La razón social completa es Cavendish Secretarial & Typewriting Bureau, ¿no es así?

—Así es.

—¿Y cuánto tiempo hace que trabaja usted para esa firma?

—Estoy allí desde hace un año aproximadamente. Bueno, unos diez meses, para ser exactos.

—Entendido. Ahora explíqueme por qué ha venido hoy aquí, al número 19 de Wilbraham Crescent.

—Se lo diré enseguida, señor. —Sheila Webb parecía expresarse ya con menos nerviosismo—. Miss Pebmarsh ha llamado al Bureau a fin de solicitar los servicios de una taquígrafa para las tres. Al regresar a la oficina, después de la comida de mediodía, miss Martindale me ha comunicado el recado.

—Esa venía a ser una de tantas cosas que se presentan durante el día, ¿verdad? Quiero decir que era lo normal... ¿Le han dado el recado porque era usted la siguiente en una supuesta lista...? Ignoro su forma habitual de distribuirse el trabajo.

—He sido la designada porque miss Pebmarsh ha preguntado por mí y ha dicho que debía ser Sheila Webb quien fuera a su casa.

—¿Miss Pebmarsh ha pedido que la enviaran a usted? —Las cejas de Hardcastle subrayaron aquella circunstancia—. ¡Ah, bien! Ya comprendo. Había trabajado usted para ella en alguna ocasión anterior, ¿verdad?

—No —respondió Sheila rápidamente.

—¿Que no? ¿Está segura de lo que dice?

—Sí que lo estoy. Miss Pebmarsh no es de esas personas que una olvida fácilmente. Eso sí que resulta extraño, ¿no le parece?

—¡Por supuesto! Bueno, dejemos ese hecho a un lado, de momento. ¿A qué hora ha llegado usted aquí?

—Ha tenido que ser antes de las tres, porque el reloj de

cuco... —Sheila se interrumpió de repente—. ¡Qué raro! De veras que es rarísimo. —Sus hermosos ojos se agrandaron—. No he llegado a darme cuenta de ello en el momento...

—¿De qué no se dio usted cuenta, miss Webb?

—Pues... de los relojes. Fíjese: el cuco ha dado las tres cuando debía de ser esa hora. En cambio, los otros marchaban adelantados más de sesenta minutos. ¿No le parece raro?

—Lo es —convino el inspector—. Dígame: ¿cuándo ha descubierto el cadáver?

—En el instante en que me disponía a pasar por detrás del sofá. Sí... Allí estaba... él... Ha sido horrible, horrible.

—La comprendo perfectamente. ¿Ha reconocido usted al hombre? ¿Le había visto con anterioridad?

—¡Oh, no!

—¿Está segura de lo que dice? Tenga presente que su aspecto podría diferir bastante del habitual. Piense, piense... ¿Está segura de no haber visto antes a ese hombre?

—Completamente segura.

—Está bien. No hablemos más de eso. ¿Qué ha hecho usted luego?

—¿Qué he hecho luego?

—Sí.

—Pues... nada, nada en absoluto. No hubiera podido...

—¿No ha tocado el cadáver?

—Sí..., sí... Para ver... Solo para ver... si... Pero aquel cuerpo estaba frío..., y yo... me he manchado la mano de sangre. ¡Oh! Ha sido espantoso... Tenía los dedos cubiertos de una sustancia espesa y pegajosa.

Sheila Webb comenzó a temblar.

—Vamos, vamos, cálmese —dijo Hardcastle, cortésmente—. Todo ha pasado ya. Olvídese de esa sangre. Vayamos a lo siguiente. ¿Qué ha sucedido después?

—No sé... ¡Ah, sí! Ella entró en la casa.

—¿Se refiere a miss Pebmarsh?

—En efecto. Claro que yo no he pensado entonces que

pudiera tratarse de ella. Ha entrado con una bolsa de la compra en la mano.

La joven había aludido a ella recalcando mucho las palabras, como si fuese un elemento incongruente, fuera de lugar, en el cuadro que estaba intentando reconstruir de la mano del inspector.

—¿Y qué ha dicho usted entonces?

—No sé si he llegado a hablar... Lo he intentado, pero me era imposible. Sentía un ahogo tremendo.

Sheila se llevó una mano a la garganta y el inspector asintió.

—Y entonces ella ha preguntado: «¿Quién anda ahí?». Nada más pronunciar esta frase iba a deslizarse por detrás del sofá y yo he pensado..., he pensado... que iba a tropezarse con aquello. Y he gritado... Y después no podía dejar de gritar. No sé por qué he salido corriendo de la habitación, de la casa...

—Igual que un cohete —apuntó el inspector, recordando la descripción de Colin.

Sheila Webb lo miró pensativa, diciendo un tanto inesperadamente:

—Lo siento, inspector.

—No tiene usted que preocuparse. Ha compuesto un relato muy completo de los hechos. Deje de pensar en todo esto ahora. ¡Ah! Se me ocurre una pregunta. ¿Por qué se encontraba usted en el cuarto de estar?

—¿Por qué...? —inquirió la joven, perpleja.

—Sí. Usted ha llegado aquí posiblemente con unos minutos de anticipación respecto a la hora señalada. Me imagino que pulsaría el botón del timbre. ¿Por qué ha entrado si no le había contestado nadie?

—¡Oh! Porque esas eran las instrucciones que me habían dado.

—¿Quién se las había dado?

—Miss Pebmarsh.

—Pero... Yo creía que ustedes dos no habían cruzado palabra.

—Y no está equivocado. Ella ha hablado con miss Martindale... Yo debía entrar en la casa y esperar en el cuarto de estar, que se halla en la parte derecha del vestíbulo.

Hardcastle se quedó pensativo.

Sheila Webb le preguntó tímidamente:

—¿Es... eso todo, inspector?

—Me parece que sí. Le agradecería que aguardara aquí diez minutos más por si surge algo nuevo y necesito formularle alguna pregunta más. Después la enviaré a su casa en un coche de la policía. ¿Vive usted con sus familiares?

—Mis padres murieron ya. Vivo con una tía.

—¿Su nombre?

—Mrs. Lawton.

El inspector se puso en pie y tendió una mano a la chica.

—Muchas gracias, miss Webb. Intente descansar esta noche. Lo necesita después de las emociones sufridas hoy.

La joven sonrió débilmente en el momento de deslizarse dentro del comedor.

—Cuida de miss Webb, Colin —dijo el inspector—. Ahora, miss Pebmarsh, ¿tendría usted inconveniente en pasar aquí?

Hardcastle había alargado una mano para guiar a miss Pebmarsh, pero ella pasó resueltamente ante él, buscó a tientas una silla que había arrimada a la pared, la separó unos centímetros de esta y se sentó.

El inspector cerró la puerta. Antes de que llegara a pronunciar palabra, Millicent Pebmarsh inquirió bruscamente:

—¿Quién es ese joven?

—Se llama Colin Lamb.

—Eso me ha dicho, pero ¿quién es? ¿Por qué se encuentra aquí, en esta casa?

Hardcastle contempló unos instantes a la ciega, un tanto sorprendido.

—Pasaba casualmente por la calle cuando miss Webb ha salido corriendo, dando gritos... Después de entrar aquí y ver lo que había sucedido, nos ha telefoneado. Yo mismo le he pedido que no se marchara.

—Se ha dirigido a él llamándole simplemente Colin.

—Es usted una buena observadora, miss Pebmarsh.

—¿Observadora?

¡Qué difícilmente encajaba tal palabra en aquel caso! Y, sin embargo, no había ninguna otra que encajase mejor.

—Colin Lamb es amigo mío. Debo añadir que hacía tiempo que no le veía. —Hardcastle añadió—: Se trata de un especialista en biología marina.

—¿Ah, sí?

—Bueno, miss Pebmarsh, me sentiría muy satisfecho si pudiera referirme algo en relación con este sorprendente asunto.

—Lo haré de buena gana. No obstante, poco es lo que puedo contarle.

—Creo que hace ya tiempo que reside usted aquí, ¿no?

—Desde el año mil novecientos cincuenta. Yo soy..., era... maestra. Cuando mi médico me comunicó que todo cuanto probara a hacer por salvarme la vista, cada vez más débil, resultaría en balde, me afané por especializarme en braille y en diversas técnicas dirigidas a ayudar a los ciegos. Actualmente trabajo en el Aaronberg Institute, que acoge a niños ciegos o discapacitados.

—Gracias por su información. Pasemos a examinar los acontecimientos de esta tarde. ¿Esperaba usted alguna visita hoy?

—No.

—Le leeré una descripción del hombre fallecido. Quizá le sugiera la imagen de alguna persona conocida. Altura: un metro setenta y tres a un metro setenta y cinco; edad: sesenta años aproximadamente; cabellos: oscuros tirando a grises; ojos castaños, rostro completamente afeitado, de rasgos regulares, mandíbula firme... Bien constituido, sin exceso de grasa. Traje gris oscuro, manos perfectamente conservadas. Podría ser un empleado de banca, un contable, un abogado o un individuo que ejerciera una profesión liberal de un tipo u otro. ¿Puede usted localizar con estos datos a un hombre por el estilo entre sus amistades?

Millicent Pebmarsh reflexionó detenidamente antes de contestar.

—Es difícil pronunciarse en un sentido u otro. Por supuesto, esa descripción fija unos límites muy amplios. Se adaptaría a un sinfín de personas. Tal vez haya conocido a ese hombre en alguna ocasión, pero jamás podría estar segura de ello.

—¿No ha recibido usted últimamente ninguna carta anunciándole una visita?

—Con toda certeza no.

—Entendido. Usted ha telefoneado al Cavendish Secretarial Bureau solicitando los servicios de una taquígrafa y...

Millicent Pebmarsh interrumpió al inspector.

—Perdone. Yo no he hecho nada de eso.

—¿Que usted no ha llamado al Cavendish Secretarial Bureau para pedir...?

Hardcastle escrutó atentamente la faz de miss Pebmarsh.

—No hay teléfono en la casa.

—Al final de la calle hay una cabina telefónica —se apresuró a puntualizar el inspector Hardcastle.

—Sí, ya lo sé. Mire... Puedo asegurarle, inspector, que en ningún instante he tenido necesidad de disponer de una taquígrafa y que, por tanto, se lo repito, no he telefoneado a esa empresa que acaba usted de mencionar.

—¿No se ha interesado usted especialmente por miss Sheila Webb?

—Jamás había oído tal nombre antes de hoy.

Hardcastle, asombrado, miró a su interlocutora con suma atención.

—No ha cerrado usted la puerta principal de la casa con llave...

—Es algo que hago con frecuencia durante el día.

—Cualquiera podría entrar.

—Eso es precisamente lo que parece haber ocurrido en el presente caso —manifestó miss Pebmarsh con sequedad.

—Miss Pebmarsh, ese hombre, de acuerdo con el testimonio del forense, ha muerto aproximadamente entre la una y media y las tres menos cuarto. ¿Dónde se encontraba usted entonces?

Millicent Pebmarsh reflexionó.

—A la una y media debía de estar disponiéndome a abandonar la casa, si es que no me había ido ya. Tenía que comprar algunas cosas.

—¿Puede decirme adónde ha ido?

—Déjeme pensar... He ido a la oficina de correos, la de Albany Road, para depositar un paquete y adquirir algunos sellos... Después he ido de compras, sí... En Field & Wren, un establecimiento de mercería, he comprado unos alfileres e imperdibles que necesitaba. A continuación he emprendido el regreso. Puedo decirle qué hora era al llegar aquí. Mi reloj de cuco ha sonado tres veces cuando yo avanzaba por el sendero que conduce a la entrada.

—¿Y de los otros relojes qué me dice?

—¿Cómo?

—Al parecer, sus otros relojes marchaban una hora adelantados.

—¿Adelantados? ¿Me está usted hablando del reloj de péndulo que hay en un rincón del cuarto de estar?

—No se trata de ese solamente... A los otros relojes de esa habitación les ocurre lo mismo.

—No le entiendo. En el cuarto de estar no hay más relojes que los que yo he mencionado.

Capítulo 3

Hardcastle se quedó con la vista fija en miss Pebmarsh, absorto.

—Vamos, vamos, miss Pebmarsh. ¿Qué me dice de ese bonito reloj de porcelana de Dresde que se encuentra sobre la repisa de su chimenea? ¿Y el otro, el francés de metal dorado? Hay que mencionar además el de plata y..., ¡oh, sí!, el que lleva la inscripción ROSEMARY en una esquina.

En la faz de la ciega se reflejó el más profundo asombro.

—Uno de los dos debe de estar loco, inspector. Le aseguro que no poseo ningún reloj de porcelana, que no sé absolutamente nada acerca del de la inscripción ni del francés ni... ¿Cuál era el otro?

—El de plata —respondió Hardcastle mecánicamente.

—No. Tampoco este me dice nada. Si no me cree, pregunte a la mujer que viene a casa a limpiar, Mrs. Curtin.

El detective inspector Hardcastle se sentía verdaderamente desconcertado. En las palabras de su interlocutora había una seguridad positiva, una viveza que invitaba al convencimiento. Hubo una pausa en la conversación. Hardcastle reflexionaba. Finalmente se puso en pie.

—¿Quiere usted acompañarme a la otra habitación, miss Pebmarsh?

—No tengo inconveniente, desde luego. Con franqueza, me gustaría ver esos relojes.

—¿Ver?

Hardcastle se había apresurado a subrayar la palabra.

—Hablaría con más propiedad si dijera examinar —señaló Millicent Pebmarsh—. Tenga en cuenta, inspector, que hasta los ciegos se expresan a veces de un modo convencional y que sus frases no siempre se adaptan a sus especiales facultades. Al decir que me gustaría ver esos relojes me refiero a que desearía examinarlos, pasear mis dedos por ellos, reconocerlos por medio del tacto.

Seguido por miss Pebmarsh, Hardcastle abandonó la cocina. Cruzó el vestíbulo y entró en el cuarto de estar. El especialista en huellas dactilares que trabajaba allí lo miró.

—Estoy a punto de terminar, señor —manifestó—. Puede tocar lo que le parezca.

El inspector asintió y cogió el menudo reloj de viaje que ostentaba la inscripción mencionada por él en uno de los bordes. Lo colocó después en las manos de la dueña de la casa. Esta paseó cuidadosamente las yemas de los dedos por la superficie.

—Se trata, sin duda, de un reloj de viaje corriente —manifestó miss Pebmarsh—, de los que se guardan en un estuche de cuero, una simple caja que se cierra y que cuando está abierta le sirve de pie. No es mío, inspector, y no se encontraba en este cuarto cuando he salido de la casa a la una y media. Estoy absolutamente segura de ello.

—Gracias.

El inspector recogió el reloj de sus manos. Después le entregó el de porcelana de Dresde que presidía la habitación desde la repisa de la chimenea.

—Cuidado con este... Podría romperse fácilmente.

Millicent Pebmarsh repitió la operación. Con delicadeza, sus finos dedos fueron recorriendo los contornos de aquella bonita pieza. Después hizo un movimiento negativo con la cabeza.

—El reloj debe de ser precioso —declaró—, pero tampoco es mío. ¿Dónde lo han encontrado?

—Hacia la derecha de la repisa de la chimenea.

—Ahí había uno de los dos candelabros de porcelana que poseo.

—Sí, en efecto, y aquí sigue, solo que unos centímetros más cerca del final de la repisa.

—Me ha dicho usted que había otro reloj.

—Dos más.

Después de colocar el de porcelana en su sitio, el inspector puso en manos de la ciega el modelo francés. Miss Pebmarsh lo tanteó rápidamente y se lo devolvió.

—No. Tampoco es mío.

Su reacción ante el de plata fue similar.

—Los únicos relojes que ha habido siempre en esta habitación han sido el de péndulo, en el rincón...

—De acuerdo.

—... y el de cuco, que se encuentra colgado en la pared cerca de la puerta.

Hardcastle ya no supo qué decir. Una vez más escrutó el rostro de la mujer que tenía delante, con la serenidad del que se sabe no observado por nadie. La arruga de su frente denotaba perplejidad. Se limitó a manifestar:

—Simplemente no acierto a comprenderlo.

Miss Pebmarsh extendió una mano. Su gesto denotaba que sabía perfectamente en qué parte del cuarto de estar se hallaba en aquellos instantes. Cogió una silla y se sentó. El inspector miró al especialista en huellas dactilares, que se había quedado junto a la puerta.

—¿Ha terminado con esos relojes? —inquirió.

—Y con todo lo demás, señor. En ese reloj de metal dorado no he descubierto absolutamente nada. Sus finas superficies no son las más idóneas desde el punto de vista de mi trabajo. Lo mismo ocurre con el de porcelana y los restantes... Ahora bien, esto no es normal. En el de plata y en el del estuche de cuero debería haber ciertas señales. A propósito, a ninguno de ellos se le ha dado cuerda y todos marcan la misma hora: las cuatro y trece minutos.

—¿Tiene algo que decirme con respecto a los demás objetos de la habitación?

—He descubierto tres o cuatro juegos de huellas dactilares en distintos sitios, yo creo que todas pertenecen a dedos femeninos. Sobre la mesa verá los efectos que contenían los bolsillos de la víctima.

El hombre hizo un expresivo movimiento de cabeza. Hardcastle se acercó a la mesa. Encima de esta había un billetero con siete libras y algunas monedas pequeñas, un pañuelo de seda sin marcar, una cajita de píldoras digestivas y una tarjeta. El inspector se inclinó para poder leer el texto.

R. H. Curry
Metropolis & Provincial Insurance Co. Ltd.
7, Denvers Street
Londres W. 2

Hardcastle se aproximó a miss Pebmarsh.

—¿Esperaba usted acaso la visita de algún agente de una compañía de seguros?

—¿La visita de...? No, desde luego que no.

—Metropolis & Provincial Insurance Company... ¿No le dice nada esta razón social?

Miss Pebmarsh hizo un gesto de negación.

—Nunca había oído hablar de esa firma.

—¿No ha pensado nunca en hacerse un seguro de una clase u otra?

—No. Tengo una póliza de incendio y robo suscrita con la Jove Insurance Company, una de cuyas sucursales se encuentra en este distrito. No he contratado con nadie ningún seguro personal. Carezco de familia, de parientes cercanos incluso, de manera que, ¿qué lograría contratando, por ejemplo, una póliza de vida?

—Comprendido. ¿Le dice algo el apellido Curry? El nombre completo es R. H. Curry.

Hardcastle no se perdía ni uno solo de los gestos de Millicent Pebmarsh, pero no observó la menor reacción en su rostro.

—Curry, Curry... —repitió la ciega. Después movió la cabeza—. Ese apellido es poco corriente, ¿no le parece? No creo haberlo oído nunca antes... ¿Se trata del nombre de la víctima?

—Es posible.

Miss Pebmarsh vaciló un momento. Luego preguntó:

—¿Quiere usted que... toque...?

El inspector entendió enseguida sus palabras.

—¿Lo desea usted, miss Pebmarsh? Por mi parte no hay inconveniente, si bien considero que es pedirle demasiado. No entiendo mucho de estas cosas, pero lo más probable es que sus dedos le hablen del aspecto de la víctima con mayor elocuencia que la más detallada de las descripciones.

—Exacto. Eso para mí supone una experiencia verdaderamente desagradable, pero lo haré si estima que puede servirle de ayuda.

—Muy agradecido —contestó Hardcastle—. Si me permite, la guiaré hasta...

El inspector colocó a miss Pebmarsh tras el sofá, señalándole cuándo debía arrodillarse. A continuación puso sus manos sobre el rostro del cadáver. Ella se encontraba muy tranquila, sin revelar la menor emoción. Sus dedos recorrieron los cabellos, las orejas de la víctima, y se detuvieron un instante tras la izquierda, la línea de la nariz, de la boca y la barbilla... Después hizo un movimiento de cabeza y se incorporó.

—Me he hecho una clara idea sobre su aspecto y ahora

puedo afirmar aún con más seguridad que antes que no he conocido ni visto jamás a este hombre.

Entretanto el agente encargado de las huellas dactilares había guardado su equipo y había abandonado la habitación. Unos minutos después asomaba la cabeza.

—Han venido a por él —dijo, indicando el cadáver—. ¿Pueden llevárselo ya?

—Sí. ¿Me hace el favor, miss Pebmarsh? ¿Quiere sentarse aquí?

El inspector la acomodó en una silla que había en un rincón. Dos hombres entraron en la estancia. En un santiamén, gracias a la destreza profesional que solo da una dilatada experiencia, se llevaron a Mr. Curry. Hardcastle salió a la puerta un momento y regresó a continuación al cuarto de estar. Se sentó al lado de la ciega.

—Nos encontramos ante un asunto extraordinario, miss Pebmarsh. Me gustaría volver sobre los principales puntos en su compañía, para comprobar si lo he interpretado todo bien. Corríjame si ve que me equivoco. Usted hoy no esperaba a nadie, no ha hecho ninguna consulta relativa a seguros de una clase u otra, y no ha recibido ningún aviso anunciándole la visita de un agente... ¿Es así?

—En todos sus extremos.

—Usted no requería los servicios de una taquígrafa o mecanógrafa y no ha llamado al Cavendish Bureau por teléfono para solicitar la presencia de una empleada a las tres de la tarde.

—También es correcto.

—Cuando usted ha abandonado esta casa, a la una y media aproximadamente, no había en esta habitación más que dos relojes, el de cuco y el de péndulo.

Miss Pebmarsh meditó su respuesta.

—Yo no podría declarar eso que acaba de decir bajo juramento. Por mi estado no me es posible afirmar la presencia o la falta de elementos ajenos a este cuarto de buenas a primeras. Ha habido un momento del día en que he sabido con plena certeza, sin la más leve vacilación, cuáles eran exactamente las cosas que había en esta habitación: esta mañana, a primera hora, cuando limpiaba, todo estaba en su sitio. Suelo ocuparme personalmente de este cuartito. Las mujeres que ayudan a las amas de casa son casi siempre descuidadas con los objetos de adorno.

—¿Ha salido de su casa esta mañana?

—Sí. A las diez he ido como de costumbre al Aaronberg Institute. Allí doy clases hasta las doce y cuarto. He regresado sobre la una menos cuarto. He entrado en la cocina y me he preparado unos huevos revueltos y una taza de té. Luego he vuelto a salir a la una y media, como ya le he dicho antes, para comprar unas cosas. A propósito, he comido en la cocina y no he entrado para nada en esta habitación.

—Así pues, aun cuando usted puede afirmar categóricamente que a las diez de la mañana de hoy no se encontraban aquí esos relojes, existe la posibilidad de que fuesen introducidos entre dicha hora y la de su regreso.

—Con relación a eso debería usted interrogar a la mujer que viene a limpiar aquí, Mrs. Curtin. Suele llegar a las diez y se marcha alrededor de las doce. Vive en el número 17 de Dipper Street.

—Gracias, miss Pebmarsh. Ocupémonos ahora de ciertos hechos acerca de los cuales le agradecería me diese a conocer sus ideas o sugerencias, las que se le ocurran. Esta mañana, a una hora que todavía desconocemos, han sido introducidos aquí cuatro relojes. Las manecillas de estos marcan las cuatro y trece minutos. ¿Le sugiere a usted algo dicha hora?

—Las cuatro y trece minutos... —repitió Millicent Pebmarsh, moviendo la cabeza—. No, no me dice nada en absoluto.

—Pasemos ahora de los relojes al cadáver, al hombre que ha sido hallado aquí dentro. Parece improbable que

Mrs. Curtin le abriera la puerta y lo dejara entrar en la casa. Para eso hubiera tenido usted que decirle que lo esperaba. Bueno, ya veremos lo que ella nos cuenta. Ese individuo ha venido a verla por alguna razón de carácter privado u oficial. Entre la una y media y las dos menos cuarto ha sido apuñalado. Hay que pensar que estaba relacionado con el negocio de los seguros... Sin embargo, ¿de qué nos puede servir tal dato? La puerta no había sido cerrada con llave, así que puede que haya entrado y se haya sentado a esperarla... Ahora bien, ¿por qué? ¿Con qué fin?

—Aquí no hay nada que tenga sentido, al parecer —dijo Millicent con un gesto de impaciencia—. De forma que usted cree que este hombre..., como se llame..., Curry..., es quien ha traído los relojes...

—No ha sido descubierto ningún embalaje en el interior de la casa —manifestó Hardcastle—. No cabe pensar que los llevara distribuidos por los bolsillos. Ahora, miss Pebmarsh, le ruego que reflexione antes de contestar... ¿Podría relacionar de algún modo esos relojes con algo, con cualquier cosa? ¿Le dice a usted algo la hora que marcan sus manecillas, esto es, las cuatro y trece minutos?

Millicent Pebmarsh negó con la cabeza.

—He estado pensando que todo esto podría ser obra de un loco o de una persona que se hubiese equivocado de casa. Pero ni siquiera eso explica lo ocurrido. No, inspector, no puedo serle útil.

Entró un joven agente. Hardcastle le salió al encuentro y los dos pasaron al vestíbulo, y de ahí a la puerta exterior. El inspector habló durante unos instantes con sus hombres.

—Ya puede usted llevarse a esa chica —le dijo a uno de ellos—. La dirección es la siguiente: Palmerston Road, número catorce.

Hardcastle regresó al comedor. La puerta que daba a la cocina se hallaba abierta y miss Pebmarsh se movía afanosa frente al fregadero. El inspector se quedó plantado en el umbral.

—Tengo que llevarme esos relojes, señorita. Le entregaré el correspondiente recibo.

—Perfectamente, inspector... No son míos...

Hardcastle miró a Sheila Webb.

—Ya puede irse, miss Webb. Uno de nuestros coches la llevará a su casa.

Sheila y Colin se pusieron en pie.

—Acompáñala hasta el coche, ¿quieres, Colin? —dijo Hardcastle mientras acercaba una silla a la mesa y comenzaba a extender un recibo.

Colin y Sheila salieron del comedor. Unos segundos después avanzaban por el sendero de la entrada. La joven se detuvo de repente.

—Mis guantes... Me los he dejado...

—Yo iré a por ellos.

—No... Sé dónde los he puesto. No me importa volver a entrar en esa casa. Ya se lo han llevado...

La chica se alejó de Colin Lamb a toda prisa y regresó poco después.

—Siento haberme dejado llevar por los nervios antes...

—A cualquiera le hubiera pasado lo mismo —señaló Colin.

Hardcastle se unió a la pareja cuando Sheila entraba en el coche.

Al alejarse este, el inspector se volvió hacia el joven agente.

—Quiero que embale usted esos relojes del cuarto de estar cuidadosamente. Todos ellos excepto el de cuco y el de caja que hay en un rincón.

Dio algunas instrucciones a sus subordinados y luego miró a su amigo.

—Voy a hacer una visita. ¿Quieres acompañarme?

—No hay inconveniente —repuso Colin.

Capítulo 4

Narración de Colin Lamb

—¿Adónde vamos? —le pregunté a Dick Hardcastle.

Este se dirigió al conductor.

—Llévenos al Cavendish Secretarial. Está en Palace Street, subiendo la explanada, a la derecha.

—Sí, señor.

El coche arrancó. En los alrededores de la casa había algunas personas que la observaban con interés. El gato color naranja se hallaba todavía sentado a la entrada de la vivienda vecina, la de Diana Lodge. Ya no se acicalaba, sino que permanecía muy erguido, haciendo oscilar su cola con ligereza. Por su elevada posición, quedaba al nivel de las cabezas de los curiosos, a los que contemplaba con ese absoluto desdén que por los humanos sienten, más que ningún otro animal, los gatos y los camellos.

—El Secretarial Bureau y luego la mujer de la limpieza, por ese orden —manifestó Hardcastle—. El tiempo pasa... —El inspector consultó su reloj de pulsera—. Hace un rato que han dado las cuatro. —Hizo una pausa antes de añadir—: Una chica atractiva, ¿verdad?

—Muy atractiva —respondí. Hardcastle me miró, divertido.

—Pero nos ha contado una notable historia. Será mejor que procedamos a comprobarla cuanto antes...

—¿No pensarás que...?

Hardcastle me interrumpió.

—Siempre he sentido un gran interés por las personas que encuentran por casualidad un cadáver...

—Pero ¡si esa muchacha ha estado a punto de enloquecer a causa del pánico! Deberías haberla oído gritar...

Dick me miró burlonamente una vez más, repitiendo que se trataba de una joven sumamente atractiva.

—Bueno, ¿y por qué te encontrabas vagando por Wilbraham Crescent, Colin? ¿Qué hacías allí? ¿Admirar nuestra hermosa arquitectura victoriana? ¿O te has plantado en aquel distrito con un fin concreto?

—Tenía un propósito, desde luego. Buscaba el número 61... y no he logrado dar con él. ¿Es que no existe?

—Naturalmente que existe. La numeración llega al 88, según creo.

—Pero... Fíjate, Dick: al alcanzar el número 28, termina Wilbraham Crescent.

—La gente que no conoce bien el lugar sufre siempre esas confusiones. Si giras hacia la derecha por Albany Road arriba y das otra media vuelta un poco más adelante te encontrarás en la otra mitad de Wilbraham Crescent. Las viviendas se hallan unidas por la parte posterior, esto es, jardín contra jardín...

—Ya comprendo —respondí después de haber escuchado atentamente su explicación—. Pasa algo semejante con muchas plazas y parques de Londres. Ahí tienes la plaza Onslow. Y también Cadogan. Echas a andar por un lado y de repente te encuentras en una plaza o en unos jardines. Hasta los taxistas suelen desorientarse. Pero, sea como sea, ese número 61 existe. ¿Tienes alguna idea sobre la identidad de las personas que viven allí?

—¿En el 61? Veamos... Sí. En esa casa habita, seguramente, Bland, el maestro de obras.

—¡Oh! Mal asunto.

—¿Qué pasa?

—No había pensado precisamente en un maestro de

obras. A menos... ¿Vive allí desde hace tiempo? ¿Ha comenzado a trabajar ahora como tal?

—Bland nació allí, creo. Sin duda es un vecino de la zona. Trabaja en su profesión desde hace años.

—Desconcertante.

—En su profesión es de lo peor que existe. En las obras que le encargan acostumbra a utilizar materiales de nula calidad. Levanta ese tipo de casas que producen una excelente impresión a primera vista, dentro de las cuales todo se cae o funciona mal cuando alguien se decide a habitarlas. El hombre se maneja bien. Se comprende, tiene mucha práctica. Por ahora va escapando...

—No está bien que me tientes, Dick. El hombre que yo busco debería ser una criatura de virtudes inquebrantables.

—Bland recibió un puñado de dinero hace un año... Mejor dicho, fue su esposa quien lo consiguió. Ella es canadiense; llegó aquí durante la guerra y conoció a nuestro hombre. Su familia se opuso a su matrimonio con Bland y en cierto modo rompió con ellos cuando se casaron. Hace unos meses murió un tío abuelo de la señora. El hombre había perdido a su único hijo en un accidente aéreo. Esto, unido a las bajas habidas en la familia en los distintos frentes en que luchaban las fuerzas armadas y otras circunstancias, dejaba a Mrs. Bland como heredera única. En consecuencia, el abuelo le legó su dinero. Tengo entendido que gracias a esto Bland se libró de la ruina. Por entonces iba a declararse en quiebra.

—Parece que sabes mucho acerca de ese buen maestro de obra.

—¡Oh! Ya sabes lo que pasa... Los organismos de la Hacienda nacional se interesan siempre por aquellos hombres que se hacen ricos de la noche a la mañana. Los jefes se preguntan si habrán llevado o no a la práctica determinadas triquiñuelas y al final optan por hacer a su vez las comprobaciones precisas. Así procedieron en este caso y todo resultó bien.

—De todos modos, un hombre que se ha vuelto rico repentinamente no me interesa. No encaja en lo que yo busco.

—¿No? De esos ya has tenido, ¿verdad?

Asentí.

—¿Y lo has encontrado?

—Se trata de una historia que resultaría un poco larga de contar —respondí evasivamente—. ¿Quieres que cenemos juntos esta noche, tal como habíamos planeado, o supone un obstáculo tu trabajo...?

—Nada de eso. De momento solo hay que preocuparse de poner nuestra maquinaria en funcionamiento. Nos proponemos averiguar cuanto sea posible acerca de Mr. Curry. Una vez sepamos quién era y a qué se dedicaba, es muy probable que accedamos a ciertos datos que nos permitan dar con la persona o personas interesadas más o menos directamente en quitarlo de en medio.

Hardcastle fijó la mirada en los edificios cercanos a la calzada.

—Hemos llegado.

El Cavendish Secretarial & Typewriting Bureau se encontraba situado en la vía comercial principal, denominada, un tanto grandilocuentemente, Palace Street. Al igual que muchos otros locales del distrito, ofrecía el aspecto de una casa de estilo victoriano debidamente adaptada al gusto moderno. A la derecha, en una construcción similar, se leía el siguiente rótulo: EDWIN GLEN, ARTISTA FOTÓGRAFO. ESPECIALIDAD EN RETRATOS INFANTILES, BODAS, ETC. Para realzar ese anuncio, el escaparate se hallaba lleno de ampliaciones en todos los tamaños imaginables, en las que aparecían retratos de niños hasta la edad de seis años. Esto, evidentemente, había sido pensado para atraer a las mamás. Se veían también algunas parejas y hombres de aire tímido acompañados por niñas sonrientes. Al otro lado del

Cavendish Secretarial Bureau estaban las oficinas de una anticuada firma dedicada al comercio de carbones. Más allá surgía un edificio moderno de tres pisos, en brusco contraste con las casas circundantes, que se proclamaba a sí mismo Café y Restaurante Oriente.

Hardcastle y yo penetramos en el edificio que habíamos estado buscando y utilizamos luego las escaleras. En el piso correspondiente encontramos una puerta abierta, que cruzamos siguiendo la indicación de un rótulo que rezaba: ENTRE, POR FAVOR. Vimos una sala espaciosa en la que tres jóvenes escribían a máquina. Dos de ellas continuaron absortas en su tarea pese a nuestra llegada. La tercera, acomodada ante una mesa sobre la cual había un interfono, hizo un alto en su labor para mirarnos con un gesto de interrogación.

Parecía tener un caramelo en la boca. Tras colocárselo en una posición conveniente, nos preguntó con voz un poco gangosa:

—¿En qué puedo servirles?

—¿Miss Martindale? —inquirió Hardcastle.

—Me parece que ahora mismo está al teléfono...

Entonces se oyó un clic y la joven levantó el auricular del interfono, jugueteó con un interruptor y dijo:

—Dos caballeros desean verla, miss Martindale. —La joven levantó la vista—: ¿Sus nombres, por favor?

—Hardcastle —repuso Dick.

—Mr. Hardcastle, miss Martindale. —Seguidamente la muchacha interrumpió la comunicación y se puso en pie, agregando—: Por aquí, hagan el favor.

La joven nos condujo ante una puerta en la que, en letras doradas, figuraba el apellido de la directora del establecimiento. Una vez abierta, se hizo a un lado para dejarnos pasar.

—Mr. Hardcastle —anunció antes de cerrar la puerta a nuestras espaldas.

Miss Martindale estaba sentada tras una gran mesa. Al entrar nosotros nos miró atentamente. Era una mujer de aspecto vivaz que rondaría los cincuenta años. Llevaba sus rojizos cabellos peinados a la pompadour. Tenía unos ojos brillantes que daban la impresión de mantenerse siempre alerta.

Su mirada se detuvo en Dick y luego se fijó en mí.

—¿Mr. Hardcastle?

Dick sacó de su cartera una de sus tarjetas oficiales y se la entregó. Yo procuré quedarme en segundo plano ocupando una silla junto a la entrada del despacho.

Miss Martindale enarcó las cejas, denotando su sorpresa y su disgusto.

—¿El detective inspector Hardcastle? ¿En qué puedo serle útil, inspector?

—He venido para solicitar de usted una pequeña información, señorita. Creo que está en condiciones de poder ayudarme.

Guiándome por el tono de su voz pensé que Dick había decidido andarse con ciertos rodeos antes de abordar la cuestión que lo había llevado allí, mostrándose lo más amable posible. Yo dudaba de que miss Martindale respondiera adecuadamente a su sutil maniobra. Pertenecía a ese tipo humano que los franceses denominan *une femme formidable*.

Yo estaba estudiando el escenario de la entrevista. En la pared, por encima de la cabeza de la directora de la firma, descubrí una colección de fotografías dedicadas. Una de ellas era de Ariadne Oliver, escritora de novelas policíacas a la que conocía superficialmente. «Afectuosamente suya, Ariadne Oliver», rezaba su dedicatoria, estampada a través del retrato. «Muy agradecido, Garry Gregson» eran las palabras que se leían en otro. Garry Gregson, escritor de obras de misterio, había muerto dieciséis años atrás. «Suya siempre, Miriam» era la dedicatoria que figuraba en otra fotografía de Miriam Hogg, escritora especializada en novela romántica. La literatura atrevida quedaba representada allí por Armand Levine, cuyo rostro tímido, coronado por una gran calva, se asomaba al despacho desde su retrato, en el que el escritor había dejado correr la pluma brevemente, poniendo en letra muy menuda: «Reconocido», palabra que iba seguida de su nombre completo. Existía cierta similitud entre aquellos trofeos. Los hombres, en su mayoría, vestían trajes de gruesa lana, y las mujeres, muy serias, tendían a perderse entre una masa de pieles.

Mientras yo repasaba todo aquello, sin dar descanso a los ojos, Hardcastle comenzó a disparar sus preguntas.

—Trabaja aquí una chica llamada Sheila Webb, ¿verdad?

—En efecto. Me parece que no se encuentra en este instante en la oficina... Al menos...

Miss Martindale pulsó uno de los botones de su interfono y dijo:

—Edna, ¿ha vuelto ya Sheila Webb?

—No, miss Martindale, todavía no.

Esta cortó la comunicación.

—Ha salido a primera hora de la tarde para atender a un cliente —explicó—. Debe de estar regresando ya. También es posible que luego se fuera al hotel Curlew, al final de la explanada, donde tenía que presentarse a las cinco.

—Muy bien. ¿Qué podría contarme usted acerca de miss Sheila Webb?

—Poca cosa —replicó miss Martindale—. Trabaja conmigo desde..., veamos, sí, desde hace un año, aproximadamente. Como empleada no puedo reprocharle nada.

—¿Sabe usted dónde estuvo trabajando anteriormente?

—No me sería difícil averiguarlo si le interesa conocer tal dato, inspector Hardcastle. Debemos de tener en nuestro archivo sus referencias. De memoria puedo adelantarle que figuró en la nómina de otra firma londinense y que sus antiguos patronos dieron de ella unas referencias excelentes. Creo, aunque no estoy segura, que se trataba de una entidad dedicada a la compraventa de inmuebles...

—¿Ha dicho usted que es eficiente en su cometido?

—Muy eficiente —señaló miss Martindale, quien no daba la impresión de ser una de esas personas que se prodigan en elogios.

—¿Extraordinaria?

—No, yo no llegaría a afirmar eso. Trabaja con bastante rapidez y es una chica bien educada. Como mecanógrafa resulta cuidadosa y exacta.

—¿Existe entre ustedes alguna relación de carácter privado?

—No. Sheila Webb vive con una tía suya. —Al tocar este punto, miss Martindale dio señales de desasosiego—. ¿Podría saber, inspector Hardcastle, por qué me hace todas esas preguntas? ¿Es que la chica se ha metido en algún lío?

—Yo no diría tanto... ¿Conoce usted a una tal miss Millicent Pebmarsh?

—Pebmarsh... —repitió miss Martindale enarcando las cejas—. Pues... sí. Ahora lo recuerdo, por supuesto. Sheila ha ido a su casa esta tarde. La cita ha quedado fijada para las tres.

—¿Cómo se ha concertado?

—Por teléfono. Miss Pebmarsh ha requerido los servicios de una taquimecanógrafa y yo le he enviado a esa joven.

—¿Se ha interesado especialmente por Sheila Webb?

—Sí.

—¿A qué hora se ha producido la llamada telefónica?

Miss Martindale reflexionó unos segundos.

—Yo misma he hablado con ella. Esto quiere decir que la chica estaría comiendo. Serían las dos menos diez... Antes de las dos, en cualquier caso. ¡Ah! Aquí veo un apunte, en mi bloc de notas. Era la una y cuarenta y nueve minutos exactamente.

—¿Ha hablado con la misma miss Pebmarsh?

Miss Martindale no pudo evitar un gesto de sorpresa.

—Eso supongo.

—¿No ha reconocido usted su voz? ¿No la conoce personalmente?

—No. No la conozco. Me ha dicho que se llamaba Millicent Pebmarsh y a continuación me ha dado sus señas, un número de Wilbraham Crescent. Luego, como ya he dicho, ha preguntado por Sheila Webb. Quería saber si estaba libre y si podría presentarse en su casa a las tres.

La declaración era directa, terminante. Me dije que miss Martindale sería en determinadas circunstancias una excelente testigo.

—Le quedaría muy reconocida si tuviera la amabilidad de explicarme a qué viene todo esto —solicitó la directora del Bureau dando muestras de impaciencia.

—Pues verá, miss Martindale, Millicent Pebmarsh niega haber hecho tal llamada.

Los ojos de su interlocutora se dilataron a causa del asombro...

—¿De veras? ¡Qué cosa tan extraordinaria!

—Usted, por otra parte, afirma que la llamada telefónica se ha producido, si bien no se halla en condiciones de asegurar que fuera la propia Millicent quien se encontraba al otro extremo del hilo.

—No, por supuesto. No puedo hacer afirmaciones categóricas a ese respecto. No conozco a esa mujer. Claro que no alcanzo a vislumbrar qué fin... ¿Ha habido una suplantación de personalidad o algo por el estilo?

—Peor que eso —repuso Hardcastle secamente—. ¿Expuso miss Pebmarsh, o la persona que fuese, alguna razón para justificar sus preferencias por Sheila Webb?

Miss Martindale reflexionó un segundo.

—Creo recordar que ha alegado que la joven había trabajado ya en una ocasión anterior para ella.

—¿Y eso es cierto?

—Sheila dice que no recuerda haber hecho nada para miss Pebmarsh. Sin embargo, inspector, no hay que tomar sus palabras al pie de la letra. Las chicas visitan puntos muy diferentes y variados de la ciudad y es imposible que se acuerden de si han estado o no en un sitio u otro al cabo de unos meses. Sheila no estaba muy segura... Simplemente, no recuerda haber visitado el domicilio de esa clienta. Bueno, pero, aun suponiendo que haya habido aquí una suplantación, no acierto a ver qué puede motivar su interés en este asunto, inspector.

—Iba a ocuparme precisamente de eso. Cuando miss Webb ha llegado al número 19 de Wilbraham Crescent, ha entrado en la casa y luego en el cuarto de estar. La joven me ha dicho que esas eran las instrucciones que le habían dado. ¿Está usted de acuerdo?

—De acuerdo por completo —contestó miss Martindale—. Nuestra clienta ha manifestado que quizá llegara a la casa con algún retraso. Sheila, de no ser atendida por nadie, debía entrar en la vivienda y aguardar allí a la dueña.

—Cuando miss Webb ha entrado en el cuarto de estar —prosiguió diciendo Hardcastle—, ha encontrado el cadáver de un hombre tendido en el suelo.

Miss Martindale contempló absorta al inspector. Durante unos segundos no acertó a pronunciar una palabra.

—¿Un cadáver, ha dicho usted?

—El cadáver de un hombre que había muerto asesinado. Precisaré más: el hombre en cuestión ha muerto apuñalado.

—¡Oh, Dios mío! ¡Qué impresión tan terrible ha debido de experimentar esa chica!

Era de esperar un comentario de este tipo en una mujer como miss Martindale.

—¿Le dice a usted algo el apellido Curry? El nombre completo de la víctima era R. H. Curry.

—No, no me sugiere nada.

—Pertenecía a la Metropolis & Provincial Insurance Company...

Miss Martindale continuó moviendo la cabeza, negando.

—Ya ve usted cómo queda planteada la situación, señorita. Me ha dicho antes que miss Pebmarsh la ha telefoneado solicitando la presencia de Sheila Webb en su casa a las tres de la tarde. Por otro lado, aquella niega haberla llamado. No obstante, Sheila ha acudido y ha descubierto el cadáver de un hombre...

El inspector esperó paciente la respuesta de miss Martindale. Ella le dirigió una mirada inexpresiva.

—Todo esto se me antoja tremendamente extraño —comentó con un gesto de desaprobación.

Dick Hardcastle suspiró, poniéndose en pie.

—Tiene usted un bonito despacho —opinó con cortesía—. Este negocio cuenta ya con algunos años, ¿verdad?

—Quince, para ser exactos. Nos ha ido muy bien. Lo iniciamos en pequeña escala y hemos ido ampliándolo hasta llegar, quizá, a abarcar más de lo que podemos... En la actualidad empleo a ocho chicas, las cuales no paran de trabajar ni un momento a lo largo de la jornada.

—Ya veo que hacen ustedes una gran cantidad de trabajos literarios —declaró Hardcastle fijándose en las fotografías de las paredes.

—En efecto. Al comenzar todo esto me especialicé en escritores. Durante muchos años trabajé con el famoso Garry Gregson, autor de novelas de misterio. Financié este Bureau con un legado suyo, precisamente. Conocía a algunos de sus amigos y compañeros de profesión y estos me fueron recomendando a otros. Sabía lo que cada uno deseaba y ello supuso una notable ayuda para mí en la primera etapa del negocio. En el terreno de la investigación presto servicios sumamente útiles, facilitando fechas y citas, aclarando puntos legales y señalando los trámites policíacos en determinadas circunstancias, suministrando detalles referentes a ciertas sustancias químicas y sus efectos... Hacemos lo que se presenta, señor inspector. También facilitamos a nuestros clientes nombres extranjeros de personas o establecimientos públicos, con sus señas respectivas, para las novelas cuya acción transcurre fuera de Inglaterra. Antiguamente, los lectores no exigían tanta precisión, pero en la actualidad hay muchos que nada más advertir un fallo se apresuran a subrayarlo mediante la oportuna carta...

Miss Martindale hizo una pausa. Hardcastle dijo con cortesía:

—Estoy seguro de que tiene usted muchos motivos para felicitarse a sí misma.

El inspector fue hacia la puerta. Yo la abrí en el acto.

En la oficina, las tres chicas se preparaban para salir. Las máquinas de escribir estaban ya enfundadas. Edna, la recepcionista, no podía tener mayor gesto de desconsuelo en aquellos instantes. Estaba de pie con un zapato en una mano y el tacón correspondiente en la otra.

—Aún no ha transcurrido un mes desde el día que me los compré —declaró, quejosa—. Y me costaron bastante caros. La culpa es de esa rejilla de la esquina, un respiradero del metro. ¿Sabéis a cuál me refiero? A la de enfrente de la pastelería... He metido el pie en ella y el tacón ha saltado. Como no podía andar, me he descalzado y he vuelto aquí con un par de bollos y los zapatos en las manos. Aún no sé cómo podré coger el autobús...

Al llegar a este punto de su discurso, Edna advirtió nuestra presencia y se apresuró a esconder el zapato motivo de su disgusto, al tiempo que miraba de un modo especial a miss Martindale, que no me pareció una mujer inclinada a aprobar el calzado femenino de altísimos tacones. Ella misma usaba unos zapatos planos sumamente «sensatos»...

—Gracias por su atención, miss Martindale —dijo Hardcastle—. Lamento haberla entretenido. Si repara usted en algo que...

—Naturalmente —contestó miss Martindale, interrumpiendo a su interlocutor con franca brusquedad.

En el momento de acomodarnos en el coche, dije:

—De manera que la historia de Sheila Webb, pese a tus sospechas, resulta ahora ser completamente cierta.

—Está bien, está bien —manifestó Dick—. Tú ganas.

Capítulo 5

—¡Mamá! —gritó Ernie Curtin, desistiendo por un momento de hacer subir y bajar un pequeño juguete de metal por el cristal de la ventana mientras lo acompañaba con un ruido mitad zumbido, mitad gemido. El chico pretendía imitar el de un cohete espacial al lanzarse al infinito, rumbo a Venus—. ¡Mamá! ¿Qué te parece?

Mrs. Curtin, una mujer de rostro severo que se hallaba muy atareada con la limpieza de la vajilla, no contestó.

—Ahí, enfrente de la casa, hay un coche de la policía, mamá.

—No empieces con tus mentiras habituales, Ernie —dijo Mrs. Curtin mientras iba colocando platos y tazas en el escurridero—. Ya sabes lo que te tengo dicho con respecto a eso.

—No miento, mamá —insistió Ernie, muy formal—. Es un coche de la policía y ahora mismo están bajando dos hombres de él.

—¿Qué habéis estado haciendo? —preguntó su madre, volviéndose rápidamente hacia el chico—. Algún día traeréis la desgracia a esta casa...

—Yo no he hecho nada —protestó Ernie.

—Entonces habrá sido cosa de Alf. De él y de su pandilla. ¡Menuda tropa la que formáis! Tanto vuestro padre como yo os hemos dicho en infinidad de ocasiones que esas cosas no pueden traer nada bueno. Tarde o temprano vienen los problemas... Primero es el tribunal de menores, y luego, el reformatorio y la cárcel, y yo no quiero vivir nada parecido, ¿has oído?

—Se acercan a la puerta principal —anunció Ernie.

La madre abandonó el fregadero y se unió a su hijo ante la ventana.

—¡Vaya! —suspiró.

En ese preciso instante oyó el ruido del picaporte. Alguien llamaba. Mrs. Curtin se secó rápidamente las manos en el primer trapo que encontró y salió al pasillo para abrir la puerta. Se quedó mirando con expresión de reto y de duda a los dos hombres que tenía delante.

—¿Mrs. Curtin? —preguntó el más alto de los dos, adoptando una actitud de extraña cortesía.

—Soy yo, sí.

—¿Me permite entrar? Soy el detective inspector Hardcastle.

Mrs. Curtin dio un paso atrás de muy mala gana. Abrió la puerta de una habitación e invitó a pasar al inspector. La estancia se veía limpia y ordenada, y daba la impresión de ser ocupada raras veces, lo cual era lo que en realidad ocurría.

Ernie, curioso, apareció junto a la entrada del cuarto, procedente de la cocina.

—¿Su hijo? —preguntó Hardcastle.

—Sí —repuso Mrs. Curtin sin abandonar su agresiva actitud—. Es un buen chico, pese a lo que usted pueda decir.

—Estoy convencido de que lo es —contestó el inspector, muy afable. La expresión de la madre de Ernie pareció tornarse menos grave.

—He venido a verla para hacerle unas cuantas preguntas relacionadas con la casa número 19 de Wilbraham Crescent. Tengo encendido que trabaja usted allí.

—Yo nunca he negado eso —replicó Mrs. Curtin, incapaz de mostrarse más cordial.

—La dueña de la casa es miss Millicent Pebmarsh.

—Sí. Trabajo para miss Pebmarsh. Una verdadera dama, una mujer muy agradable.

—Ciega —apuntó el inspector.

—Sí, pobrecilla. Pero nadie lo diría. Es maravilloso... ¡Qué bien sabe orientarse, andar de un lado para otro! Lo mismo dentro que fuera de la casa. Ni siquiera los cruces en plena calzada le asustan. No es de esas personas que hacen un mundo de cualquier cosa, grande o pequeña, una nadería a veces... No, no es como algunos hombres y mujeres que conozco.

—Suele usted ir a trabajar allí por las mañanas, ¿no?

—Efectivamente. Acostumbro a llegar entre las nueve y media y las diez y me marcho a las doce o cuando termino mis tareas. —Incisiva, Mrs. Curtin se interrumpió para preguntar de pronto—: ¿No me irá usted a decir que ha desaparecido..., que le han robado algo a miss Pebmarsh?

—Todo lo contrario, Mrs. Curtin —manifestó Hardcastle con el pensamiento fijo en los cuatro relojes.

La mujer hizo un gesto de extrañeza.

—¿Qué es lo que ocurre entonces? —quiso saber.

—Esta tarde ha sido hallado el cadáver de un hombre en el cuarto de estar de la casa número 19 de Wilbraham Crescent.

Mrs. Curtin miró muy seria al inspector. Ernie, su hijo, abrió la boca como en éxtasis y se le escapó un elocuente «¡Oh!» de franca admiración. Enseguida, considerando una imprudencia atraer la atención de los mayores sobre él, procuró hacerse a un lado para tratar de pasar desapercibido.

—¿Un cadáver? —inquirió Mrs. Curtin con un gesto de incredulidad. Luego añadió—: ¿En el cuarto de estar?

—Sí. El hombre ha muerto apuñalado.

—Quiere usted decir que se trata de un crimen, ¿no?

—En efecto.

—¿Y quién ha asesinado a ese hombre?

—Lamento decir que aún no hemos llegado tan lejos en nuestras indagaciones —manifestó el inspector—. Y hemos pensado que usted podría ayudarnos en esta labor.

—Nada sé acerca de ese crimen —contestó Mrs. Curtin sin la menor vacilación.

—No, pero conviene examinar uno o dos puntos interesantes. Veamos... ¿Alguien ha visitado la casa esta mañana?

—Que yo recuerde, no. Hoy no, desde luego. ¿Y cómo era ese hombre?

—Su edad podría fijarse hacia los sesenta años. Vestía un traje oscuro, de corte elegante. Existe la posibilidad de que se presentara como agente de seguros.

—De haberse presentado allí yo no le habría dejado entrar —declaró Mrs. Curtin—. Nada de agentes de seguros ni de vendedores de aspiradoras o de ejemplares de la Enciclopedia Británica... A miss Pebmarsh no le agradaban los vendedores a domicilio y a mí me ocurre lo mismo.

—Curry... Ese era el apellido de la víctima, de acuerdo con una tarjeta que hallamos en sus bolsillos. ¿Le dice a usted algo ese nombre?

—¿Curry, Curry...? —Mrs. Curtin movió la cabeza—. Ese apellido me suena a indio...

—¡Oh, no! —exclamó el inspector Hardcastle—. El hombre en cuestión no lo era.

—¿Quién ha encontrado el cadáver? ¿Miss Pebmarsh?

—Una joven taquimecanógrafa que, debido a un probable error, ha sido enviada a casa de miss Pebmarsh para hacerle un trabajo. Ha sido ella quien ha descubierto el cadáver. Millicent Pebmarsh ha llegado casi al mismo tiempo.

Mrs. Curtin suspiró.

—¡Qué lío, Señor, qué lío!

—Deseaba pedirle también que echara un vistazo al cadáver para poder decirnos si había visto usted a ese hombre por Wilbraham Crescent o ante la casa de miss Pebmarsh alguna vez. Esta afirma no haberle visto jamás.

Quiero referirme ahora a otros puntos de importancia secundaria. ¿Sería usted capaz de recordar cuántos relojes hay en el cuarto de estar?

Mrs. Curtin no vaciló.

—Dentro de esa pieza se encuentra el gran reloj del rincón, el de péndulo, y también está el de cuco, en una de las paredes. Al dar la hora salta un muelle que abre unas portezuelas por las que asoma un pajarito que canta: «¡Cucú!». ¡A veces se lleva una unos sustos con él! —La mujer agregó a toda prisa—: No he tocado ninguno de ellos. Nunca lo hago. Es miss Pebmarsh quien les da cuerda siempre.

—Debo advertirle que esos relojes que ha mencionado siguen funcionando sin novedad —dijo Hardcastle para tranquilizar a su interlocutora—. ¿Está usted segura de que esta mañana no había más relojes en el cuarto de estar?

—Desde luego. ¿Qué otros podía haber aparte de los indicados?

—¿Está segura, por ejemplo, de que no había allí un pequeño reloj cuadrado de plata, ni otro de metal dorado, ni uno de porcelana con adornos de flores, ni otro provisto de una funda de cuero, una caja, con la inscripción ROSEMARY en una esquina?

—Naturalmente que no.

—De haber ocurrido lo contrario, ¿se habría dado cuenta de su presencia allí?

—Por supuesto.

—Las manecillas de esos relojes señalaban una hora que representaba un adelanto de sesenta minutos sobre la marcada por las del reloj de péndulo y el de cuco.

—Porque serán extranjeros —alegó Mrs. Curtin—. Una vez hice con mi marido un viaje en coche a Suiza y a Italia y tenían una hora más que aquí. Puede que eso tenga que ver con el Mercado Común. A mí, y también a mi esposo, eso nos tiene sin cuidado. Con Inglaterra me basta.

El inspector Hardcastle no quiso meterse en honduras políticas.

—¿Puede usted decirme la hora exacta en que ha abandonado la casa de miss Pebmarsh esta mañana?

—A las doce y cuarto, aproximadamente.

—¿Estaba ella allí en aquellos instantes?

—No, no había regresado todavía. Habitualmente lo hace entre las doce y las doce y media, pero esto, desde luego, varía...

—¿Y cuándo ha abandonado la casa?

—Antes de que yo llegara. Mi hora son las diez.

—Pues muchas gracias, Mrs. Curtin.

—Parece algo extraño eso de los relojes —manifestó la mujer—. Tal vez miss Pebmarsh había ido a algún mercadillo... ¿Eran antigüedades? Por lo que usted dice, eso parece.

—¿Asiste miss Pebmarsh a mercadillos muy a menudo?

—Hace cuatro meses compró en una de ellas una alfombra de pelo. En muy buen estado, por cierto. Me dijo que muy barata, además. También adquirió varias cortinas de terciopelo. Necesitan recortarse para adaptarlas a sus ventanas, pero pueden considerarse prácticamente nuevas.

—Pero normalmente no compra baratijas u objetos como cuadros, porcelana y esas cosas en los mercadillos, ¿no?...

Mrs. Curtin hizo un enérgico movimiento de cabeza.

—No es que la conozca muy bien, pero... con los mercadillos nunca se sabe. Una se deja llevar. Y muchas veces ocurre que cuando una llega a casa se pregunta: «¿Y qué demonios voy a hacer ahora con esto?». En una ocasión compré seis botes de mermelada. Después, pensando detenidamente en ello, me dije que hubiera podido obtenerlos a menos precio del que pagué. ¿Cómo? Sencillamente, adquiriéndolos cualquier miércoles en el mercado.

Comprendiendo que de momento no podría conseguir nada más de Mrs. Curtin, el inspector Hardcastle se marchó. Entonces Ernie aportó su colaboración al asunto del que habían estado ocupándose el detective y su madre.

—¡Un crimen! —exclamó el chico, asombrado aún.

Momentáneamente, la conquista del espacio fue desplazada por el terrible suceso, más actual y próximo para Ernie.

—Miss Pebmarsh no puede ser la autora de ese crimen, ¿verdad, mamá? —sugirió el muchacho.

—No digas tonterías —repuso Mrs. Curtin. Un pensamiento cruzó por su cabeza—. Ahora me pregunto si he debido decirle...

—¿Qué, mamá?

—Bueno, ¿y a ti qué te importa? Nada, no era nada en realidad.

Capítulo 6

Narración de Colin Lamb

Cuando hubimos dado buena cuenta de un par de excelentes bistecs, regados con unos cuantos tragos de cerveza, Dick Hardcastle suspiró, satisfecho, anunciando que se sentía mejor que nunca.

—¡Al diablo con los agentes de seguros, los relojes de fantasía y las chicas que dan alocados gritos en plena calle! Veamos qué cuentas tú, Colin. Creía que habías terminado con esta parte del mundo. Y de pronto te localizamos vagando por las calles más retiradas de Crowdean. Un especialista en biología marina no puede encontrar nada en Crowdean, te lo digo yo...

—No te rías de la biología marina, Dick. Se trata de una rama de la ciencia sumamente útil. Pero sucede que con solo mencionarla la gente se pone en guardia, temiendo que vayas a explayarte sobre el tema, y, por tanto, nunca te dejan explicarte.

—Vamos, que no has encontrado ninguna oportunidad de delatarte a ti mismo, ¿verdad?

—Olvidas que me gradué en Cambridge —dije fríamente—. El título no será de demasiada categoría, pero es un título oficial al fin y al cabo. La especialidad es muy interesante y un día u otro pienso volver a ella.

—Sé en lo que has estado trabajando, por supuesto —manifestó Hardcastle—. Y no tengo más remedio que felicitarte. El juicio de Larkin se celebrará el mes que viene, ¿no es cierto?

—Así es.

—Resulta desconcertante. ¿Cómo pudo facilitar información al exterior durante tanto tiempo? Alguien debía haber sospechado de él...

—Pues no ocurrió nada de eso. Cuando a uno se le mete en la cabeza que tal o cual individuo es una excelente persona, ni por asomo se le ocurre lo contrario.

—Tiene que ser un tipo inteligente —comentó Dick.

—No, yo no creo que lo sea. Me parece que obró de acuerdo con las instrucciones que recibía. Tenía acceso a documentos muy importantes. Se los llevaba y, cuando esos papeles eran fotografiados, los recogía de nuevo y los volvía a poner en su sitio el mismo día. Una organización excelente. Adoptó la costumbre de comer cada día en un restaurante distinto. Creemos que colgaba su gabán en aquellas perchas en las que descubría una prenda exactamente igual que la suya, si bien el dueño de esta última no era siempre el mismo sujeto. Se producía un sencillo y rápido cambio de gabanes, pero el otro hombre jamás cruzó una palabra con Larkin. Nos gustaría averiguar otros pormenores sobre este asunto. Todo había sido bien planeado. Los dientes de las distintas piezas engranaban perfectamente. Ahí había alguien que tenía con qué pensar.

—¿Y es ese el motivo de que aún andes vagando por la base naval de Portlebury?

—Sí. Conocemos las derivaciones del caso en ese sentido y también en el que apunta a Londres. Sabemos cómo, cuándo y dónde Larkin recibió el dinero estipulado. Pero existe una especie de brecha en nuestro muro, un boquete... Entre Portlebury y Londres se desenvuelve la organización aludida. Esa es precisamente la parte que más nos gustaría conocer, porque ahí funciona el cerebro rector. En algún punto de esa brecha se encuentra el cuartel general del enemigo, donde se trata todo ordenadamente y de manera que cualquier probable pista dejada pueda inducir a mil confusiones a sus seguidores.

—¿Por qué hizo Larkin eso? —inquirió Hardcastle con curiosidad—. ¿Es un político idealista? ¿Deseaba encumbrarse? ¿Buscaba, sencillamente, dinero?

—Deja a un lado los ideales, Dick —respondí—. A ese hombre lo único que le preocupaba era el dinero.

—¿Y no pudisteis haberlo localizado antes fijándoos en el uso que de él hacía? Porque la verdad es que se lo gastó, ¿no? No pensó un momento en ahorrar.

—Lo fue malgastando conforme iba llegando a su poder. Lo cierto es que lo cogimos antes de lo que nos agrada admitir públicamente.

Dick asintió, sorprendido.

—Entendido. Una vez desenmascarado sin que él lo supiera, retrasasteis su detención, ¿no es eso?

—Más o menos... El hombre había logrado pasar determinada información, sumamente valiosa, antes de que lo descubriéramos. Después le permitimos que procediera igual con otros papeles de valor aparente. Dentro del servicio al que pertenezco tenemos que hacernos los tontos muy a menudo.

—No creo que me gustara ese trabajo, Colin —dijo Hardcastle pensativamente.

—La nuestra no constituye una tarea tan emocionante como mucha gente cree. En realidad resulta aburrida en numerosas ocasiones. Pero hay algo más... Actualmente uno llega a tener la impresión de que no existe nada que pueda calificarse de secreto. Nosotros conocemos sus secretos y ellos, los nuestros. Nuestros agentes trabajan con frecuencia para ellos, y viceversa. Al final ese doble juego se convierte en una pesadilla. Hay días en que pienso que todos nos conocemos, militemos en un campo u otro, y que no hacemos más que representar una especie de comedia tratando de disimularlo.

—Te comprendo perfectamente —declaró Dick.

A continuación me dirigió una mirada de curiosidad.

—Ya me hago cargo de por qué motivo no pierdes de vista Portlebury. Ahora bien, Crowdean se encuentra a más de dieciséis kilómetros de aquel lugar...

—Es que actualmente, amigo mío, estoy dedicado al estudio de todas las Crescent.[1]

—¿Qué?

Hardcastle parecía desconcertado.

—Sí. Para decirlo de otro modo: lunas. Lunas nuevas, lunas crecientes y así sucesivamente. Comencé mis indagaciones en el mismo Portlebury. Existe allí una taberna denominada The Crescent Moon. Perdí mucho tiempo ahondando en lo que se me antoja un detalle bastante particular. A continuación conocí The Moon an the Stars, The Rising Moon, The Jolly Sickle y The Cross and the Crescent, esto en una pequeña población llamada Seamede. No hubo nada que hacer pese a que desde mi punto de vista aquellos parecían unos lugares ideales. Finalmente abandoné las lunas y empecé con las Crescent. Hay varias de ellas en Portlebury: Lansbory Crescent, Aldridge Crescent, Livermead Crescent, Victoria Crescent...

Observé la expresión del rostro de Dick y me eché a reír.

—No pongas esa cara, Dick. Poseo algo sólido donde agarrarme.

Saqué mi billetero y busqué en él una hoja de papel que mostré a mi amigo. En el ángulo superior derecho figuraba el membrete de un hotel:

1. Para una exacta comprensión del texto es necesario que el lector tenga en cuenta que la palabra *Crescent* se emplea en inglés para designar una manzana de casas en forma de media luna. Esto es, «La luna y las estrellas», «La luna naciente», «La hoz alegre», «La cruz y la media luna». *(N. del T.)*

—En la cartera de un tipo llamado Hanbury hallamos este papel, evidentemente un trozo de papel de carta de los que suelen entregar en ciertos establecimientos públicos cuando un cliente necesita escribir. Este individuo representó un papel destacado en el caso Larkin. Era eficiente..., muy eficiente. Fue atropellado por un coche en Londres... Nadie consiguió hacerse con la matrícula del vehículo. No sé qué puede significar esto. Pienso, simplemente, que nuestro hombre lo anotaría o copiaría porque lo creyó de interés. ¿Se trata de una idea que cruzó por su mente? ¿Algo que vio u oyó? Algo que tenía relación con la luna o media luna unida al número sesenta y uno y a la letra M. Me ocupé del asunto tras su muerte. No sé concretamente qué es lo que busco, pero estoy seguro de que el papel en cuestión me conducirá a alguna parte. ¿Qué significan el número sesenta y uno y la letra M? Mis indagaciones arrancan de Portlebury. Llevo tres semanas de incesante trabajo sin el menor resultado positivo. Crowdean se encontraba en mi ruta. Con franqueza, Dick, no esperaba descubrir nada allí. En Crowdean no existe más que una Crescent: Wilbraham Crescent. Yo estuve dando un paseo a lo largo de Wilbraham Crescent para ver qué me sugería el número sesenta y uno, antes de preguntarte a ti si poseías alguna información que pudiera serme de utilidad... Me sucedió una cosa: que no conseguí dar con el citado número.

—Yo te notifiqué oportunamente que el sesenta y uno corresponde a una vivienda ocupada por un maestro de obras.

—No es eso lo que busco. ¿Ha recibido ese hombre alguna ayuda extranjera, de un tipo u otro?

—Pudiera ser. Eso es frecuente hoy en día. En caso afirmativo estará registrada. Mañana lo indagaré.

—Gracias, Dick.

—Mañana también, precisamente, me propongo visitar

las casas situadas a uno y otro lado del número 19. Gestiones de trámite: deseo preguntar a los vecinos si vieron a alguna persona, a qué hora, etcétera. Quizá incluya en mi recorrido las viviendas situadas directamente detrás de la casa número 19, cuyos jardines dan a ella. Me inclino a pensar que la número 61 se encuentra entre las estas. Si quieres, puedes venirte conmigo.

Me aferré al ofrecimiento de Dick, podría decir que con las dos manos.

—Seré el sargento Lamb, a tus órdenes, y tomaré notas taquigráficas.

Quedamos en que yo me presentaría en su despacho a las nueve y media de la mañana siguiente.

Llegué allí a la hora convenida. Al encontrarme con mi amigo vi que estaba indignado, fuera de sus casillas.

Una vez hubo despedido al infeliz subordinado con quien había estado hablando hasta aquel instante le pregunté qué ocurría. Durante unos segundos Hardcastle fue incapaz de pronunciar una palabra. Por fin exclamó:

—¡Esos condenados relojes!

—¿Otra vez los relojes? ¿Qué sucede ahora con ellos?

—Falta uno.

—¿Que falta uno? ¿Cuál?

—El del estuche de cuero, el que lleva la inscripción ROSEMARY en una esquina.

Emití un silbido de admiración.

—Es realmente extraordinario. ¿Cómo ha podido pasar eso?

—Esos malditos necios... Bueno, yo lo soy tanto como ellos. —Dick era un hombre sincero—. Tiene uno que acordarse de los más nimios detalles, estar en todo... De no ser así, siempre se produce algún percance. Ayer los relojes estuvieron todo el día en el cuarto de estar. Los puse en manos de miss Pebmarsh uno a uno para que los examinara, por si los reconocía. No logramos nada. Luego fueron a por el cadáver...

—¿Y qué más?

—Salí a la puerta para ver cómo se desenvolvía todo. A continuación volví a la casa. Hablé con miss Pebmarsh, que estaba en la cocina, y le dije que me iba a llevar los relojes, a cambio de los cuales le entregaría un recibo.

—Sí, recuerdo haberte oído decir eso.

—Después comuniqué a la chica que pensaba enviarla en uno de nuestros coches a su casa y te pedí que la acompañaras hasta el vehículo...

—En efecto...

—Entregué a miss Pebmarsh el recibo, aunque me dijo que no era necesario puesto que los relojes no le pertenecían. Me reuní contigo. Le indiqué a Edwards que quería que embalase con todo cuidado los relojes para traérnoslos aquí. Naturalmente, tenía que dejar en la casa el de cuco y el de caja... Aquí fue donde me equivoqué. Hubiera debido concretar más, decir «los cuatro relojes». Edwards me ha informado de que procedió enseguida a cumplir mis órdenes. Insiste en que allí, aparte de los dos que he señalado, no había más que tres relojes.

—Poco tiempo supone eso... Lo cual significa que...

—Millicent Pebmarsh pudo robar el reloj. Quizá se lo llevara cuando yo abandoné la habitación y se fue directamente a la cocina con él.

—Muy probable, pero ¿por qué razón haría algo así?

—Todavía tenemos que enterarnos de muchas cosas. ¿Algún otro posible autor o autora de la sustracción? ¿Cabe pensar en la joven?

Reflexioné.

—No lo creo. Yo...

Me interrumpí. Acababa de recordar un detalle.

—Continúa, Colin.

—Nos dirigimos hacia el coche que tú habías designado para que la llevara a su casa —declaré bastante molesto—. Se había dejado los guantes en la casa. «Voy a por ellos», le dije. La joven se opuso, alegando que recordaba muy bien dónde los había puesto. Añadió que ya no le importaba volver a entrar en la vivienda porque el cadáver había desaparecido. Echó a correr... Claro que solo faltó un minuto de mi lado.

—¿Se había puesto los guantes al unirse a ti de nuevo? ¿Los llevaba en la mano?

Vacilé.

—Sí..., sí, yo creo que sí.

—Evidentemente, ni los llevaba en la mano ni se los había puesto. De lo contrario no habrías vacilado.

—Tal vez se los guardara en el bolso.

—Lo peor del caso es que me da a mí que esa chica te gusta —dijo Hardcastle en tono acusador.

—No digas insensateces —repliqué defendiéndome enérgicamente—. A esa joven la vi por vez primera ayer por la tarde y nuestro encuentro no puede calificarse precisamente de romántico.

—No estoy tan seguro de lo que dices —manifestó Hardcastle—. No todos los días asiste uno al espectáculo de una chica cayendo en brazos de un joven pidiendo auxilio, como ocurría en las obras literarias de la época victoriana. En tales ocasiones, el hombre se siente siempre héroe y galante protector. Pero no tienes más remedio que abandonar tal actitud, amigo mío. ¿Para qué hablar más? Sabes muy bien, por lo que hasta ahora conocemos, que Sheila Webb puede estar metida hasta el cuello en este raro asunto de los relojes.

—¿Qué estás sugiriéndome, Dick? ¿Que esa monada de chica apuñaló a la víctima y escondió el arma de manera que ninguno de tus sabuesos pudiera dar con ella, tras lo cual salió corriendo de la casa para lanzarse en mis brazos sin dejar de gritar, representando en todo momento una verdadera comedia?

—Te quedarías sorprendido si te contara las cosas que he visto a lo largo de mi carrera —repuso Hardcastle, frunciendo el ceño.

—Pero ¿es que no te das cuenta de que estoy cansado de tratar con espías bellísimas de todas las nacionalidades? —inquirí indignado—. Todas ellas con unas medidas que harían que un soldado estadounidense se olvidara del trago de whisky que guarda en el cajón de los cuellos de camisa. Siempre he sido inmune a los encantos femeninos.

—Al final todo el mundo se enfrenta con su Waterloo. Ello depende de la mujer que uno encuentre. Sheila Webb parece tu tipo.

—Sea como sea, no me explico tus sospechas. ¿Qué es lo que te hace desconfiar de esa muchacha?

Hardcastle suspiró.

—Por lo visto no te has dado cuenta aún de mi situación. Debes fijar, forzosamente, un punto de partida. El cadáver fue hallado en casa de miss Pebmarsh, quien, por tal circunstancia, pasa al primer plano de mi atención. Y fue miss Sheila Webb la persona que lo descubrió... No necesitaría decírtelo, pero a menudo ocurre que la persona que encuentra un cadáver es al mismo tiempo la que vio por última vez viva a la víctima. Hasta que conozcamos más hechos, esas dos mujeres tienen que acaparar ineludiblemente nuestra atención.

—Cuando yo entré en el cuarto de estar, después de las tres de la tarde, vi un cadáver que llevaría allí media hora por lo menos, probablemente más tiempo. ¿Qué dices a eso?

—Sheila Webb dispuso para comer de una hora, la que va desde la una y media a las dos y media.

Miré exasperado a Dick.

—¿Qué has averiguado acerca de Curry?

Hardcastle exclamó, con un inesperado acento de amargura:

—¡Nada!

—¿Qué quieres darme a entender con ese «¡nada!»?

—Que nunca ha existido tal persona.

—¿Y qué han dicho los responsables de la Metropolis Insurance Company?

—No nos han podido decir nada porque... tampoco existe tal entidad. Igual ocurre con las señas que conocíamos. Tanto la calle Denvers como su número correspondiente, así como el apellido citado y la firma comercial, son datos completamente falsos.

—Muy interesante —opiné—. Ese hombre, por consiguiente, se procuró unas tarjetas plagadas de falsedades.

—Así es.

—¿Con qué idea?

Hardcastle se encogió de hombros.

—Por ahora todo son suposiciones. Existe la posibilidad de que hiciese seguros tan falsos como todo lo demás, ganándose así alguna que otra prima. Tal vez se dedicara a hacer ciertas raterías, siéndole relativamente fácil el acceso a los domicilios particulares; quizá fuese un timador o perteneciera a una agencia privada de detectives... No sabemos nada con certeza.

—Pero lo averiguaréis.

—¡Oh, sí! Al final lo sabremos. Estudiaremos sus huellas digitales para comprobar si existen antecedentes suyos en nuestros archivos. En caso afirmativo habríamos dado un paso hacia delante decisivo. Si no, tropezaremos con una grave dificultad.

—Detective privado... —dijo pensativamente—. No me parece mal orientada esta suposición. Da lugar a determinadas posibilidades.

—Hipótesis, eso es todo lo que hemos conseguido establecer hasta ahora.

—¿Cuándo será la vista judicial?

—Pasado mañana. Un trámite al que seguirá un aplazamiento.

—¿Qué ha dicho el forense?

—La muerte fue causada mediante un utensilio muy afilado. Algo como el cuchillo que se utiliza en las cocinas para cortar las verduras.

—Con eso miss Pebmarsh queda más bien eliminada, ¿no te parece? Es muy difícil, por no decir imposible, que una mujer ciega apuñale a un hombre. Bueno, me imagino que es ciega de veras.

—¡Oh, sí! Hemos hecho averiguaciones en ese sentido. No nos ha engañado. La mujer enseñaba matemáticas en un colegio del norte... Perdió la vista hace unos dieciséis años, estudió braille y por último logró colocarse en el Aaronberg Institute.

—¿No podría padecer miss Pebmarsh algún problema mental?

—¿Una manía relacionada con los relojes y los agentes de seguros?

—La verdad es que todo esto resulta tan fantástico... —No pude evitar unas manifestaciones de entusiasmo—. Lo mismo que Ariadne Oliver en sus peores momentos y Garry Gregson en la plenitud de su forma como escritor...

—Sigue con eso. Disfruta. Tú no tienes que satisfacer las exigencias de un superintendente o de mi inmediato superior...

—¡Dick! Puede que obtengamos alguna información útil de los vecinos.

—Lo dudo —repuso Hardcastle con amargura—. Si ese hombre fue apuñalado en el jardín de la fachada y dos hombres enmascarados lo trasladaron al interior de la casa, nadie puede haberlo visto... Será mala suerte, chico, pero la verdad es que esto no es ningún pueblo. Wilbraham Crescent es una zona residencial situada junto a una carretera.

A la una, las mujeres que hubieran podido descubrir algo sospechoso se encontraban ya en sus casas. A esa hora no circula por allí ni un cochecito de niños...

—Es posible que haya entre los vecinos algún anciano inválido que tenga la costumbre de permanecer junto a la ventana de su habitación todo el día.

—Lo hemos buscado, créeme, pero no hay nadie así por allí.

—¿Qué has averiguado acerca de las casas números 18 y 20?

—La que lleva el número 18 está habitada por Mr. Waterhouse, empleado de la firma Gainsford & Swettenham, abogados, y su hermana, una mujer muy dominante que hace de él lo que quiere. Todo lo que sé de la vivienda número 20 es que la ocupa una mujer que mantiene a unos veinte gatos. No me gustan esos bichos...

Le dije a mi amigo que la vida del policía es una de las más duras que se conocen. A continuación nos pusimos en marcha.

Capítulo 7

Mr. Waterhouse se detuvo inseguro en las escaleras de la casa número 18 de Wilbraham Crescent y volvió la cabeza, nervioso, mirando a su hermana.

—¿De veras que te encuentras bien? —inquirió.

Miss Waterhouse respondió algo irritada.

—No te comprendo, James.

Mr. Waterhouse era un hombre de modales tímidos, una de esas personas que parecen estar pidiendo perdón, excusándose por cuanto hacen.

—Es que... considerando lo ocurrido en la casa vecina, querida...

Mr. Waterhouse se disponía a partir en dirección a la oficina de unos abogados para quienes trabajaba. Era un hombre de aspecto pulcro, ligeramente encorvado, de cabellos grisáceos. Su rostro ofrecía un matiz débilmente sonrosado que denotaba la buena salud de su dueño.

Miss Waterhouse era alta y huesuda. Pertenecía al tipo femenino clásico carente de sentido común que se muestra intolerante con la gente de su misma clase.

—Debo entender, seguramente, que por el hecho de que haya habido un crimen en la casa de al lado lo más probable es que hoy sea yo quien muera asesinada, ¿no es así?

—Bueno, Edith... Eso depende de quién sea el autor del crimen.

—Tú, por lo que veo, estás convencido de que hay alguien que anda de un lado para otro de Wilbraham Crescent seleccionando una víctima en cada vivienda. Esto es prácticamente una blasfemia, James.

—¿Una blasfemia, Edith? —preguntó Mr. Waterhouse, muy sorprendido.

En ningún momento se le hubiera ocurrido pensar en tal aspecto de su observación.

—Se trata de una reminiscencia de la Pascua hebrea —manifestó su hermana—. Estoy hablando, permíteme que te lo recuerde, de las Sagradas Escrituras.

—A mí me parece, Edith, que eso encaja aquí de una manera muy forzada.

—No sabes lo que me gustaría ver llegar a alguien a nuestra puerta con la intención de acabar conmigo —dijo miss Waterhouse, decidida.

Su hermano se dijo que aquello parecía bastante improbable. Colocándose en el lugar del asesino, pensó que la última persona que hubiera escogido habría sido Edith... De intentar alguien atacar a esta, lo más seguro era que el criminal recibiese un buen golpe, propinado con el primer instrumento contundente que su hermana encontrase a mano. Sangrante y humillado, el desventurado agresor iría a parar, inevitablemente, a manos de la policía.

—Quería decir que... —su aire de hombre que desea a toda costa que le perdonen lo que va a decir se acentuó ahora—, bueno, tú lo sabes: en esta calle hay algunas personas indeseables.

—Aún no sabemos demasiado acerca de lo sucedido. Circulan rumores muy diversos por ahí. Mrs. Head contaba esta mañana una historia verdaderamente extraordinaria.

Mr. Waterhouse consultó su reloj. No tenía el menor interés por oír aquella historia de labios de su hermana. Edith no se molestaba en razonar a fin de desbaratar las enmarañadas trampas tejidas por las comadres de la vecindad. Antes bien, gozaba estando al corriente de ellas, dándolas por buenas.

—Hay gente que afirma que ese hombre era el tesorero o administrador del Aaronberg Institute. Parece ser que las cuentas de esta entidad no están muy claras y que el individuo en cuestión visitó a miss Pebmarsh con objeto de hacerle unas preguntas.

—¿Y entonces miss Pebmarsh lo asesinó? —inquirió Mr. Waterhouse, muy divertido—. ¿Una ciega? Probablemente...

—Echándole un alambre alrededor del cuello no le hubiera sido difícil estrangularle —opinó Edith—. Podía haberle cogido desprevenido. ¿Quién se va a mostrar receloso de una ciega? No es que yo piense mal de ella... Considero a miss Pebmarsh una persona dotada de un carácter excelente. Desde luego, hay cosas en las que no estamos de acuerdo en modo alguno, pero no por eso voy a acusarla de poseer tendencias criminales. Simplemente juzgo muchos de sus puntos de vista como propios de una mujer fanática y extravagante. Al fin y al cabo, hay otras escuelas de primaria que se están levantando por todas partes. Todas ellas de cristal, prácticamente. Fachadas y tejados por lo menos. Le dan a una la impresión de unos invernaderos destinados al cultivo de tomates o lechugas. Estimo tales construcciones perjudiciales para los pequeños, sobre todo en los meses de verano. Mrs. Head me ha comunicado que a su hija Susan no le agradan las nuevas aulas en que se ve obligada a trabajar actualmente. Sostiene que es imposible concentrarse en las tareas cotidianas. Con tantas ventanas alrededor resulta difícil resistirse a la tentación de echar un vistazo al paisaje.

—Bien... —dijo Mr. Waterhouse, consultando de nuevo su reloj—. Creo que voy a llegar tarde a la oficina. Adiós, querida. Cuídate. Será mejor que cierres la puerta con llave... También sería preferible que echases la cadena.

Miss Waterhouse lanzó otro expresivo resoplido. Habiendo cerrado la puerta nada más irse su hermano, estaba a punto de subir las escaleras, camino de la planta superior, cuando se detuvo, pensativa. Se acercó a su bolsa de golf y sacó de ella un palo, que colocó estratégicamente, junto a la entrada. Edith esbozó una sonrisa de satisfacción. Desde luego, lo que había dicho James era una tontería. Pero no estaba de más prepararse... Los establecimientos en que eran recluidos los enfermos mentales dejaban a estos en libertad muy fácilmente en su afán de incorporarlos a la vida normal. Sin embargo, este proceder exponía a muchos seres inocentes a ciertos peligros.

Edith Waterhouse se hallaba en su dormitorio cuando Mrs. Head subió apresuradamente las escaleras. Era una mujer menuda y gruesa. Parecía una pelotita de goma. Gozaba de veras estando al corriente de todos los sucesos ocurridos en la vecindad.

—Dos caballeros quieren verla —dijo la recién llegada con avidez—. No se trata de dos caballeros, en realidad... Es la policía.

Miss Waterhouse cogió la tarjeta que le mostró la mujer.

—«Detective inspector Hardcastle» —leyó—. ¿Los ha hecho pasar a la sala?

—No. Los he llevado al comedor. Había quitado de allí el servicio del desayuno y me he figurado que el sitio era indicado para tales visitantes. Quiero decir que después de todo no se trata más que de la policía...

Miss Waterhouse no acertaba a comprender tal tipo de razonamientos. No obstante, únicamente contestó:

—Bajaré.

—Me imagino que le preguntarán cosas relacionadas con miss Pebmarsh —manifestó Mrs. Head—. Querrán saber si ha observado usted algunos detalles raros en su forma de vivir y comportarse. La gente sufre obsesiones, manías que surgen de repente sin que hayan existido manifestaciones previas. De todos modos, en esos casos se dan determinados indicios que, según se afirma, aparecen en los ojos de las personas afectadas. Claro que ¿eso en qué puede afectar a una ciega? ¡Oh! —exclamó al final de su discurso Mrs. Head, moviendo dubitativamente la cabeza.

Miss Waterhouse bajó las escaleras y entró luego en el comedor poseída de una complacida curiosidad, que disimulaba con su habitual aire de beligerancia.

—¿Detective inspector Hardcastle?

—Buenos días, miss Waterhouse.

El inspector se puso en pie. Lo acompañaba un joven alto y moreno a quien la dueña de la casa no se molestó en saludar. No prestó ninguna atención a un leve susurro del que solo entendió estas dos palabras: «Sargento Lamb».

—Confío en que no estime impertinente que la visite tan temprano —manifestó Hardcastle—. Me imagino que ya conoce lo sucedido ayer en la casa de al lado...

—No es corriente que un crimen ocurrido en la vivienda vecina pase desapercibido —repuso miss Waterhouse—. Me he visto obligada incluso a rechazar a uno o dos reporteros que se han empeñado en que les dijera si había visto algo.

—¿Los ha rechazado?

—Naturalmente.

—Ha obrado usted bien —opinó Hardcastle—. Por supuesto, ellos tienen su normas, pero creo que usted, miss Waterhouse, reúne las condiciones precisas para que al tratar con gente así la acompañe el éxito.

Edith se permitió exteriorizar parte de su disimulada complacencia a manera de reacción por el cumplido.

—Espero que no le moleste que ahora nosotros pasemos a hacerle precisamente ese género de preguntas que anteriormente ha eludido. Es del máximo interés para nosotros que nos diga si llegó a ver algo en particular ayer alrededor de su casa, por lo cual le quedaremos sumamente reconocidos... ¿Se encontraba usted en esta casa a la hora en que ocurrió todo?

—Yo no sé cuándo se cometió el crimen —objetó miss Waterhouse.

—Estimamos que fue entre la una y media y las dos y media.

—Sí. Me encontraba aquí, desde luego.

—¿Y su hermano?

—Nunca viene a casa a comer. Exactamente, ¿quién fue asesinado? El breve relato que publicó el periódico por la mañana no especificaba nada...

—Todavía ignoramos la identidad de la víctima.

—¿Es un extranjero?

—Eso parece.

—Esa persona, ¿era también desconocida para miss Pebmarsh?

—Miss Pebmarsh nos ha asegurado que no esperaba la visita de nadie. Tampoco tiene la menor idea sobre la identidad del hombre asesinado.

—Debe de estar muy segura de lo que dice, por la sencilla razón de que no ve.

—Le hemos facilitado una descripción detallada.

—¿Qué aspecto tenía la víctima?

Hardcastle sacó de un bolsillo un sobre y de este, una fotografía.

—He aquí a nuestro hombre. ¿Tiene usted alguna idea sobre quién puede ser?

Miss Waterhouse contempló atentamente la fina cartulina.

—No. No... Estoy segura de no haberle visto nunca antes. ¡Oh, Dios mío! Parece un señor respetable.

—En cuanto a su apariencia, en efecto, no se le pueden poner reparos —comentó el inspector—. Uno diría que se corresponde a la de un abogado u hombre de negocios de cierta posición.

—Así es. Esa fotografía no impone... Diríase que está durmiendo.

Hardcastle no le explicó que aquella había sido elegida por tal circunstancia de entre las varias que habían sido tomadas del cadáver.

—La muerte puede significar la paz —declaró—. No creo que este hombre sospechara su cercanía minutos antes de ser asesinado.

—¿Qué ha dicho miss Pebmarsh de todo esto? —inquirió Edith Waterhouse.

—Su desconcierto no puede ser mayor.

—Es extraordinario —juzgó miss Waterhouse.

—¿No podría usted ayudarnos de alguna manera, señorita? Veamos... Piense en el día de ayer. Usted se encontraba, por ejemplo, asomada a la ventana... O quizá se hallase en el jardín, entre las doce y media y las tres de la tarde.

Miss Waterhouse reflexionó un momento.

—Sí, yo estaba en el jardín... Déjeme pensar. Debió de ser antes de la una. Entré en la casa, aproximadamente a la una menos diez, me lavé las manos y me senté a comer.

—¿Vio usted a miss Pebmarsh entrar en su casa o salir de ella?

—Me parece que entró... Oí el chirrido de la cancela... Sí. Eso sucedió pasadas ya las doce y media.

—¿No habló con ella?

—¡Oh, no! Fue ese chirrido lo que me hizo levantar la cabeza. Es su hora acostumbrada de volver a casa. Creo que es por entonces cuando termina sus clases. Probablemente se ha enterado usted ya de que se dedica a la enseñanza en un centro para niños invidentes.

—De acuerdo con lo declarado por ella, miss Pebmarsh volvió a salir a la una y media, aproximadamente. ¿Está usted conforme con sus manifestaciones?

—Pues... No podría decirle la hora exacta, pero... sí. Recuerdo haberla visto cruzar la cancela y luego la calle.

—Un momento, miss Waterhouse. ¿Miss Pebmarsh cruzó la calle de veras?

—Pues sí. Yo me encontraba en mi sala de estar. La ventana da a la calle en tanto que la del comedor, en el que ahora nos hallamos, se asoma, como puede usted observar, al jardín posterior. Pero es que yo tomé el café en la primera de estas piezas, sentada en un sillón, junto a la ventana. Me entretenía leyendo *The Times* y creo que fue al volver una de las hojas del diario cuando advertí la figura de miss Pebmarsh en el instante de cruzar la calle. ¿Hay algo extraordinario en eso, inspector?

—No, no hay nada de extraordinario en ello —replicó Hardcastle sonriendo—. Es que tengo entendido que miss Pebmarsh pretendía tan solo adquirir unas menudencias que necesitaba y acercarse a la estafeta de correos, todo lo cual podía hacerlo simplemente avanzando a lo largo de la vía.

—Eso depende de las tiendas que quiera visitar —declaró miss Waterhouse—. Por supuesto, la mayor parte de los establecimientos quedan más cerca por este lado y en Albany Road se encuentra una oficina de correos...

—Tal vez miss Pebmarsh tuviera la costumbre de salir todos los días a la hora señalada...

—Pues la verdad es que no sé si salía o no, y mucho menos cuál era la dirección preferida por esa mujer. No soy de esas personas que se dedican a espiar a sus vecinos, inspector. Soy una mujer muy ocupada y bastante tengo yo con mis cosas. Ya sé que hay gente que se pasa el día asomada a las ventanas, observando al que transita por la calle, fijándose además en cuáles son los vecinos que reciben visitas o viven desconectados del mundo. Un hábito propio de inválidos o de personas desocupadas a quienes no se les ocurre otra cosa que especular con los asuntos de sus vecinos, gente que no posee otro afán que el del chismorreo...

Miss Waterhouse hablaba con tal acritud que el inspector pensó que lo hacía impulsada por alguna razón especial.

—Es cierto, es cierto... —se apresuró a responder. Seguidamente añadió—: Apoyándonos en sus manifestaciones, de acuerdo con la dirección tomada por miss Pebmarsh, podemos pensar que esta fue a telefonear... ¿No hay por allí una cabina telefónica?

—Sí. Enfrente de la casa que tiene el número 15.

—He aquí la más importante de las preguntas que deseaba hacerle, miss Waterhouse: ¿presenció usted la llegada del hombre, del hombre misterioso, como creo que han comenzado a llamar los periódicos a la víctima?

Miss Edith Waterhouse negó con la cabeza.

—No, no le vi. Y tampoco vi a ningún otro visitante.

—¿Qué hizo usted entre la una y media y las tres de la tarde?

—Pasé media hora aproximadamente haciendo el crucigrama de *The Times*, que no sé si logré completar. Luego me fui a la cocina, a fregar los platos de la comida. Veamos... ¿Qué más? ¡Ah! Escribí un par de cartas, extendí varios cheques para pagar unas facturas, subí a las habitaciones para apartar unas prendas que quería llevar a la tintorería... Creo que fue estando en mi dormitorio cuando advertí cierta conmoción en la casa vecina. Oí que alguien gritaba, así que, naturalmente, me acerqué a la ventana. En la puerta exterior había un joven y una chica. Él parecía estar abrazándola...

El sargento Lamb, en un gesto del todo involuntario, frunció el ceño. Pero miss Waterhouse no llegó a advertirlo, por la sencilla razón de que no le estaba mirando. Evidentemente, no se le ocurrió ni por un segundo relacionar a Colin con el joven al que acababa de aludir.

—Vi a aquel desconocido de espaldas. Parecía estar discutiendo con la chica. Finalmente, la dejó sentada junto a la verja. Una decisión extraña... A continuación se apresuró a entrar en la casa.

—¿No vio usted a miss Pebmarsh regresar poco antes?

Miss Waterhouse movió la cabeza.

—No. No me asomé a la ventana hasta que oí aquel griterío. Con todo, no presté demasiada atención. Las parejas jóvenes suelen hacer cosas raras. Cuando no cantan o gritan se empujan mutuamente bromeando, ríen, corren o dan voces... No pensé que pudiera tratarse de nada serio. Únicamente cuando se presentaron aquí los coches de la policía comprendí que había sucedido algo que se apartaba de lo normal.

—¿Qué hizo usted entonces?

—Como es lógico, abandoné la casa, me planté en la escalinata y fui después hasta el jardín posterior. Me pregunté qué habría ocurrido. Pero desde aquel sitio poco era lo que podía ver... Al volver sobre mis pasos observé que se había congregado frente a las casas una pequeña multitud. Alguien me notificó que habían asesinado a una persona en la vivienda vecina. Me pareció sorprendente, ¡muy sorprendente! —exclamó Edith Waterhouse, haciendo elocuentes gestos de desaprobación.

—¿No reparó usted en ninguna otra cosa que pueda ahora confiarnos?

—No, temo que no...

—¿Ha recibido usted en las últimas semanas algún escrito proponiéndole tomar un seguro? ¿Existe alguna persona que le haya anunciado su visita?

—No, nada de eso... Tanto James como yo poseemos pólizas suscritas con la Mutual Help Assurance Society. Desde luego, una siempre está recibiendo cartas que en realidad son circulares o anuncios de un tipo u otro. Sin embargo, últimamente no nos ha llegado nada de eso.

—¿No ha recibido nunca ninguna carta firmada por un tal Curry?

—¿Curry? No.

—Y este apellido, ¿no le dice a usted nada en ningún aspecto?

—No. ¿Debería decirme algo, quizá?

Hardcastle sonrió.

—No, me parece que no, en realidad. Así es como se hacía llamar la víctima.

—¿No era su apellido real?

—Tenemos razones para dudar de eso.

—¿Se trataría tal vez de algún estafador? —quiso saber miss Waterhouse.

—No podemos afirmar algo así hasta disponer de las pruebas necesarias.

—Claro, claro. Tienen que andarse con cuidado. Sé muy bien lo que es eso... No se puede ser como mucha gente de por aquí, capaz de decir lo primero que se les pasa por la cabeza. Hay personas, por lo visto, que dedican todo su tiempo libre a la difamación...

—A la calumnia —apuntó el sargento Lamb, quien hablaba por vez primera desde el comienzo de la entrevista.

Miss Waterhouse dirigió a Colin una mirada de extrañeza, como si hasta aquel momento hubiera considerado al falso sargento una simple prolongación del inspector Hardcastle, carente de personalidad propia.

—Lamento mucho no haberle podido servir de más ayuda en sus indagaciones, inspector.

—Yo también lo siento. Una persona de su talento y buen juicio, dotada además de excelentes facultades como observadora, habría sido para mí un testigo de gran valor.

—¡Ojalá hubiese visto algo! —exclamó Edith. Lo expresó con la vehemencia de una joven.

—¿Su hermano James no se encuentra aquí?

—James no sabe ni media palabra de todo esto —declaró Edith, un tanto desdeñosa—. En general no se entera nunca de nada. Además, a la hora en que sucedían los hechos que he mencionado se hallaba en High Street, trabajando en las oficinas de Gainsford & Swettenham. ¡Oh, no! James no le podrá prestar la menor ayuda. Ya le he dicho que él nunca come aquí.

—¿Adónde va habitualmente?

—Suelen prepararle unos bocadillos y una taza de café en Three Feathers, un establecimiento muy serio. Se ha especializado en comidas rápidas para los que hacen un breve paréntesis al mediodía en su trabajo.

—Gracias, miss Waterhouse. No podemos entretenerla más tiempo.

Hardcastle se puso en pie y se encaminó hacia el vestíbulo. Lamb cogió el palo de golf que estaba junto a la puerta.

—Muy bueno —comentó elogiosamente—. Una cabeza que pesa lo suyo. —Colin tanteó el palo—. Ya veo, miss Waterhouse, que está usted preparada para cualquier eventualidad.

Edith se quedó algo perpleja.

—La verdad es que no acierto a comprender cómo ese palo de golf ha podido llegar hasta aquí.

La mujer tomó el palo de manos de Colin Lamb y lo depositó en el cesto, junto con los otros.

—Una sabia precaución —opinó Hardcastle.

Miss Waterhouse les abrió la puerta. Al cabo de unos segundos los dos amigos avanzaban por la calle.

—Poco es lo que has podido sacarle a esa mujer, pese a no haber desaprovechado ninguna ocasión para adularla —dijo Colin Lamb con un suspiro—. ¿Utilizas siempre el mismo método?

—Aplicado a personas de su tipo, a veces el método da resultado. Las gentes ásperas siempre responden favorablemente al cumplido, al halago.

—Ronroneaba como una gatita a la que se le hubiese ofrecido un plato de nata —manifestó Colin—. Desgraciadamente, no ha revelado nada de interés.

—¿No? —dudó Hardcastle.

Colin dirigió a su amigo una rápida mirada.

—¿En qué piensas?

—En un detalle leve, posiblemente sin importancia. Miss Pebmarsh se marchó de compras y a la oficina de correos. Pero luego torció a la izquierda en lugar de a la derecha, y la llamada telefónica, de acuerdo con lo declarado por miss Martindale, tuvo lugar a las dos menos diez minutos.

Colin Lamb escrutó el rostro del inspector.

—¿Aún crees que ella podría ser la autora del crimen pese a su falta de visión? Miss Pebmarsh rebosaba en todo momento naturalidad.

Hardcastle contestó, adoptando un tono de reserva:

—En efecto, rebosaba naturalidad.

—Pero, de ser así, ¿por qué lo hizo?

—¡Oh! Todo es un puro por qué —repuso el inspector, impaciente—. ¿Por qué? ¿Por qué? ¿Dónde radica el porqué de este galimatías? De haber sido miss Pebmarsh quien llamara por teléfono, ¿por qué deseaba que la chica se presentara en su casa? De ser otra la autora de esa llamada, ¿por qué quería implicar a miss Pebmarsh en el asunto? No sabemos nada de nada, todavía. Si miss Martindale hubiese conocido a miss Pebmarsh, habría sido capaz de reconocer su voz por teléfono o no... Cuando menos habría podido decirnos que era muy semejante. Bueno, poco es lo que hemos obtenido en el número 18. Veamos si en el 20 nos tratan mejor.

Capítulo 8

Además de su número, la casa que ostentaba el 20 de Wilbraham Crescent tenía un nombre: DIANA LODGE.

La cancela presentaba serios obstáculos para los rateros merced al pródigo empleo de verjas metálicas. Unos laureles moteados de aire melancólico, imperfectamente forjados, suponían un inconveniente más para los intrusos capaces de forzar una puerta.

—Ninguna otra casa podría haber sido bautizada con más propiedad que esta con el nombre de Los Laureles —observó Colin Lamb—. ¿A qué viene esa denominación de Diana Lodge?[1]

Miró con atención a su alrededor. En Diana Lodge no imperaba el orden. Destacaba la masa de vegetación enmarañada, el detalle más sobresaliente del lugar, junto con un fuerte olor a amoníaco. La casa no parecía hallarse en muy buenas condiciones y a simple vista se veían en ella partes que andaban necesitadas de una reparación. La única señal de que alguien habitaba la vivienda era una puerta pintada recientemente, cuya brillante superficie azul hacía que fuese más visible el abandono del jardín y de la construcción que lo presidía. No había timbre y el hueco del botón correspondiente lo ocupaba una manecilla de la que, evidentemente, había que tirar. El inspector

1. Equivalente a casita, cabaña o choza de Diana. *(N. del T.)*

lo hizo y se oyó a lo lejos, dentro del edificio, un remoto tintineo.

Esperaron unos segundos. A continuación percibieron unos sonidos bastante curiosos. Se trataba de un canturreo agudo, mitad cantado, mitad hablado.

—¿Qué diablos...? —empezó a decir Hardcastle.

La persona que canturreaba parecía estar acercándose a la puerta. Ya era posible entender algunas palabras.

—No, cariño, por aquí... Cleo, Cleopatra... Mimiiii...

Por fin quedó abierta la puerta principal. Frente a Colin Lamb y Hardcastle apareció una señora envuelta en una bata de matiz verde algo desvaído, una prenda que según todos los indicios hacía tiempo que se hallaba en uso. Los cabellos de aquella mujer, en grisáceos mechones, habían sido rizados para componer un peinado muy de moda treinta años atrás. Una gargantilla de piel color naranja ceñía el cuello de la dueña de la casa. El inspector preguntó, vacilante:

—¿Mrs. Hemming?

—Yo soy Mrs. Hemming. Cuidado, Sunbeam, con cuidado, cariño...

Fue entonces cuando Hardcastle se dio cuenta de que lo que había tomado por una gargantilla era en realidad un gato. No era el único allí dentro. En el vestíbulo el inspector divisó tres. Dos de ellos maullaban desesperadamente. No apartaban la vista de los recién llegados y frotaban sus lomos contra el borde de las faldas de su ama. Un fuerte olor a gato ofendía el olfato de Hardcastle y su amigo.

—Soy el detective inspector Hardcastle.

—Me imagino que viene usted a verme por sugerencia de aquel odioso tipo de la Sociedad Protectora de Animales que me visitó hace poco —manifestó Mrs. Hemming—. ¡Qué hombre tan antipático! Formulé una denuncia contra él... ¡Decir que mis gatos vivían en condiciones nada favorables para su salud y bienestar! ¡Un sujeto cargante, de veras! Yo vivo exclusivamente para mis gatos, inspector. Son mi único gozo, mi sola distracción, y me desvelo para que tengan cuanto necesitan. Miiii... Miiii... No, ahí no, cariño. Quieto, quieto, Cha-Cha-Mimi.

Cha-Cha-Mimi no prestó la menor atención al gesto de prohibición de su dueña y saltó, para plantarse encima de la mesita del vestíbulo. Una vez en ella, se quedó sentado pasándose afanosamente las patas por el hocico, con los ojos fijos en aquellos desconocidos que tenía delante.

—Entren —dijo Mrs. Hemming—. No, en esa habitación no. Se me había olvidado...

Abrió una puerta que quedaba a la izquierda. La atmósfera resultaba casi irrespirable.

—Vamos, pequeños, vamos.

En el cuarto, Hardcastle descubrió varios cepillos y peines sobre las sillas. Había cojines de tonos desvaídos, sucios. Allí dentro divisó seis gatos más, como mínimo.

—Vivo para ellos —explicó Mrs. Hemming—. Entienden todo lo que les digo.

El inspector Hardcastle hizo de tripas corazón y se internó con valentía en el cuarto. Era un hombre verdaderamente alérgico a los gatos. Como siempre suele ocurrir en tales ocasiones, los animalitos mostraron de inmediato sus preferencias por él. Uno saltó sobre sus rodillas; otro se restregó voluptuosamente contra sus pantalones. El detective inspector Hardcastle, que era un hombre de gran valor, apretó los labios, soportando el tormento.

—Tenía el propósito, Mrs. Hemming, de hacerle unas preguntas acerca de...

—Lo que usted guste —dijo ella, interrumpiéndole—. Nada tengo que ocultar. Puedo enseñarle la comida que reservo a mis animales, el sitio en el que duermen. Cinco de ellos comparten conmigo mi habitación; los otros siete se acomodan aquí. No comen más que pescado de buenísima calidad, que les preparo personalmente.

—Lo que me ha traído hasta aquí no tiene nada que ver con los gatos —declaró Hardcastle levantando la voz—. Deseaba hablar con usted sobre el desgraciado suceso que ha tenido lugar en la casa vecina. Probablemente conocerá el hecho...

—¿En la casa de al lado? ¿Se está usted refiriendo al perro de Mr. Joshua?

—No, no. Le hablo del número 19, en cuyo interior ayer fue hallado el cadáver de un hombre asesinado.

—¿De veras? —inquirió Mrs. Hemming, demostrando una educada atención..., pero nada más. Se mantenía pendiente de sus gatos, constantemente atareados con sus idas y venidas.

—¿Me permite que le pregunte si se encontraba usted ayer en su casa por la tarde? Me refiero al espacio de tiempo comprendido entre la una y media y las tres y media.

—¡Oh, sí, pues claro! Habitualmente hago mis compras a primera hora de la mañana. Enseguida regreso para hacer la comida de estos pequeños y proceder a su cepillado y aseo.

—¿Y no notó usted nada extraño en la casa vecina? ¿No observó la presencia de unos coches de la policía y una ambulancia?

—Pues... Creo que no llegué a asomarme por las ventanas de la fachada principal. Fui al jardín porque echaba de menos a Arabella. Es una gata muy joven, ¿sabe usted? Se había subido a un árbol y temí que no pudiera bajar de él. Luego traté de tentarla con un plato de pescado, pero la pobrecilla estaba asustada. Al final tuve que renunciar a mi propósito y me metí en casa. Y usted no me creerá, pero le aseguro que le estoy diciendo la verdad: en el instante de cruzar el umbral, la gatita se lanzó detrás de mí.

Mrs. Hemming miró alternativamente a sus visitantes en busca de su asentimiento.

—Yo sí la creo —declaró Colin Lamb, incapaz de guardar silencio por más tiempo.

—¿Cómo dice? —le preguntó Mrs. Hemming, ligeramente sobresaltada.

—Me gustan muchísimo los gatos —manifestó Lamb—, y he hecho un estudio de su carácter y manera de comportarse. Lo que usted cuenta se aviene perfectamente con lo observado por mí en ellos y las reglas que suelen determinar su comportamiento en condiciones normales. Vea usted lo que ocurre en estos momentos dentro de este cuarto... Los animalitos se congregan en torno a mi amigo, a quien, hablando con franqueza, no le gustan los gatos, y en cambio a mí no me prestan la menor atención, pese a mi favorable actitud para con ellos.

Tal vez Mrs. Hemming estuviera pensando en aquellos instantes que Colin no se expresaba de acuerdo con su personalidad de sargento de la policía... Esto era posible, pero su rostro no delató nada. Se limitó a murmurar vagamente:

—Estos pequeños saben muy bien lo que se hacen.

Un hermoso gato persa de pelo gris colocó sus menudas garras sobre la rodilla de Hardcastle, mirándole extasiado. Luego las clavó en la tela del pantalón, tomando esta sin duda por la de un cojín o acerico. Incapaz de continuar resistiendo tantos ataques seguidos, el inspector se puso en pie.

—¿Podría ver el jardín posterior de la casa, señora? —preguntó. Colin esbozó una sonrisa.

—¡No faltaba más!

Mrs. Hemming había abandonado también su asiento. El gato de pelo color naranja dejó el cuello de su ama. Esta lo sustituyó, con gesto distraído, por el ejemplar persa. Después echó a andar delante de los dos hombres.

—Nos conoces ya, ¿eh? —dijo Colin dirigiéndose al gato color naranja—. Y tú, sí, tú eres una monería —añadió mirando a otro persa instalado en una mesa, junto a una lámpara china, que no cesaba de mover la cola.

Colin le pasó la mano por el lomo, le rascó detrás de las orejas y el animal empezó a ronronear.

—Cierre la puerta al salir, por favor, señor... —solicitó Mrs. Hemming desde el vestíbulo—. Sopla un viento bastante frío hoy y no quiero que mis pequeños se resfríen. Además, por ahí fuera andan esos terribles chiquillos... No se puede dejar a estos animales vagando a sus anchas por el jardín. Se exponen a que les ocurra algo.

La mujer fue al fondo del pasillo y abrió una puerta.

—¿A qué chiquillos se refiere usted? —inquirió el detective inspector Hardcastle.

—A los dos hijos de Mrs. Ramsay. Viven en la parte sur de la manzana. Nuestros jardines caen más o menos enfrente uno del otro. Unos gamberros... Eso es lo que son esas criaturas. Tienen un tirachinas... o lo tenían. Insistí en que debían ser desposeídos de él. Ahora continúan inspirándome la misma desconfianza de siempre. Se esconden por aquí, preparan emboscadas para cazar a mis desventurados animalitos... En verano no paran de arrojar manzanas.

—No hay derecho —comentó Colin.

El jardín posterior se parecía al de la parte delantera de la vivienda. También aquí todo quedaba presidido por el desorden. El césped crecía en el más absoluto abandono; algunos árboles andaban necesitados de una poda a fondo; los arbustos se veían, asimismo, excesivamente frondosos... Los visitantes encontraron allí más y más laureles. En fin, aquel espacio era una prolongación del que ya habían examinado. Presidían además el lugar unos lúgubres cipreses, de los destinados al ornato, que, faltos de recorte y cuidados, habían desbordado el seto que sin duda estaban destinados a componer en un principio.

Colin Lamb pensó que tanto él como su amigo estaban perdiendo el tiempo allí.

Las ramas de los árboles y arbustos formaban una tupida masa. Desde allí era absolutamente imposible ver el jardín de miss Pebmarsh. Diana Lodge podía ser considerada una vivienda aparte de las demás. Desde el punto de vista de su única habitante, lo mismo hubiera dado que la construcción careciese de casas vecinas.

—¿El número 19 ha dicho usted? —preguntó Mrs. Hemming, deteniéndose vacilante en medio del jardín posterior—. Yo creía que en esa casa no vivía más que una persona, una mujer ciega...

—El hombre asesinado no vivía allí.

—¡Ah, ya comprendo! —exclamó Mrs. Hemming algo vagamente—. Vino aquí para ser asesinado. ¡Qué raro!

—Esa —manifestó de repente Colin, absorto en sus pensamientos— constituye una descripción endiabladamente precisa del crimen.

Capítulo 9

Condujeron a lo largo de Wilbraham Crescent, girando hacia la derecha luego y ascendiendo por Albany Road. Con un nuevo giro en el mismo sentido, se colocaron en el lado opuesto de la manzana.

—Verdaderamente sencillo —comentó Hardcastle.

—Sí, cuando se sabe —dijo Colin.

—El número 61 queda en la parte posterior de la casa de Mrs. Hemming... Pero una esquina toca al 19, lo cual no está mal del todo. Tendrás la oportunidad de echar un vistazo a tu Mr. Bland. A propósito, nada de una asistenta extranjera.

—Así pues, ahí existe implícita una hermosa teoría.

El coche se detuvo y los dos hombres se apearon.

—¡Vaya, vaya! —exclamó Colin—. A esto sí que puede dársele el nombre de jardín.

Este era ciertamente un modelo de perfección suburbana a pequeña escala. Había macizos de geranios y setos de lobelias. También había allí grandes begonias de aspecto carnoso y toda una exposición de ornamentos de jardinería: ranas, renacuajos, cómicos gnomos y hadas...

—Este hombre, Mr. Bland, tiene que ser forzosamente una persona muy digna —manifestó Colin encogiéndose de hombros—. No hubiera podido llevar a la práctica todas esas ideas en caso contrario. —Y añadió, en el instante en que Hardcastle pulsaba el botón del timbre—: Pero ¿de verdad esperas encontrarle en su casa a esta hora de la mañana?

—Le llamé por teléfono —explicó Hardcastle— para preguntarle si no le resultaría inoportuna mi visita.

En aquel momento se aproximó a ellos un vehículo, una pequeña furgoneta, que entró poco a poco en el garaje, evidentemente una adición posterior a la casa. Del vehículo se apeó Mr. Josaiah Bland, quien cerró dando un fuerte portazo y se dirigió luego hacia sus visitantes. Era un hombre de mediana altura, calvo y con unos ojos menudos, más bien azules. Sus ademanes delataban a un individuo cordial, abierto.

—¿Inspector Hardcastle? Entren, caballeros.

Los condujo al cuarto de estar, cuyo aspecto denotaba la prosperidad del dueño de la casa. Las lámparas de complicado dibujo eran de cierto valor, así como la mesa estilo imperio que había en la salita, el fulgurante juego de adornos de la repisa de la chimenea y la *jardinière*, llena de flores, que ocupaba parte de la ventana.

—Siéntense —dijo Mr. Bland con afabilidad—. ¿Fuman? ¿O quizá no acostumbran a hacerlo cuando trabajan?

—No, no, gracias —repuso Hardcastle.

—Me imagino que no beben tampoco. Bien. Quizá sea mejor para los tres, si me permiten expresarme así. Veamos... ¿Qué pasa? Supongo que se trata de ese asunto del número 19. Las esquinas de nuestros jardines se tocan, pero la verdad es que no se puede ver demasiado del vecino, a menos que uno se asome a las ventanas de la planta superior. Considero que el suceso tiene unas características que invitan a catalogarlo entre los hechos auténticamente extraordinarios. Estoy enterado de todo gracias a la información que ha publicado la prensa de la mañana. Me encantó tener noticias de usted. Vi que se presentaba la ocasión de poseer una versión directa de lo acaecido. No tiene ni idea de los rumores que por ahí circulan... Mi esposa está con los nervios desatados. No hace más que pensar en que anda por ahí suelto un asesino. Francamente, no me parece atinada la costumbre ahora imperante en los establecimientos que acogen a los perturbados mentales de devolverlos con el menor pretexto a sus casas, bajo la promesa formal de portarse bien o confiando en la vigilancia de los familiares... Luego, tarde o temprano, hacen algo y tienen que ser recogidos de nuevo. ¿Qué decía yo de los rumores? ¡Ah, sí! Bueno, se quedaría usted sorprendidísimo si tuviera ocasión de oír lo que cuentan el lechero, la asistenta, el repartidor de periódicos... Unos afirman que el hombre fue estrangulado con un alambre, otros que murió apuñalado. Hay quien asegura que falleció a consecuencia de los golpes que le propinaron con un arma contundente. ¿Quién fue el autor de ese crimen? Otro hombre, me imagino... ¿No opina usted igual? Los periódicos hablan de que la víctima sigue sin identificar...

Finalmente, Mr. Bland calló.

Hardcastle sonrió, diciendo en tono de desaprobación:

—Por lo que a la identificación de la víctima respecta, debo comunicarle que en uno de los bolsillos fue hallada una tarjeta con sus señas.

—Entonces eso es falso... Bien. Ya sabe usted cómo es la gente. ¿Quién ideará tales cosas?

—Ya que nos estamos ocupando de la víctima —indicó Hardcastle—, ¿tendría inconveniente en echar un vistazo a esto?

Una vez más, el inspector sacó la fotografía.

—¡Ah! Es este el hombre, ¿eh? Un tipo como tantos otros, ¿verdad? Un individuo de aspecto ordinario, como usted o como yo. Supongo que no debo preguntar si existía alguna razón que determinara la eliminación de este desgraciado.

—Es prematuro hablar de eso, Mr. Bland —manifestó Hardcastle—. Lo que yo deseo saber es si usted ha visto alguna vez a nuestro hombre.

Bland negó con un movimiento de cabeza.

—Seguro que no. Soy un buen fisonomista.

—¿No ha venido a verle aquí nunca, con el fin, por ejemplo, de ofrecerle una póliza, una aspiradora, una lavadora u otro artefacto por el estilo?

—No. No. Con toda certeza que no.

—Quizá debería formularle esta pregunta a su esposa. De haber venido a esta casa, lo más probable es que fuese ella quien lo viera.

—Tiene usted mucha razón, inspector, pero no sé... Valerie anda mal de salud, ¿sabe? No quisiera trastornarla más. Quiero decir, bueno..., supongo que en esa fotografía ya está muerto, ¿verdad?

—Sí, es cierto. Pero yo no diría que la fotografía es desagradable.

—No, no. Está muy bien hecha. Parece como dormido...

—¿Hablas de mí, Josaiah?

Acababa de abrirse la puerta de la habitación vecina y en el umbral se plantó una mujer de mediana edad. Hardcastle decidió que la recién llegada debía de haber estado escuchando toda la conversación.

—¡Ah, querida! Estás ahí... —respondió Bland—. Creía que estabas echando el último sueño de la mañana. Le presento a mi esposa, detective inspector Hardcastle.

—Ese terrible crimen... —murmuró Mrs. Bland—. Me estremezco nada más pensar en él.

La mujer se sentó en un sofá, suspirando.

—Levanta un poco los pies, querida —sugirió Bland.

Su esposa obedeció. Era una mujer de cabellos rojizos, con una voz que sonaba débil, quejumbrosa. Daba la impresión de estar anémica. Tenía el aire característico de una persona inválida que acepta su inutilidad con alegría, en parte. Por unos momentos el inspector Hardcastle pensó en que su faz le recordaba a la de otra mujer. Intentó localizar mentalmente a esta última, sin conseguirlo. La tenue y gimiente voz continuaba llegando a sus oídos.

—No gozo de muy buena salud, inspector Hardcastle, y mi esposo procura evitarme, naturalmente, las impresiones fuertes, las preocupaciones normales, incluso. Soy muy sensible a todo esto. Creo recordar que estaban hablando de una fotografía... del hombre asesinado. ¡Oh! ¡Qué frase tan horrible! No sé si podré soportarlo en caso de que tenga, ineludiblemente, que verla.

«Se muere de ganas de verla, en realidad», pensó Hardcastle.

Ligeramente malicioso, repuso:

—Entonces lo mejor será que no le pida tal cosa, Mrs. Bland. Había pensado, simplemente, en que usted hubiera podido prestarnos un valioso servicio en caso de haberle sido posible asegurar que el hombre en cuestión había visitado algún día esta casa.

—Debo cumplir con mi deber de ciudadana, ¿no? —argumentó Mrs. Bland, sonriendo valientemente al tiempo que tendía su mano al inspector.

—¿Crees que ver eso no te causará una impresión perjudicial, Val?

—No digas tonterías, Josaiah. Por supuesto, debo ver la foto.

La mujer la contempló con mucho interés y un tanto desilusionada. Al menos eso fue lo que le pareció a Hardcastle.

—No parece..., no parece que esté muerto —comentó Mrs. Bland—. No hay ningún detalle en él que haga pensar en un asesinato. ¿No será que...? ¿No moriría estrangulado?

—Fue apuñalado —manifestó el inspector.

Mrs. Bland cerró los ojos, estremecida.

—Es terrible —dijo.

—¿No cree haberle visto nunca, señora?

—No —respondió con evidente desgana—, me temo que no. ¿Era uno de esos hombres que... que visitan las casas particulares para vender cosas?

—Al parecer trabajaba como agente de seguros —manifestó el inspector, meditando bien sus palabras.

—Ya, ya... No, por aquí no ha pasado ninguna persona así... Estoy segura de ello. ¿Recuerdas tú acaso, Josaiah, haberme oído decir algo en tal sentido?

—No.

—¿La víctima era pariente de miss Pebmarsh? —quiso saber Mrs. Bland.

—No —repuso Hardcastle—. Miss Pebmarsh no conocía a ese hombre.

—Es curioso.

—¿Conoce usted a miss Pebmarsh?

—Pues sí, esto es, como vecina. En ocasiones pide consejo a mi marido en relación con el cuidado del jardín.

—Tengo entendido que es usted un hombre entendido en este aspecto, ¿no?

—No mucho, no mucho... No dispongo de tiempo suficiente para ocuparme de esas cosas. Naturalmente sé algo. Pero me he hecho con un buen colaborador... Viene aquí dos veces por semana. Se ocupa de que el jardín esté bien abastecido de plantas y de que impere la limpieza por todas partes. Supongo que no es posible oponerle ningún reparo, pero para mí no es un jardinero auténtico, como lo es mi vecino.

—¿Se refiere usted a Ramsay? —inquirió Hardcastle muy sorprendido.

—No, no. Más allá, en el número 63. Ahí vive Mr. McNaughton. Ese hombre se halla en el mundo exclusivamente para cuidar de su jardín. En él se pasa todo el día, escarbando, abonando... Por cierto que en la cuestión de los abonos sigue unos criterios... Bueno, me imagino que no es ese el tema que a usted le interesa abordar.

—No, desde luego. Quiero preguntarle si usted o su esposa se encontraban en su jardín por la mañana o a primera hora de la tarde. Después de todo limita con el de la casa número 19 y existe la posibilidad de que ustedes tuvieran ocasión de observar algo de especial interés, o de oír cualquier palabra, frase o conversación...

—A mediodía, ¿no? ¿Cuándo se cometió el crimen?

—Entre la una y las tres de la tarde, he ahí el período en que se concentra preferentemente nuestra atención.

Bland hizo un movimiento de cabeza.

—Yo me encontraba dentro de casa, al igual que Valerie. Nos hallábamos sentados a la mesa y nuestro comedor da a la carretera. Nada podíamos ver que estuviera ocurriendo en el jardín.

—¿A qué hora comen ustedes?

—Alrededor de la una. A veces se nos hace la una y media.

—¿Y no salen luego al jardín?

Bland volvió a negar con la cabeza.

—En realidad, mi esposa siempre se acuesta un rato después de comer, y yo, si no ando ocupado, echo un sueño en ese sillón. Luego tengo que irme. Esto ocurre a las tres menos cuarto... No, desgraciadamente no salí al jardín.

Hardcastle suspiró.

—Ya se harán ustedes cargo. Debemos formular estas preguntas a todo el mundo.

—Lo comprendo, inspector. Mi deseo hubiera sido resultarles de más utilidad.

—¡Qué bonita casa tienen ustedes! No han escatimado el dinero para decorarla, si me permiten expresar mi admiración.

Bland rio cordialmente.

—¡Oh! Sí, somos algo refinados. Mi esposa es una mujer con gusto. Tuvimos un golpe de suerte hace un año. Valerie heredó de un tío suyo. Hacía veinticinco años que no le veía. ¡Fue una gran sorpresa! Se lo diré con franqueza: nuestra vida cambió. Procuramos acomodarnos bien y ahora proyectamos uno de esos cruceros de fin de año.

Creo que son muy educativos. Ya sabe: Grecia y todo lo demás. Un puñado de profesores se encargan de impartir varias series de conferencias. Es que yo, ¿sabe usted, inspector?, he sido un autodidacta y no he dispuesto jamás de tiempo para ocuparme de esas cosas. Y me interesan. El que llevó a cabo las excavaciones de Troya creo que era comerciante de ultramarinos. Muy novelesco. Debo decirle que me gustan los viajes al extranjero... Naturalmente, no se me han presentado demasiadas ocasiones de disfrutar con tales desplazamientos. Solo algún que otro fin de semana en el alegre París. Sí, eso es todo. He estado considerando la idea de liquidar cuanto aquí tenemos con el propósito de irnos a vivir a España, Portugal o América. Mucha gente lo ha hecho. Se ahorra uno los impuestos. ¡Ah! Sin embargo, a mi esposa no le acaba de gustar ese proyecto.

—También a mí me gustan los viajes, pero no transijo con la idea de vivir fuera de Inglaterra —explicó Mrs. Bland—. Tenemos aquí a todos nuestros amigos, a mi hermana incluso... Además, todo el mundo nos conoce. Fuera de nuestro país seríamos, lógicamente, unos desconocidos. Por añadidura, aquí contamos con los servicios de un excelente doctor, que me atiende perfectamente. ¡Qué horror, ponerme en manos de un médico nuevo, de un extraño! De veras, no me inspiraría la menor confianza.

Mr. Bland manifestó alegremente:

—Ya veremos qué pasa. Haremos ese crucero del que les he hablado. A lo mejor, Valerie, te enamoras de alguna de las islas del archipiélago griego.

Valerie Bland hizo un elocuente gesto, queriendo dar a entender que consideraba aquello muy improbable.

—Es posible que a bordo del buque haya un médico inglés como Dios manda... —dijo ella vacilante.

—Eso es lo más probable —afirmó Mr. Bland.

El hombre acompañó a Hardcastle y a Colin Lamb hasta la puerta, diciendo una vez más que lamentaba no haberles podido ser de verdadera utilidad.

—Bien —inquirió el inspector a su compañero—, ¿qué opinión te merece Mr. Bland?

—Desde luego, no le confiaría la construcción de una casa para mí —declaró Colin—. Sin embargo, no es un maestro de obras fullero lo que yo busco... En cuanto al caso criminal, debo decirte que has dado con uno auténticamente enrevesado. Supongamos que Bland administra a su esposa una dosis de arsénico y la sepulta en el Egeo a fin de heredar su dinero y contraer matrimonio con una rubia descarriada...

—Ya nos ocuparemos de eso cuando sucedan tales hechos —respondió el inspector Hardcastle—. Entretanto, prosigamos con nuestras investigaciones sobre el crimen que nos ha tocado en suerte descifrar.

Capítulo 10

En la casa número 62 de Wilbraham Crescent, Mrs. Ramsay se estaba diciendo a sí misma, animosamente: «Ya no quedan más que dos días, ya no quedan más que dos días...».

Se apartó de la frente unos húmedos mechones de cabello. Desde la cocina llegó a sus oídos un estruendo imponente. Mrs. Ramsay no sentía el menor deseo de llegar hasta allí para averiguar qué había ocurrido. ¡Oh, si hubiese sido capaz de desentenderse de todo! Bien... Dos días solamente. Cruzó el vestíbulo y abrió luego la puerta de la cocina con violencia, para preguntar en un tono menos arrebatado que tres semanas atrás:

—¿Qué habéis hecho ahora?

—Lo siento, mamá —replicó su hijo Bill—. Estábamos jugando a bolos con unas latas y algunas han ido a dar contra el armario de la vajilla.

—No queríamos que rodaran hasta allí —se disculpó Ted, el hermano pequeño, deseoso de agradar a su madre.

—Coged esas cosas y ponedlas en la alacena. Después barreréis los trozos de loza que hay en el suelo y los echaréis al cubo de la basura.

—¡Oh, mamá! Ahora no.

—Ahora sí.

—Ted puede hacerlo —sugirió Bill.

—¡Hombre! Mira qué bien —manifestó Ted—. Siempre

cargándomelo todo a mí. Pues no pienso hacerlo si tú no me ayudas.

—Apuesto lo que quieras a que igualmente lo harás.

—Apuesto lo que quieras a que no hago nada.

Los dos chicos se enredaron en una furiosa pelea. Ted se vio empujado por su hermano contra la mesa de la cocina. Una huevera que había encima empezó a tambalearse peligrosamente...

—¡Fuera de aquí! —gritó Mrs. Ramsay.

Por fin, logró sacarlos de la cocina y cerró inmediatamente la puerta. A continuación se puso a recoger los cacharros que sus hijos habían tirado por el suelo y empezó a barrer los trozos de loza.

«Dos días —pensaba—. Dos días más y habrán vuelto al colegio. ¡Qué perspectiva más agradable para una madre!»

Recordó los comentarios que sobre el particular había hecho una columnista en el diario que habitualmente leía. Solo seis días felices a lo largo del año para una mujer. Los primeros y los últimos días de las vacaciones. «¡Qué verdad es esa!», pensó Mrs. Ramsay mientras arrinconaba los restos de varios platos, los mejores de su vajilla. ¡Con qué placer, con qué alegría aguardaba el día de la partida de sus vástagos, llegados a casa apenas cinco semanas antes! «Mañana», se decía una y otra vez. «Mañana Bill y Ted emprenderán el viaje de vuelta al colegio. Casi no puedo creerlo. ¡No puedo aguantar más!»

¡Y qué contenta se había sentido cinco semanas antes, al ir a recibirlos a la estación! ¡Con qué tempestuoso afecto la habían acogido! En las primeras horas de estancia en el hogar, no se cansaban de corretear por la casa y el jardín. Para la hora del té les había horneado un hermoso pastel. Y ahora... ¿Qué era lo que ansiaba ahora? Sencillamente: un día de paz. Dejaría de preparar las copiosas comidas cotidianas. Ya no tendría que estar dedicada en exclusiva a la limpieza de la vivienda. Amaba a sus hijos... Eran unos chicos magníficos, estaba orgullosa de ellos, pero... ¡resultaban agotadores! Acababan con sus fuerzas. ¡Su desaforado apetito, su extraordinaria vitalidad, el ruido que armaban!

En aquel instante oyó una serie de gritos. Mrs. Ramsay volvió la cabeza, alarmada. No pasaba nada. Los chicos acababan de salir al jardín. Mejor. Allí disponían de más espacio para sus juegos. Probablemente molestarían a los vecinos. Confiaba en que optaran por dejar en paz a los gatos de Mrs. Hemming. Tenía que confesar que le interesaba poco la suerte que corrieran aquellos animalitos. Le preocupaba la tela metálica que rodeaba el jardín de su vecina, entre cuyos alambres sus hijos corrían el riesgo de dejarse los pantalones. Mrs. Ramsay echó un vistazo al botiquín, que siempre procuraba tener a mano en un armario. Se empeñaba en dar determinada orientación a los accidentes naturales a los que estaban expuestos sus vigorosos vástagos. Una ingenuidad. En efecto, su primera e inevitable observación, en caso de salir alguien herido, era: «Pero ¿no os he dicho cien veces que no os hagáis sangre en el saloncito? En todo caso venid corriendo aquí, a la cocina, donde cualquier mancha que aparezca en el linóleo puede ser lavada fácilmente».

Mrs. Ramsay oyó un aullido de terror, cortado bruscamente y seguido de un silencio tan sobrecogedor que no pudo menos que sentirse alarmada. Contuvo el aliento. Verdaderamente, aquel silencio no tenía nada de natural. Permaneció inmóvil unos segundos, sin saber qué hacer, con el recogedor en la mano. Se abrió la puerta de la cocina y Bill apareció ante ella. Su expresión de criatura asustada, casi estática, no cuadraba en su infantil rostro de chiquillo de once años...

—Mamá... Ahí fuera hay un detective con otro hombre.

—¡Oh! —exclamó Mrs. Ramsay aliviada—. ¿Qué quieren de mí?

—Preguntan por la dueña de la casa. Creo que quieren hablar contigo del crimen... El de ayer en casa de miss Pebmarsh.

—¿Y qué puedo decirles yo sobre eso? —inquirió la madre de Bill, algo enojada.

«Una cosa después de otra», se dijo Mrs. Ramsay. No había otra manera de avanzar por la vida. ¿Cómo iba a poder preparar su estofado si la policía se dedicaba a importunarla a una hora tan crítica del día?

—Bueno —murmuró resignada—. Supongo que no tendré más remedio que recibir a esos hombres.

Arrojó los trozos de loza al cubo de la basura que había debajo del fregadero y se lavó las manos bajo el grifo. Luego se alisó los cabellos y se dispuso a echar a andar detrás de Bill, quien le estaba diciendo con impaciencia:

—Vamos, vamos, mamá.

El chico escoltaba a su madre en el momento de entrar en el cuarto de estar de la casa. Dos hombres se encontraban de pie allí. Por lo visto, entretanto Ted se había ocupado de atenderlos. El niño no apartaba la mirada de los visitantes.

—¿Mrs. Ramsay?

—Buenos días, señores.

—Supongo que su chico le habrá dicho que soy el detective inspector Hardcastle... ¿Es así?

—Perdóneme, pero esta mañana ando muy atareada. ¿Me entretendrán mucho rato?

—Solo unos minutos —manifestó Hardcastle, tranquilizándola—. ¿Podemos sentarnos?

—¡Oh, sí, sí! Háganlo, por favor.

Mrs. Ramsay ocupó una silla, mirando a su interlocutor con un gesto de impaciencia. Esperaba que la entrevista fuese aún más breve de lo que le había indicado el inspector.

—No es necesario que vosotros dos os quedéis. —Hardcastle señaló afablemente a los chicos.

—¡Ah! Nosotros no nos vamos —replicó Bill.

—Nosotros no nos vamos —repitió Ted como si fuera un eco de su hermano.

—Queremos enterarnos de todo lo que ha pasado —explicó el primero.

—¡Pues claro! —corroboró su hermano.

—¿Se veía mucha sangre en la habitación? —inquirió el mayor.

—¿Fue todo obra de un ladrón? —quiso saber Ted.

—Callaos —ordenó Mrs. Ramsay—. ¿No habéis oído al inspector Hardcastle? ¿No os habéis enterado aún de que no os quiere aquí?

—No nos iremos —aseguró Bill—. Queremos oír todo lo que habléis.

Hardcastle se levantó, cruzó la habitación y abrió la puerta. Luego miró con gravedad a los dos chicos.

—Fuera —dijo.

No se trataba más que de una palabra, pronunciada sin la menor violencia, serenamente, pero con el acento que emana de la autoridad en tales casos. Sin hacer el menor comentario, Bill y Ted salieron de la habitación arrastrando los pies con desgana, aunque sin osar rebelarse.

«Es maravilloso —pensó Mrs. Ramsay—. ¿Por qué no podré yo conseguir lo mismo de ellos?»

Imposible, reflexionó. Ella era la madre de los chicos. Había oído afirmar que estos, fuera del hogar, se comportan de manera muy distinta. Lo peor se lo suele llevar siempre la madre. Pero quizá fuese eso lo más conveniente. Los resultados de disfrutar en casa de unos hijos atentos, educados, que nada más poner los pies en la calle se convertían en auténticos gamberros, originando desfavorables opiniones en relación con sus personas, tenían que ser a la fuerza catastróficos. Mrs. Ramsay recordó qué era lo que de ella querían sus visitantes cuando el inspector Hardcastle volvió a ocupar su silla.

—Si desea hablar conmigo sobre lo acaecido ayer en la casa número 19 —dijo muy nerviosa—, debo advertirle que no sé nada, inspector. Ni siquiera conozco a las personas que habitan allí.

—En esa casa vive una señorita apellidada Pebmarsh. Es ciega y trabaja en el Aaronberg Institute.

—Es que apenas conozco a nadie en la otra parte de Wilbraham Crescent... —insistió Mrs. Ramsay.

—¿Se encontraba usted aquí ayer entre las doce y media y las tres de la tarde?

—¡Oh, sí! Tenía que hacer la comida y todo lo demás. No obstante, salí a las tres. Llevé a mis hijos al cine.

El inspector sacó la fotografía y la puso en manos de Mrs. Ramsay.

—Desearía que me dijese si ha visto alguna vez a este hombre.

Su interlocutora contempló la cartulina con incipiente interés.

—No. No creo haberle visto. Y en caso afirmativo no estoy segura de si llegaría a recordar su rostro.

—¿No vino a esta casa en ninguna ocasión tratando de venderle un seguro o algo por el estilo?

Mrs. Ramsay sacudió la cabeza vigorosamente.

—No. A mi casa no ha venido jamás un hombre como ese.

—Tenemos razones para creer que su nombre era R. Curry.

Hardcastle dirigió otra mirada interrogante a la mujer. Ella negó de nuevo.

—Lo siento, inspector —dijo en tono de excusa—. Es que durante las vacaciones no tengo tiempo de observar nada.

—Sí, me hago cargo. Suelen ser siempre bastante ajetreadas, ¿eh? Sus chicos son magníficos. Se les ve llenos de vida, inquietos... Demasiado inquietos quizá, ¿verdad?

Mrs. Ramsay sonrió.

—En efecto. Resultan algo cansados, pero en el fondo son buenos.

—Naturalmente que lo son —aprobó el inspector—. Yo los veo muy espabilados, inteligentes. Antes de marchar hablaré con ellos, si usted no tiene inconveniente. Los chicos se fijan a veces en cosas que pasan desapercibidas a los mayores.

—No sé qué pueden haber visto. Al fin y al cabo no se trata de la casa de al lado —argumentó Mrs. Ramsay.

—En cambio sus jardines caen uno enfrente del otro.

—Sí, pero quedan bastante separados.

—¿Conoce usted a Mrs. Hemming, la ocupante de la casa número 20?

—En cierto modo, por culpa de los gatos...

—¿Le gustan a usted los gatos?

—¡Oh, no! No es eso. Me refería a las quejas habituales por ese motivo.

—¡Ah, vamos!, concrete usted... ¿En qué consisten?

Mrs. Ramsay se ruborizó.

—Cuando la gente se dedica a «almacenar» gatos de esa forma, y creo que la colección de Mrs. Hemming llega a los catorce ejemplares, surgen enseguida inconvenientes. Los que así proceden acaban haciendo muchas tonterías. A mí me gustan los gatos. Incluso hemos tenido siempre alguno que otro. El último, de piel moteada, era un excelente cazador de ratones. Pero el proceder de esa mujer bien puede calificarse de extravagante. Esos desventurados animalitos se ven obligados a comer lo que ella les prepara, viven una existencia de reclusos. Por supuesto, sus gatos llevan a cabo continuos intentos de evasión. Yo haría lo mismo en su lugar. Y mis hijos en el fondo son buenos. Jamás se atreverían a torturar a un animal, de ningún modo. Yo sostengo que los gatos saben cuidarse por sí solos. No precisan de valedores. Esas bestias menudas son muy sensatas siempre que se las trate sensatamente.

—Lo que usted dice es razonable, señora. Desde luego,

pocos ratos libres deben de quedarle durante las vacaciones si quiere tener entretenidos y bien alimentados a sus dos hijos. ¿Cuándo vuelven al colegio?

—Pasado mañana —declaró Mrs. Ramsay.

—Ya tendrá ocasión de descansar entonces.

—Me propongo desquitarme, desde luego.

El joven que acompañaba al inspector no había hecho hasta aquel momento otra cosa que tomar notas, sin mediar en la conversación. Mrs. Ramsay experimentó un ligero sobresalto al oírle hablar.

—Debería usted procurarse los servicios de una de esas chicas extranjeras... Creo que las llaman *au pair*. Las muchachas trabajan aquí a cambio de aprender el inglés.

—Me imagino que tendré que intentar algo de eso —respondió Mrs. Ramsay, pensativa—. Pero se me antoja que me costará trabajo entenderme, en muchos aspectos, con una persona extranjera. Mi esposo se ríe de mí cuando digo esto. Es que, claro, él se halla en condiciones de tratar este tema con plena autoridad. Yo no he viajado tanto como él fuera de Inglaterra.

—Se encuentra ausente ahora, ¿no? —inquirió Hardcastle.

—Sí... Tenía que ir a Suecia a principios del mes de agosto. Trabaja como técnico de construcciones. ¡Lástima que se marchara al comenzar las vacaciones! Él entiende bien a los chiquillos. Es que en realidad le gusta jugar con los trenes eléctricos tanto como a ellos. En ocasiones las vías férreas y los apeaderos y todo lo demás quedan instalados en el vestíbulo y la habitación vecina. Se expone una a darse un batacazo al pasar por entre ese montón de juguetes. —La mujer sonrió con indulgencia—. Los hombres son como niños.

—¿Cuándo cree que volverá su marido, señora?

—Jamás lo sé. —Mrs. Ramsay suspiró—. Es más bien difícil... saberlo.

La voz le tembló. Colin fijó la mirada en ella con viveza.

—No queremos entretenerla más, Mrs. Ramsay.

Hardcastle se puso en pie.

—Tal vez sus hijos accedan a enseñarnos el jardín.

Bill y Ted se encontraban en el vestíbulo y recogieron su sugerencia enseguida.

—Desde luego, señor —repuso Bill en tono de excusa, como si quisiera hacerse perdonar su gesto de rebeldía anterior—. Pero ya verá que el jardín no es muy grande.

Era evidente el esfuerzo realizado para mantener en orden el jardín de la casa número 62 de Wilbraham Crescent. A un lado se veía un macizo de dalias y margaritas. Luego había una reducida extensión cubierta de césped irregularmente segado. Los senderos andaban necesitados de alguna labor de azada. Por todas partes se encontraban maquetas de aviones, armas espaciales y otras representaciones a pequeña escala de la ciencia moderna en la última etapa de su vida. Al fondo del jardín había un manzano saturado de rojos y redondos frutos. El árbol que se veía junto a él era un peral.

—Eso es todo —dijo Ted. Y luego, señalando la extensión comprendida entre el manzano y el peral, al fondo de la cual se divisaba perfectamente la casa de miss Pebmarsh, añadió—: Ahí está el número 19, donde se cometió el crimen.

—Se ve muy bien la casa desde este punto, ¿verdad? —manifestó el inspector—. Y mejor aún, supongo, desde las ventanas de la planta superior.

—Sí —confirmó Bill—. De haber estado ahí arriba ayer, lo hubiéramos visto todo. Pero no estábamos en casa.

—Fuimos al cine —aclaró Ted.

—¿Se han encontrado huellas dactilares? —preguntó su hermano.

—Las que poseemos no nos sirven de mucho. ¿Estuvisteis casi todo el día de ayer en el jardín?

—Pues... sí, entrando y saliendo —manifestó Bill—. La

mañana, en su mayor parte. Pero no oímos ni vimos nada de particular.

—De habernos hallado aquí por la tarde hubiéramos oído gritos —declaró Ted pensativamente—. Alguien estuvo chillando sin parar a esas horas.

—¿Conocéis a miss Pebmarsh, la mujer que habita en esa casa?

Los chicos se miraron y luego asintieron.

—Es ciega —dijo Ted—, pero camina bien por el jardín. Nunca usa de un bastón ni nada de eso. Una vez nos devolvió una pelota que había caído entre sus matas. Fue muy amable...

—¿No la visteis en todo el día de ayer?

Los chicos respondieron que no.

—Por las mañanas no se la puede ver nunca —declaró Bill— porque está siempre fuera; normalmente sale al jardín después de la hora del té.

Colin estaba examinando un trozo de manguera unido por un extremo a un grifo que corría a lo largo del sendero del jardín y pasaba cerca del peral.

—Ahora me entero de que los perales necesitan ser regados —observó Lamb.

—¡Oh! —exclamó involuntariamente Bill. El muchacho parecía un poco inquieto.

—Por otra parte —continuó diciendo Colin—, si uno se sube a ese árbol es facilísimo obsequiar con una formidable ducha al primer gato que se atreva a pasar.

En el rostro de Colin Lamb apareció de pronto una amplia sonrisa.

Los dos hermanos comenzaron a arrastrar nerviosamente las suelas de sus zapatos por la gravilla, mirando hacia todos los lados menos en dirección al joven que les acababa de hablar.

—A eso habéis estado dedicados, ¿eh? —inquirió Colin.

—¡Oh! No les causábamos ningún daño —dijo Bill—.

La honda y el tirachinas... Eso sí que es malo —añadió el chico queriendo parecer virtuoso.

—Me imagino que en otras ocasiones habréis utilizado el tirachinas.

—Nunca con la intención de hacer daño a esos animales —aseguró Ted.

—Bueno, el caso es que con esa manguera os habéis divertido bastantes veces, sin duda, y que vuestras travesuras han dado lugar a que Mrs. Hemming formulase ciertas quejas...

—Siempre se está quejando —notificó Bill.

—¿Habéis llegado a saltar la valla de su jardín?

—Eso no es posible por culpa de los alambres y de las telas metálicas que esa mujer ha puesto ahí —manifestó Ted en un arrebato de sinceridad.

—Pero con todo os habéis colado más de una vez en su jardín, ¿no es cierto? ¿Cómo conseguisteis burlar todos los obstáculos?

—Pues... Primero hay que saltar al jardín de miss Pebmarsh... Deslizándose un trecho a la derecha se llega a un boquete que conduce al de Mrs. Hemming.

—¿Es que no puedes callarte, idiota? —dijo Bill.

—Supongo que desde que se cometió el crimen habréis llevado a cabo un sinfín de indagaciones en busca de pistas —sugirió Hardcastle.

Los chicos se miraron de nuevo.

—Cuando volvisteis del cine y os enterasteis de lo que había ocurrido, apuesto lo que sea a que cruzasteis el boquete del jardín de la casa número 19 para echar un vistazo por los alrededores.

—Pues...

Bill guardó silencio. Se mostraba desconfiado.

—Es posible que vosotros hayáis descubierto algo que a nosotros se nos haya escapado —manifestó Hardcastle, muy serio—. En tal caso no tendría más remedio que recompensar vuestro servicio, aparte de agradecéroslo de corazón.

Bill tomó rápidamente una decisión.

—Tráelo todo, Ted —ordenó a su hermano. Este echó a correr, obediente—. Temo que no sea nada de interés —admitió Bill—, pero al menos habremos intentado complacerle.

El muchacho miró a Hardcastle ansiosamente.

—No te preocupes. Te comprendo —afirmó el inspector—. Las tareas policíacas llevan consigo muchas desilusiones.

Bill pareció sentirse más aliviado.

Ted regresó a la carrera y entregó al inspector un pañuelo de bolsillo anudado. El pequeño bulto que había en su interior tintineaba. Hardcastle extendió aquel trozo de tela y echó una rápida mirada a lo que contenía.

Casi nada: el asa de una taza, un fragmento de porcelana, la mitad de un desplantador, un tenedor herrumbroso, una moneda, una clavija, un cristal y unas tijeras.

—Una colección muy interesante —comentó el inspector con aire solemne.

Se compadeció de los dos chicos y se apresuró a coger el cristal.

—Me llevaré esto. Quizá encaje con otros trozos semejantes.

Colin, por su parte, cogió la moneda y la examinó con atención.

—No es inglesa —declaró Ted.

—No, no lo es —corroboró Colin, y levantó la vista para fijarla en Hardcastle—. Lo mejor será que nos llevemos esto también —sugirió.

—No digáis una palabra a nadie de esto —ordenó el inspector a los chicos, con un expresivo gesto de reserva.

Bill y Ted, encantados, le prometieron hacer honor a su confianza.

Capítulo 11

—Ramsay —dijo Colin, pensativo.

—¿Qué pasa con Ramsay?

—Me ha llamado la atención ese hombre... Viaja por el extranjero. Se ve obligado a ello, y cuando menos se lo espera. Su esposa nos ha dicho que es un técnico del ramo de la construcción, pero eso parece ser cuanto conoce de él.

—Es una buena mujer —opinó Hardcastle.

—Sí... Nada feliz. Tal es la impresión que produce.

—Se la ve fatigada. Los críos son siempre muy engorrosos.

—Yo me imagino que hay algo más.

—Él, seguramente, pertenece a esa clase de hombres que consideran que una esposa y dos hijos representan una carga insoportable —dijo Hardcastle.

—Solo Dios sabe a ciencia cierta lo que ocurre en el corazón de las personas —declaró Colin—. ¡Hay que ver de lo que son capaces dos chiquillos! Una esposa como Mrs. Ramsay, excesivamente castigada, se encuentra en magníficas condiciones para acceder de buen grado a un, digámoslo así, arreglo.

—Yo no me atrevería a catalogarla entre «ese» grupo de mujeres.

—Mi querido amigo, no hablaba de que viviera en pecado. Supongamos que ella se hubiese prestado a desempeñar un papel, el de Mrs. Ramsay precisamente, el suyo actual, aportando así un paisaje de fondo a otra vida, un respaldo. Naturalmente, para eso, él habría tenido que contarle una historia bien pensada, que lo justificase en todo momento. Sigamos suponiendo que él está dedicado al espionaje, de nuestro lado, claro. He aquí un pretexto altamente patriótico.

Hardcastle esbozó una sonrisa.

—Vives en un extraño mundo, Colin —dijo.

—Pues es verdad, Dick. Y un día u otro tendré que abandonarlo... Hay momentos en que uno no sabe con qué carta quedarse y recela de todo y de todos. La mitad de esos individuos trabajan para ambos bandos. Al final no saben a cuál pertenecen en realidad. Se sienten presos en la maraña de... ¡Oh! Bueno, dejémoslo. Sigamos con lo que nos ha traído aquí.

—Tendremos que visitar a los McNaughton —contestó Hardcastle, deteniéndose ante la entrada del número 63—. Parte de su jardín coincide con el del número 19..., igual que el de Bland.

—¿Qué sabes acerca de los McNaughton?

—No mucho... Se instalaron aquí hace cerca de un año. Una pareja ya de cierta edad. Creo que él es un profesor jubilado, muy aficionado a la jardinería.

En el jardín delantero había numerosos rosales y espesos macizos de flores bajo las ventanas. Una risueña joven que vestía pantalones y blusa de trabajo, de colores chillones, abrió la puerta de la entrada y les preguntó:

—¿Qué desean ustedes, señores?

Hardcastle murmuró al tiempo que le entregaba una tarjeta:

—¡Vaya, hombre! Aquí sí que es patente la colaboración de la mano de obra extranjera.

—La policía... —dijo la joven.

Esta dio un paso atrás, mirando a Hardcastle como si hubiese visto al diablo en persona.

—¿Mrs. McNaughton? —inquirió el inspector.

—Sí, se encuentra en la casa.

La muchacha los condujo a un cuarto de estar desde cuya ventana se divisaba el jardín posterior de la vivienda. Estaba vacío.

—Se halla en la planta superior —explicó la joven, que no había vuelto a sonreír. Seguidamente salió al vestíbulo, llamando—: Mrs. McNaughton, Mrs. McNaughton...

Una voz lejana respondió.

—¿Qué sucede, Gretel?

—La policía... Acaban de llegar dos agentes. Los he llevado al cuarto de estar.

Se oyó el rumor de unos apresurados pasos y las palabras: «¡Oh, Dios mío, Dios mío! ¿Qué será lo que venga luego?». Los pasos fueron acercándose rápidamente y Mrs. McNaughton se presentó en el cuarto de estar. Parecía seriamente preocupada a juzgar por la expresión de su rostro. Hardcastle decidió en el acto que aquel era su gesto habitual.

—¡Oh, Dios mío! ¿Inspector... Hardcastle? —Había bajado la vista para leer la tarjeta—. Pero... ¿para qué quiere usted vernos? Nosotros no sabemos absolutamente nada con respecto a lo ocurrido. Bueno, es que me imagino que su visita a esta casa se halla relacionada con el crimen cometido en nuestra barriada... ¿O es que desean comprobar si nos hallamos al corriente de pago de la licencia del televisor?

Hardcastle la tranquilizó.

—Es que el hecho en sí es tan extraordinario, ¿verdad? —dijo Mrs. McNaughton más animada—. Y al mediodía, más o menos... ¡Qué hora más extraña para entrar a robar en una casa! Precisamente cuando todo el mundo se encuentra en sus hogares. Claro que... ¡suceden tantas cosas terribles en la actualidad! Ahí es nada, en pleno día. Como les ocurrió a unos amigos nuestros... Habiendo salido a comer a un restaurante, se presentó ante su casa uno de esos camiones que utilizan las agencias de mudanzas y se apearon de él unos hombres que en poco tiempo dejaron la casa vacía. Todos los vecinos los vieron, desde luego, pero a ninguno de ellos se le pasó por la cabeza que se tratara de algo irregular. ¿Sabe usted? Yo creo haber oído gritar a alguien ayer. Angus dijo que serían esas temibles criaturas de Mrs. Ramsay. Siempre andan por el jardín haciendo ruido, imitando el despegue de las naves espaciales, de los cohetes o las bombas atómicas. A veces una se queda sobrecogida de espanto...

Hardcastle procedió a mostrarle su fotografía a Mrs. McNaughton.

—¿Ha visto usted en alguna ocasión a este hombre?

Mrs. McNaughton contempló la cartulina con avidez.

—Casi seguro que le he visto. Sí. Desde luego. ¿Dónde? ¿Dónde? ¿Fue el individuo que nos visitó una vez para preguntarnos si nos interesaría adquirir una nueva enciclopedia de catorce volúmenes? ¿O el que otro día nos ofreció un modelo muy moderno de aspirador eléctrico? Yo no sabía qué hacer para quitármelo de encima y entonces al hombre no se le ocurrió otra cosa que ir en busca de mi marido, que se hallaba trabajando en el jardín delantero. Angus estaba plantando unos bulbos. Cuando se entrega a tales tareas le disgusta que lo interrumpan. El inoportuno visitante, imprudentemente, siguió haciendo la publicidad de su artefacto. Lo de siempre. Le enseñó cómo limpiar las cortinas, el suelo de la entrada, las escaleras, los cojines del cuarto de estar... Agotó todos los argumentos. Por último, Angus levantó la vista y le preguntó: «¿Puede plantar bulbos?». El vendedor se quedó desconcertado y optó enseguida por marcharse.

—¿Y cree usted que ese era el hombre que aparece en la fotografía?

—Pues... no. Realmente, no. Aquel era más joven, ahora

que caigo en la cuenta. No obstante, creo haber visto ese rostro antes. Sí. Cuanto más miro la fotografía, más segura estoy de que vino a mi casa para pedirme que le comprara algo.

—Quizá le ofreciera una póliza de seguros, en nombre de cualquier compañía.

—No, no se trataba de eso. Mi esposo se ha ocupado ya ampliamente de tal cuestión. Tenemos varias pólizas suscritas. No. Sin embargo, cuanto más miro esta foto...

Hardcastle no esperaba nada de todo aquello. Acababa de clasificar a Mrs. McNaughton basándose en su experiencia dentro de ciertas situaciones. Ella quería a toda costa experimentar la emoción de haber visto a alguien relacionado con el crimen. Cuanto más mirara la fotografía, más se aferraría a su idea.

El inspector suspiró.

—Aguarde... Ese hombre conducía un vehículo de reparto, creo. Ahora bien, no consigo recordar cuándo lo vi... El vehículo llevaba el anuncio de una panadería.

—¿No le vería usted ayer, Mrs. McNaughton?

El rostro de la mujer se oscureció. Se echó hacia atrás un mechón de cabellos que le caía sobre la frente.

—No, ayer, no. Al menos... —Hizo una pausa—. Me parece que no. —Su faz se iluminó débilmente con una tímida sonrisa—. Quizá mi esposo se acuerde.

—¿Se encuentra en casa?

—Ahí fuera, en el jardín.

Mrs. McNaughton señaló hacia una ventana. Unos metros más allá, el inspector divisó a un hombre mayor que se deslizaba por un sendero llevando una carretilla.

—¿Le parece bien que salgamos un momento para charlar con él?

—¡No faltaba más! Vengan por aquí.

Cruzando por una puerta lateral llegaron al jardín. El rostro de Mr. McNaughton estaba cubierto de sudor.

—Estos caballeros son policías, Angus —explicó su esposa, respirando agitadamente—. Están efectuando indagaciones en relación con el crimen cometido ayer en casa de miss Pebmarsh. Tienen una fotografía de la víctima. Yo estoy segura de haberle visto en alguna parte antes. ¿No fue este el individuo que nos visitó la semana pasada para preguntarnos si disponíamos de objetos antiguos y queríamos desprendernos de ellos?

—Déjame ver... Haga el favor: sostenga un segundo la fotografía ante mí —le dijo Mr. McNaughton a Hardcastle—. No puedo tocar nada porque tengo las manos sucias de tierra.

Después de mirar brevemente la foto manifestó:

—No he visto a este hombre jamás.

—Sus vecinos me han dicho que es usted muy aficionado a la jardinería —apuntó el inspector.

—¿Quién le ha dicho a usted eso? ¿Mrs. Ramsay?

—No. Mr. Bland.

Angus McNaughton dio un resoplido.

—Bland no tiene la menor idea de lo que significa esta afición —declaró—. La verdad es que lo que él hace y nada... Ha concentrado su atención casi exclusivamente en las begonias, en los geranios, en los macizos de lobelias. Eso tiene poco que ver con la auténtica jardinería. Al final acaba uno creyendo que vive en un parque público. ¿Le interesan a usted los arbustos, inspector? Por supuesto, esta es la peor época del año para plantar cualquier cosa, pero, mire, aquí tengo un par en los que he puesto mi confianza. Estoy convencido de que lograré ponerlos en marcha. Se sorprendería usted si le fuese posible comprobar los resultados de mis trabajos. Piense que, según se dice, esos arbolitos solo prosperan en Devon y Cornualles.

—Temo no poder clasificarme entre los jardineros más eficientes —aventuró Hardcastle por seguir la conversación.

McNaughton lo miró igual que un artista al que alguien acabara de confesarle su ignorancia en materia de arte, pero que comprendiera el placer que este proporciona.

—El asunto que me ha traído a esta casa, Mr. McNaughton, es un tema de conversación bastante menos grato que el que usted propone, la verdad —manifestó el inspector.

—Ya me hago cargo. Habla usted del suceso de ayer. Me encontraba aquí fuera, en el jardín, cuando ocurrió el hecho.

—¿Sí?

—Bueno, yo estaba refiriéndome al momento en que se oyeron los gritos de una joven.

—¿Qué hizo usted?

—Pues... lo cierto es que no hice nada. En realidad pensé que eran esos condenados chicos de Mrs. Ramsay. Siempre andan de un lado para otro chillando, dando voces, escandalizando...

—¿No observó que aquellos gritos no procedían del mismo punto?

—Habría reparado en tal detalle si esas criaturas se dedicasen a jugar exclusivamente en su jardín. Pero eso es algo que no ocurre nunca. Para ellos no existen vallas, telas metálicas ni otros obstáculos por el estilo. Se dedican a cazar a los gatos de Mrs. Hemming allí donde se presentan, por toda la manzana. Lo que pasa es que hoy no hay nadie que tenga autoridad sobre ellos, eso es lo malo. Su madre tiene un carácter muy débil. Por supuesto, es lo que sucede siempre: cuando no hay ningún hombre en la casa, los muchachos campan alegremente a sus anchas.

—Tengo entendido que Mr. Ramsay pasa la mayor parte del año en el extranjero.

—Creo que trabaja en no sé qué construcciones —manifestó Mr. McNaughton vagamente—. Siempre está de viaje. Construye diques, oleoductos y cosas así. Exactamente, no lo sé. Hace un mes tuvo que marcharse corriendo a Suecia. Le habían avisado de repente. La madre de los chicos se quedó al frente de la casa, sola. Ya se lo puede usted figurar: mucho trabajo. La cocina, las faenas domésticas cotidianas... ¿Y quién iba a contener a esos diablos? No es que sean malos o tengan tendencias perversas. Sencillamente es que están necesitados de un poco de disciplina.

—Bien. Aparte de los gritos, ¿no notó nada extraño? A propósito: ¿a qué hora fue eso?

—No tengo ni idea. Antes de salir a trabajar al jardín me quito siempre el reloj. El otro día me lo rocié con el agua de la manguera y me costó mucho trabajo repararlo luego. ¿A qué hora fue eso, querida? Tú oíste los gritos también, ¿verdad?

—Debían de ser las dos y media... Habría pasado media hora desde que terminamos de comer.

—¿A qué hora suelen comer ustedes?

—A la una y media... cuando hay suerte —explicó Mr. McNaughton—. Nuestra asistenta, una danesa, no tiene la menor idea sobre el significado del tiempo.

—¿Qué hacen después? ¿Se echan a dormir un rato?

—A veces sí. Hoy, por ejemplo, yo no lo he hecho. Quería continuar con la tarea que había empezado. Estaba arreglando mis plantas, abonándolas, concretamente.

—Un montón de abono... —consideró el inspector—. ¡He ahí algo que muchos miran con indiferencia y, sin embargo, a cuántas maravillas da lugar!

Mr. McNaughton estaba radiante.

—Tiene usted muchísima razón. ¡Ah! ¡Y cuanto más natural sea ese abono, tanto mejor! Yo prescindo de los preparados químicos... Es un disparate utilizarlos. Déjeme, déjeme enseñárselo todo.

Mr. McNaughton cogió a Hardcastle ansiosamente de un brazo y lo llevó con él hasta la valla que separaba su jardín del de la casa número 19. En un macizo de lilas la tierra se veía cubierta de una brillante capa de estiércol. El dueño de la casa llevó a continuación la carretilla hasta un pequeño cobertizo que había al lado. En él había muchas herramientas perfectamente ordenadas.

—Se nota que es usted un hombre metódico —declaró Hardcastle.

—Es preciso cuidar aquellas cosas de las que nos valemos para trabajar —contestó sencillamente Mr. McNaughton.

Hardcastle contemplaba pensativo la casa número 19. Al otro lado de la valla había una pérgola de rosas que conducía a uno de los muros de la construcción.

—¿No vio usted a nadie en ese jardín o en cualquiera de las ventanas de la casa mientras preparaba su estiércol?

—No, no vi a nadie —contestó Angus McNaughton—. Lamento no serle de más utilidad, inspector.

—Oye, Angus... Yo creo que vi a alguien remoloneando por el jardín del 19.

—Debes de estar equivocada, querida —repuso Mc Naughton con firmeza.

Ya en el coche, Hardcastle le dijo a Colin con un gruñido:

—Esa mujer ha querido darnos a entender que había visto algo.

—¿Crees que ha reconocido al hombre de la fotografía?

—Lo dudo. Quiere pensar que lo ha visto. Estoy familiarizado con esa clase de testigos. En cuanto he decidido concretar, no ha podido dar ningún detalle, ¿no?

—Efectivamente.

—Nada más natural, sin embargo, que haya llegado a estar sentada frente a nuestro hombre en cualquier autobús, por ejemplo. Siempre cabe tal posibilidad. Pero ella se empeña en forzar la cosa.

—Sí. Yo también pienso lo mismo de esa mujer.

—Poco es lo que hemos conseguido hasta ahora, Colin —dijo Hardcastle suspirando—. Desde luego, nos enfrentamos a hechos raros. Casi parece imposible que Mrs. Hemming, por muy absorbida que la tengan sus gatos, sepa tan pocas cosas en relación con sus vecinos, y con miss Pebmarsh en particular. También resulta extraña su vaguedad, su desinterés por todo lo concerniente al crimen.

—¿Y no es acaso aplicable esa actitud a cuanto la rodea?

—Se trata de una mujer extraordinariamente aficionada a los gatos —dijo Hardcastle—, y cuando uno se enfrenta con una persona así... Bueno. Todos los fuegos, robos y crímenes de la ciudad ocurridos en torno a ella le pasarían desapercibidos.

El inspector había pronunciado esas palabras como si estuviese reflexionando en voz alta.

—Ha conseguido aislarse con toda esa serie de obstáculos que ha levantado a su alrededor, con sus telas metálicas y los enmarañados macizos de plantas que no dejan siquiera ver su jardín.

Los dos hombres llegaron por fin a la jefatura de policía. Hardcastle sonrió y le dijo a su amigo:

—Sargento Lamb, queda usted en libertad desde este momento.

—¿No vamos a hacer más visitas?

—Por ahora, no. Más tarde haré otra..., pero iré solo.

—De acuerdo. Debo darte las gracias por la mañana, que ha sido muy amena. ¿No podrías ordenar que las notas que he tomado fueran pasadas a máquina?

Colin entregó a Hardcastle sus papeles.

—La vista judicial se celebrará pasado mañana, ¿no? ¿A qué hora?

—A las once.

—Muy bien. Asistiré a ella. Creo que llegaré a tiempo.

—¿Te marchas fuera?

—Dentro de una hora tomaré el tren para Londres... Debo poner mis informes al día.

—Ya me imagino ante quién.

—Me parece que no lo sabes.

Hardcastle sonrió.

—Dale recuerdos al viejo.

—También tengo que ver a un especialista.

—¿A un especialista? ¿Para qué? ¿Qué te pasa?

—Nada... Desde luego, ando algo pesado de cabeza, pero no es un especialista de la clase médica lo que necesito. El individuo en cuestión encaja mejor en tu sector.

—¿Scotland Yard?

—No. Un detective privado, amigo de mi padre y mío. Este fantástico asunto le gustará, y también servirá para animarle. Tengo entendido que actualmente está necesitado de algo que excite su interés por la vida. Precisa de un estimulante, en suma.

—¿Cómo se llama tu hombre?

—Hércules Poirot.

—He oído hablar de él. Creía que había muerto.

—No, no ha muerto. Pero tengo la impresión de que se aburre soberanamente, lo cual es mucho peor.

Hardcastle estudió el rostro de Colin con sincera curiosidad.

—Eres un tipo curioso, Colin. ¡Qué amigos tan raros tienes!

—Tú incluido, ¿no? —dijo Lamb sonriendo.

Capítulo 12

Después de separarse de Colin Lamb, Hardcastle echó un vistazo a una dirección escrita en su agenda con todo cuidado, haciendo un gesto de asentimiento. En cuanto la hubo devuelto a uno de sus bolsillos, pasó a ocuparse de los papeles que se habían ido acumulando sobre su mesa de trabajo, los documentos de todos los días.

La jornada fue bastante ajetreada para él. Mandó a por café y bocadillos y escuchó los informes del sargento Cray... No se había logrado nada positivo. Tanto en la estación de ferrocarril como en la de autobuses no había surgido nadie que fuera capaz de identificar a Mr. Curry. El estudio de la ropa de la víctima por los técnicos no había dado resultados especialmente alentadores, ni mucho menos. El traje había sido confeccionado por un buen sastre, pero la etiqueta con su nombre había sido arrancada de las prendas. ¿Un deseo de permanecer en el anonimato por parte de Mr. Curry? O por parte del asesino, indudablemente... Esperaba obtener una excelente pista cuando los médicos estomatólogos y dentistas de la localidad respondieran a la consulta que se les había hecho en relación con determinado trabajo de prótesis dental al que se había sometido el fallecido. Pero esto requeriría algún tiempo. ¿Y si Mr. Curry procedía de cualquier país extranjero? Hardcastle consideró detenidamente tal posibilidad. Quizá se tratase de un francés. Sus prendas, el corte de estas, no apoyaban esa suposición. Tampoco había hallado en ellas etiquetas de establecimientos públicos, una lavandería, por ejemplo, que certificasen un dato de ese tipo, que habría sido un excelente punto de partida para las indagaciones en curso.

Hardcastle no era hombre impaciente. La labor de identificación era siempre una tarea lenta. Pero al final siempre surgiría alguien que la facilitase. El dueño o el empleado de una lavandería, un dentista, un pariente —habitualmente una esposa o una madre—, la patrona de una pensión... La fotografía de la víctima circularía por todas las comisarías de policía, aparecería en los periódicos. Tarde o temprano llegarían a conocer la verdadera identidad de Mr. Curry.

Entretanto había muchas cosas que hacer. El caso Curry no era el único que el inspector tenía entre manos. Hardcastle trabajó sin interrupción hasta las cinco y media. Entonces consultó su reloj de pulsera y se dijo que había llegado la hora de realizar la visita que había planeado antes de separarse de su amigo Colin Lamb.

El sargento Cray le había dicho que Sheila Webb acababa de reanudar su labor en el Cavendish Bureau y que a las cinco se hallaría a las órdenes del profesor Purdy en el hotel Curlew, de donde no saldría probablemente hasta mucho después de las seis.

¿Cuál era el apellido de su tía? Lawton... Mrs. Lawton. Vivía en el número 14 de Palmerston Road. Decidió recorrer a pie la escasa distancia que le separaba de aquel punto.

Palmerston Road era una lúgubre calle que había conocido mejores días. Hardcastle advirtió que las casas habían sido divididas para proceder seguramente luego a su venta por pisos. Al doblar una esquina observó que una muchacha que se deslizaba a lo largo de la acera en sentido contrario vacilaba un instante. El inspector, distraído con sus pensamientos, se imaginó que se disponía a preguntarle alguna dirección. De ser así, la chica pareció renunciar a su propósito y continuó su camino.

¿Por qué se acordó Hardcastle en aquel instante de ciertos zapatos femeninos? ¿Qué significaba esta idea? Zapatos... No. Uno solo. El rostro de la joven le era vagamente familiar. ¿Quién era? Últimamente, quizá, había visto aquella cara. ¿Es que ella le había reconocido y abrigado el propósito de hablarle?

Se detuvo unos segundos y volvió la cabeza para mirarla. La muchacha había apretado el paso. Lo malo era que el rostro de ella mostraba rasgos corrientes, uno de esos rostros que solamente se recuerdan bien cuando existe un motivo especial. Ojos azules, complexión regular, una boca ligeramente entreabierta. Una boca. Esta le recordó algo también... ¿Qué había hecho aquella boca ante él? ¿Hablarle? ¿Habría visto correr sobre sus labios una barra de carmín? No. Hardcastle reprimió una exclamación de enfado. Se preciaba de ser un buen fisonomista. Cuando veía una cara en el banquillo de los acusados o en la tribuna de los testigos jamás la olvidaba. Claro que el contacto podía haber tenido lugar en otros sitios... Era imposible que recordara, por ejemplo, las caras de todas las patronas que había visto. El inspector hizo un esfuerzo para desterrar de su mente aquellas divagaciones.

Ya había llegado al número 14 de la calle. La puerta de entrada de la casa estaba abierta y en el vestíbulo vio cuatro botones correspondientes a otros tantos timbres, debajo de los cuales se leían unos nombres. Mrs. Lawton habitaba en la planta baja, según pudo comprobar. Pulsó el botón del timbre que había junto a la puerta a la izquierda del pasillo de la entrada. Transcurrieron unos segundos antes de que le contestaran. Finalmente oyó un rumor de pasos. Poco después aparecía ante él una mujer alta y delgada, de cabellos oscuros, despeinados en aquellos instantes. Por sus ropas se veía que la había sorprendido cuando se encontraba dedicada a sus tareas domésticas. La recién llegada respiraba agitadamente. De la cocina, situada al fondo del piso, salía un fuerte olor a cebollas cocidas.

—¿Mrs. Lawton?

—Yo soy. ¿Qué desea?

La mujer frunció el ceño. El inspector juzgó que debía de estar rondando los cuarenta y cinco años. Tenía un aire ligeramente gitano.

—¿Qué desea? —repitió Mrs. Lawton, impaciente.

—Le agradecería que me concediera unos minutos de atención.

—¿Para qué? Tengo mucho que hacer en estos instantes. —La mujer añadió, incisiva—: No será usted un reportero, ¿verdad?

—Naturalmente que no —declaró Hardcastle, expresándose en un tono afectuoso—. Ya me figuro que los periodistas deben de haberla importunado bastante.

—Pues sí. No han parado de llamar a la puerta, de tocar el timbre y de hacer todo género de preguntas estúpidas.

—Todo eso es muy enojoso, lo sé —manifestó el inspector—. Ojalá estuviera en mi mano evitarle tantas molestias. Soy el detective inspector Hardcastle, encargado del caso que ha dado lugar a la presencia de los periodistas en su casa, con las contrariedades consiguientes. De sernos posible, cortaríamos esto por lo sano, pero desgraciadamente no podemos hacer nada. La prensa tiene sus derechos.

—Es una vergüenza importunar a la gente como ellos vienen haciéndolo —declaró Mrs. Lawton—. Insisten tercamente en que tienen que recoger noticias para el público. Lo único que he podido observar en ellas es que vienen a ser un tejido de mentiras, desde el principio hasta el fin. Suelen aprovecharlo todo y dar a sus informaciones la orientación que les parece mejor. Pero... entre, inspector.

Mrs. Lawton cerró la puerta una vez Hardcastle hubo cruzado el umbral. Sobre la alfombra el inspector descubrió un par de sobres que debían de habérsele caído a la dueña de la casa. La mujer se inclinó para cogerlos, pero el policía se le adelantó cortésmente. Por una fracción de segundo su mirada se posó en las direcciones...

—Muchas gracias.

Mrs. Lawton depositó las cartas en la mesita del pasillo.

—Pase usted al cuarto de estar, ¿quiere? Por aquí... Dispénseme un minuto. Tengo la comida en el fuego.

Después de pronunciar estas palabras, la mujer se retiró apresuradamente hacia la cocina. Hardcastle aprovechó la ocasión que se le presentaba de examinar los sobres que acababa de recoger del suelo. Una de las cartas estaba dirigida a Mrs. Lawton y la otra a miss R. S. Webb.

El cuarto de estar era una pieza de pequeñas dimensiones, bastante desordenada y mal amueblada. Sin embargo, aquí y allá se descubría algún detalle de buen gusto, algún objeto nada corriente: un jarrón de vidrio veneciano de corte abstracto, dos cojines de terciopelo, unos caparazones de loza, de procedencia extranjera quizá... Una de las dos o las dos, tía o sobrina, debía de tener ideas originales en materia de decoración.

Mrs. Lawton regresó enseguida. Ahora respiraba con más dificultad que al principio.

—Creo que ya podremos hablar con tranquilidad —dijo vacilante.

El inspector se excusó de nuevo.

—Lamento haber llegado en un momento tan inoportuno, pero la verdad es que me encontraba no muy lejos de aquí hace unos minutos y he querido aprovechar la ocasión para ocuparme de determinados puntos relativos al caso que tan desafortunadamente afecta a su sobrina. Confío en que se habrá recuperado del susto... Esa muchacha debe de haber experimentado una impresión tremenda.

—Pues sí. Sheila llegó a esta casa materialmente deshecha. Hoy, por suerte, se encontraba bien y ha reanudado su trabajo.

—Lo sé. Me he enterado de que había salido para atender a un cliente no recuerdo dónde. De todos modos, no me hubiera atrevido a interrumpirla... Luego me he dicho que lo más sensato era presentarme en su casa, con objeto de charlar sin prisas. Sospecho que todavía no ha regresado. ¿Es así?

—Esta tarde tardará en volver. Le tocaba trabajar para el profesor Purdy y, según afirma mi sobrina, este es un hombre que no posee la más remota idea acerca de lo que es el tiempo. Suele decirle: «Esto no le ocupará más de diez minutos, de manera que estimo que lo mejor es que lo termine». Naturalmente, diez minutos se convierten siempre en tres cuartos de hora. Es un caballero. Se muestra cortés, atento... En una o dos ocasiones en que la ha obligado, con suma amabilidad, a estar más tiempo del debido con él, la ha invitado a comer, a todo esto verdaderamente apesadumbrado por la libertad que se tomaba, según él, de forzarla a alargar su jornada laboral, sus tareas cotidianas. Por supuesto, debo confesar que tales tardanzas son un auténtico trastorno. Bien, inspector. Si yo puedo adelantarle algo mientras viene Sheila... No sería raro que tardara un poco todavía.

—¿Qué podría usted decirme? —inquirió el inspector, sonriendo—. Hasta ahora he tomado nota de los hechos escuetos, pero hasta estos debo someterlos a comprobación. —Hardcastle hizo como si consultara su agenda—. Veamos... Miss Sheila Webb. ¿Es este su nombre completo o tiene otro nombre de pila? Necesitamos conocer estas cosas con exactitud, para presentarlas el día en que se celebre la vista judicial.

—Pasado mañana, ¿no? Mi sobrina ha recibido una citación.

—Que no se preocupe lo más mínimo por eso, ¿eh?

—recomendó Hardcastle—. Lo único que tiene que hacer es, sencillamente, referir cómo dio con el cadáver.

—¿No saben ustedes aún quién es la víctima?

—No. Todavía transcurrirán unos días... En sus bolsillos hallamos una tarjeta. Al principio pensamos que se trataría de algún agente de seguros. Ahora nos inclinamos a sospechar que esa tarjeta le fue entregada por otra persona. Tal vez estaba pensando hacerse una póliza...

—Le entiendo. —Mrs. Lawton pareció escasamente interesada por las palabras del inspector.

—Veamos la cuestión del nombre de Sheila... Yo creo haberlo anotado así: R. Sheila Webb o Sheila R. Webb. No recuerdo cuál va detrás de Sheila. ¿Sería Rosalie, acaso?

—Rosemary —aclaró Mrs. Lawton—. La chica fue bautizada con los nombres de Rosemary Sheila. Ahora bien, mi sobrina siempre ha considerado el primero demasiado novelesco o romántico y prefiriere usar el segundo.

—De acuerdo.

Nada había en el tono con que hablaba que hiciese pensar en que Hardcastle se sentía complacido. Anotó otro detalle. El nombre de Rosemary no había producido la menor turbación en su interlocutora. Para ella, por lo visto, aquel era, simplemente, lo que había dado a entender: un nombre más.

El inspector sonrió.

—Sé que su sobrina procede de Londres y que hace diez meses que trabaja en el Cavendish Bureau. ¿Conoce usted la fecha exacta de su ingreso en esta firma?

—No podría decírsela ahora. Me parece que fue en los últimos días de noviembre... Sí, sí, eso es.

—En realidad, este es un detalle que carece de importancia. ¿Vivía aquí Sheila antes de encontrar ese empleo?

—No. Vivía en Londres.

—¿Cuáles eran sus señas allí?

—Debo de tenerlas por aquí. —Mrs. Lawton miró a su

alrededor con la expresión característica de las personas desordenadas—. ¡Tengo tan mala memoria de un tiempo a esta parte! La dirección era algo así como Allington Grove y caía por Fulham. Compartía un piso con otras dos chicas. Esas casas de Londres son carísimas.

—¿Recuerda el nombre de la firma que la empleó en esa ciudad?

—Sí: Hopgood and Trent. Se trata de unos agentes de la propiedad inmobiliaria establecidos en Fulham Road.

—Gracias. Todo parece aclararse... Miss Webb es huérfana, ¿verdad?

—Sí —respondió Mrs. Lawton, agitándose inquieta. Sus ojos se posaron en la puerta del cuarto. Volviendo la cabeza de nuevo hacia el inspector inquirió—: ¿Le importa que vaya de nuevo a la cocina?

—Por Dios, señora, ¡no faltaba más!

Hardcastle se levantó para abrirle la puerta. La mujer salió. El inspector se preguntó si estaba equivocado o no al pensar que su última pregunta había trastornado a la tía de Sheila. Sus réplicas hasta aquel momento habían sido fluidas... Estuvo pensando en esto hasta que ella regresó.

—Lo siento —dijo la mujer—, pero ya se hará una idea de lo que es atender a la comida... Ya he terminado. ¿Deseaba usted preguntarme algo más? ¡Ah! He recordado entretanto la dirección de Londres. No era Allington Grove sino Carrington Grove, número 17.

—Gracias. Creo haberle preguntado si miss Webb es huérfana.

—En efecto. Sus padres murieron.

—¿Hace mucho?

—Siendo ella una niña...

Hardcastle observó un acento de reserva en aquellas palabras.

—¿Sheila es hija de un hermano o hermana...?

—Hermana.

—¿Y qué profesión tenía Mr. Webb?

Mrs. Lawton hizo una pausa antes de contestar. Se mordió los labios.

—Lo ignoro.

—¿Ignora usted...?

—Quiero decir que no lo recuerdo. Ha pasado ya mucho tiempo...

Hardcastle esperó, consciente de que continuaría hablando, como así fue.

—¿Puedo preguntarle qué tiene que ver todo esto con...? ¿Qué más da que su padre y su madre fueran esto o lo otro o que ella viniera de Londres o...?

El inspector se apresuró a interrumpirla con un gesto afable.

—Me imagino, Mrs. Lawton, que desde su punto de vista da igual. Pero compréndalo: las circunstancias son extraordinarias.

—Explíquese, por favor.

—Tenemos razones para creer que miss Webb fue atraída al lugar del crimen mediante una hábil maniobra: una llamada telefónica al Cavendish Bureau. Se interesaron por ella expresamente. Alguien que anda por ahí le quiere mal. Es posible... —añadió Hardcastle, vacilando.

—No creo que exista una persona capaz de odiar a Sheila. Es una muchacha buena, cordial, cariñosa...

—Sí, tal es la opinión que yo me he formado de ella.

—Y no me agrada oír a nadie sugiriendo lo contrario —agregó Mrs. Lawton, adoptando una actitud retadora.

—Es natural —repuso Hardcastle, sonriendo apaciguador—, pero tiene usted que comprender, señora, que todo ha sido organizado para que parezca que su sobrina es la autora del crimen. La colocaron hábilmente en el lugar preciso. Alguien había tomado las medidas pertinentes para que se adentrara en una casa dentro de la cual había un hombre fallecido puede que una hora atrás. No cabe duda: es una maniobra que denota una intención perversa.

—¿Alguien que deseaba que Sheila fuese detenida como una vulgar criminal? ¡Oh, no! Me cuesta mucho trabajo creer en la existencia de una persona así, sobre todo conociendo a mi sobrina.

—Comprendo su actitud —manifestó el inspector—. El caso es que, pese a todo, nosotros debemos esforzarnos por aclarar los hechos. ¿No habrá por ahí algún joven que, enamorado de su sobrina, se haya visto rechazado? Los jóvenes son capaces de venganzas canallescas, de hacer cosas verdaderamente censurables, sobre todo cuando la idea anida en un cerebro desequilibrado.

—No creo tampoco que haya ocurrido nada de eso —declaró Mrs. Lawton entornando los ojos y frunciendo el ceño, como si reflexionara intensamente—. Sheila ha estado saliendo con uno o dos muchachos, pero de estas amistades no se ha derivado nada serio.

—Pudo haberle sucedido estando en Londres —sugirió Hardcastle—. A fin de cuentas, usted no sabrá mucho acerca de los amigos que tenía allí.

—Quizá tenga usted razón, sí... En ese aspecto, será mejor que le pregunte a ella, inspector Hardcastle. Ahora bien, debo decirle que jamás he tenido noticia de un tropiezo de ese tipo por su parte.

—Tal vez la persona que no la quería bien fuese otra chica. Existe la posibilidad de que una de las que compartían piso con ella en Londres la envidiase...

—Sí, eso es inevitable —concedió Mrs. Lawton—, pero cuesta trabajo creer que un motivo así lleve a alguien a planear una jugada cuyo fin es implicar a una persona en un crimen.

Esta era una apreciación inteligente y Hardcastle se dijo que Mrs. Lawton no tenía nada de tonta, en absoluto. Rápidamente respondió:

—En este asunto todo parece improbable...

—Ese crimen debe de ser obra de un loco —opinó la mujer.

—El cerebro del loco actúa impulsado por una idea definida, el móvil de sus acciones. —Hardcastle hizo una pausa y agregó a continuación—: ¿Quiere saber por qué le he preguntado por los padres de Sheila? Pues porque muchas decisiones en casos como este arrancan del pasado, tienen sus raíces sepultadas en él. Como los padres de su sobrina murieron siendo ella una niña, lógicamente, no se encontrará en condiciones de referirme nada sobre ellos. Por eso he tenido que recurrir a usted.

—Sí, pero... Bueno, es que...

El inspector la notó vacilante de nuevo.

—¿Murieron los dos al mismo tiempo, en un accidente o algo así?

—No, no hubo ningún accidente.

—¿Entonces se trató de muerte natural?

—Yo... sí... Quiero decir que... No lo sé.

—Me parece, Mrs. Lawton, que usted sabe más de lo que da a entender, que es bien poco. —El inspector aventuró una suposición—. ¿Se divorciaron quizá? ¿Vivieron separados?

—No, no estaban divorciados.

—Vamos, vamos, Mrs. Lawton. Usted tiene que saber forzosamente de qué murió su hermana.

—No comprendo qué... Esto es, no puedo decir... ¡Oh! ¡Resulta todo tan penoso! Remover las cosas... Es mejor no removerlas.

Mrs. Lawton miraba al inspector apurada, perpleja.

Hardcastle escrutó serenamente su rostro. Luego dijo, bajando la voz:

—¿Es Sheila hija natural de su hermana?

Inmediatamente, Hardcastle apreció en la faz de su interlocutora una mezcla de consternación y alivio. Repitió la pregunta con paciencia.

—Sí, pero ella no lo sabe. Jamás se lo he dicho. Le dije que sus padres habían muerto jóvenes. Por eso... Bueno, usted se hará cargo...

—La comprendo, no se preocupe. Y le prometo guardar su secreto siempre y cuando de este aspecto de la vida de su sobrina no se deriven detalles decisivos para la buena marcha de nuestras indagaciones. Así pues, eludiré el tema ante Sheila.

—¿Quiere usted decir que no necesitará revelarle nada?

—No, mientras no sea absolutamente necesario, como ya le he indicado. Lo más probable es que esta faceta de nuestra conversación no trascienda. Ahora bien, me es preciso ponerme al corriente de los restantes hechos de índole familiar que usted conoce.

—Le agradezco mucho su actitud. Este asunto me traía desvelada, más que ninguna otra cosa. Verá usted... Mi hermana fue la más inteligente de la familia. Era profesora. Tenía mucha vocación, y gozaba de un enorme prestigio entre sus compañeras. La respetaban mucho. Era la última persona de quien pudiera pensarse que...

El inspector interrumpió con habilidad a Mrs. Lawton.

—La comprendo. A veces suele suceder todo así. Entonces conoció a ese hombre, a Mr. Webb...

—No supe nunca su apellido. Jamás crucé una palabra con él. No llegué a conocerle. Pero mi hermana acudió a mí y me explicó lo que había ocurrido. Esperaba un hijo y el individuo en cuestión no podía o no quería, siempre ignoré el porqué, casarse con ella. Mi hermana era ambiciosa... De haberse divulgado la historia, habría tenido que renunciar a su empleo. Naturalmente, yo le contesté que estaba dispuesta a ayudarla.

—¿Dónde se encuentra su hermana en la actualidad, Mrs. Lawton?

—No lo sé. No tengo la menor idea.

—Pero vive, ¿verdad?

—Eso supongo.

—¿Y no se ha mantenido en contacto con ella?

—Así lo quiso... Mi hermana pensó que lo más conveniente para ella y para la criatura era desaparecer. Ese fue el acuerdo que tomamos. Las dos contábamos con una pequeña renta que nuestra madre nos dejó. Ann me cedió su parte, con objeto de que la dedicara a la crianza y educación de su hija. Me anunció que continuaría ejerciendo su profesión, aunque pensaba ofrecer sus servicios a otra entidad. Creo que abrigaba el proyecto de marcharse al extranjero, cambiando su puesto por el de otra compañera. Quería irse a Australia... Le he contado todo lo que sé sobre el particular, inspector.

Hardcastle miró pensativamente a Mrs. Lawton. ¿Era de verdad eso todo lo que sabía? No podía formularse a sí mismo una respuesta cierta a tal pregunta. Daba la impresión, eso sí, de haberse expresado con sinceridad. Pese a la brevedad de las alusiones a su hermana, el inspector creía ver detrás de aquellas palabras una fuerte personalidad, una mujer llena de energía y amargura. Se trataba de un ser que no estaba dispuesto a malograr su vida por haber cometido un error. Ciñéndose en exclusiva a lo práctico, había facilitado los medios para el mantenimiento y la formación de su hija. Desde aquel momento había cortado radicalmente toda relación con el pasado, iniciando una nueva existencia.

Semejante actitud con respecto a la criatura era explicable en cierto modo, pero ¿qué había pensado en relación con su hermana? Hardcastle declaró:

—Parece extraño que su hermana no procurara mantener contacto con usted. Para ello habría bastado con una carta de vez en cuando. Con un procedimiento tan sencillo se habría enterado de los progresos de su hija.

Mrs. Lawton movió la cabeza, sonriendo débilmente.

—De haber conocido usted a Ann no diría eso. Cuando

tomaba una decisión, esta tenía siempre el carácter de irrevocable. Y pasaba también que nosotras nos hallábamos algo distanciadas. Yo era mucho más joven que ella... Doce años me llevaba.

—¿Qué dijo su esposo ante la forzada adopción de Sheila?

—Por entonces yo había enviudado ya. Me casé muy joven y mi marido murió en la guerra. En aquella época teníamos un pequeño negocio, una pastelería.

—¿Dónde? No sería aquí, en Crowdean, supongo.

—No. Por aquellas fechas vivíamos en Lincolnshire. En el transcurso de unas vacaciones, vine aquí una vez. Esto me gustó tanto que vendí la tienda para venirme a vivir a Crowdean. Más adelante, cuando Sheila entró ya en edad escolar, me coloqué en Roscoe & West, los famosos comerciantes de tejidos. Aún trabajo para ellos. Son una gente muy agradable.

Hardcastle se puso en pie.

—Muchísimas gracias por su atención, Mrs. Lawton, y también por haberme hablado con tanta franqueza.

—De esto no dirá usted ni una sola palabra a Sheila, ¿verdad, inspector?

—En efecto, a menos que sea absolutamente necesario, lo cual ocurrirá solo en el caso de que determinados detalles pertenecientes al pasado tengan relación con el crimen cometido en el número 19 de Wilbraham Crescent, algo bastante improbable. —Hardcastle sacó la fotografía que había estado mostrando a todos aquellos con quienes iba hablando y se la enseñó a su interlocutora—. ¿Tiene usted idea de quién puede ser este hombre?

La mujer cogió la fotografía y examinó con atención el rostro de la víctima.

—Estoy segura de no haber visto jamás a este hombre. No creo que viviera por este distrito. De haber sido así le reconocería. Lo habría visto alguna vez en la calle, en el autobús, en cualquier sitio por el estilo... Desde luego...

—Mrs. Lawton volvió a estudiar la fotografía. Guardó silencio un instante, para decir a continuación—: A mi juicio es un hombre de irreprochable aspecto. Un caballero es lo que a mí me parece, ¿no cree?

El vocablo, algo en desuso, un poco pasado de moda, sonaba con extraordinaria naturalidad en los labios de Mrs. Lawton. «Una mujer educada en el campo —pensó Hardcastle—. En ese ambiente todavía acostumbran a expresarse así.» Miró la foto de nuevo, diciéndose muy sorprendido que no había llegado a formularse una idea semejante a la de la tía de Sheila. ¿Era un buen hombre? Él había llegado a la conclusión contraria. Sus suposiciones podían ser inconscientes, sí, pero también cabía la posibilidad de que se hubiesen visto influidas por la tarjeta descubierta en el bolsillo de la víctima, en la que figuraban un nombre y unas señas evidentemente falsos. Existía otra explicación: la tarjeta podía ser de un fingido agente de seguros. Quizá este la hubiese introducido entre las ropas del cadáver. Tal giro tornaba el problema más difícil. Hardcastle consultó de nuevo su reloj.

—No está bien que la entretenga más, y puesto que su sobrina no ha vuelto todavía...

Mrs. Lawton, a su vez, echó un vistazo al reloj de la chimenea. «Gracias a Dios, en este cuarto no hay más que un reloj», pensó el inspector involuntariamente.

—Sí, es tarde —observó—. Me sorprende un poco todo esto... Menos mal que Edna decidió marcharse en lugar de esperarla.

Viendo una expresión de extrañeza en el rostro de Hardcastle, la mujer agregó:

—Estoy hablando de una de las compañeras de Sheila. Esta tarde ha venido aquí para verla. Después de esperarla un rato, ha decidido irse. No podía aguardar aquí más tiempo. Estaba citada con no sé quién. Ha dicho que volvería mañana o cualquier otro día.

De pronto, el inspector se acordó. ¡La chica que había visto en la calle! Ya sabía por qué razón había pensado enseguida en unos zapatos femeninos, una idea a primera vista absurda. Sí, no cabía duda alguna. Era la joven que lo había recibido en el Cavendish Bureau, la muchacha que en el instante de salir del local sostenía entre sus manos un zapato con el largo tacón desprendido, aquella que, apurada, había preguntado a sus compañeras cómo se las arreglaría para regresar a su casa. Era una joven de aspecto corriente, escasamente atractiva, que hablaba paseándose continuamente un caramelo de un lado a otro de la boca. Ella lo había reconocido al pasar a su lado. Había vacilado, como si hubiera pensado por un segundo hablarle...

Hardcastle se preguntó qué tendría que decirle. ¿Deseaba explicarle acaso por qué visitaba a Sheila Webb? ¿Habría pensado la chica que él esperaba que le contase algo? El inspector preguntó a Mrs. Lawton:

—¿Esa muchacha es muy amiga de su sobrina?

—No especialmente —contestó la tía de Sheila—. Trabajan en el mismo sitio y mantienen las relaciones normales en estos casos. Edna es una joven sin personalidad. Nada brillante, creo que tienen pocas cosas en común. De hecho, me preguntaba por qué tendría tanto interés en ver a Sheila esta noche. Me ha dicho que era algo que no acertaba a comprender y que deseaba que mi sobrina se lo explicara.

—¿No ha concretado más?

—No. Ha dicho que a su parecer no tenía mucha importancia.

—Bien, Mrs. Lawton. Debo irme ya.

La mujer frunció el ceño, preocupada:

—Es raro que Sheila no haya telefoneado. Siempre lo hace cuando se entretiene más de la cuenta, a menudo el profesor la obliga a quedarse a comer. Bueno... Lo más seguro es que llegue de un momento a otro. La gente forma colas interminables en las paradas de autobuses, y el hotel Curlew queda a bastante distancia de aquí. ¿No quiere dejarle ningún recado?

—No, no, gracias —repuso el inspector.

Cuando salía del piso inquirió:

—¿Quién escogió los nombres de Rosemary y Sheila que lleva su sobrina? ¿Usted o su hermana?

—Nuestra madre se llamaba Sheila. El nombre de Rosemary lo escogió mi hermana. Un nombre, este último, de novela rosa o de cuento infantil, fantástico... Sin embargo, Ann no era propensa a las fantasías ni a los sentimentalismos.

—Bien. Adiós, Mrs. Lawton.

Cuando Hardcastle dejaba la entrada de la casa, pensó: «Rosemary..., ¿por qué? ¿Quería esa mujer fijar así un recuerdo? ¿Un recuerdo romántico? ¿Algo... completamente distinto?».

Capítulo 13

Narración de Colin Lamb

Subía por Charing Cross Road y me adentré en el laberinto de calles que serpenteaban entre New Oxford Street y Covent Garden. Por allí se encuentran todo género de establecimientos: hay tiendas de antigüedades, hospitales de muñecas, locales en que lo mismo se vende una zapatilla de ballet que artículos comestibles de procedencia extranjera...

Me resistí al señuelo de las vitrinas de un hospital de muñecas, saturado de ojos de cristal azules o castaños, y llegué por fin a la meta que me había propuesto alcanzar. Se trataba de una pequeña y desaseada tienda, una librería concretamente, situada en una calleja lateral que no quedaba lejos del Museo Británico. Observé los anaqueles llenos de los libros de costumbre. Había allí novelas viejas, obras antiguas de texto y rarezas de diversas clases con sus rótulos indicadores de los precios respectivos, bajos, naturalmente. Descubrí ejemplares que tenían todas sus páginas y algunos con la encuadernación intacta, que constituían verdaderas excepciones.

Entré de lado en el establecimiento. Era necesario hacerlo para pasar al interior. Los libros, día a día, iban suponiendo un obstáculo mayor que dificultaba el acceso al local desde la calle. Dentro, aquellos se habían adueñado de casi todo el espacio disponible. Evidentemente, se multiplicaban carentes de unas manos cuidadosas que impusiesen algo de orden. Entre los estantes quedaban unos pasillos tan estrechos que costaba bastante trabajo avanzar. Había libros apilados en todos los anaqueles y mesas. En un rincón, sentado en una banqueta, cercado por sus artículos, había un viejo de cara grande y aplanada que recordaba la cabeza de un pez, tocado por un sombrero. Se notaba en él ese aire de la persona que, empeñada en una lucha desigual, se ha dado de antemano por vencida. Había intentado denodadamente imponerse a sus libros, pero estos habían podido más que él. Era una especie de rey Canuto del mundo del libro, declarándose en retirada frente a aquella oleada de letra impresa. De haber adoptado otra actitud, Mr. Soloman, propietario del local, hubiera obtenido idénticos resultados. El hombre me reconoció enseguida. La severa expresión de su cara de pez se ablandó levemente e hizo un gesto de asentimiento a modo de saludo.

—¿Ha conseguido usted algo de lo que a mí me interesa? —le pregunté.

—Tendrá que echar un vistazo por aquí, Mr. Lamb. ¿Continúa interesándose por las algas marinas?

—Así es.

—Ya sabe usted entonces dónde están esos libros. Biología marina, fósiles, obras sobre la Antártida: segundo piso. Anteayer recibí un nuevo paquete. Comencé a examinar el contenido, pero no pude terminar... Los descubrirá en un rincón.

Siempre caminando de lado, me acerqué a una minúscula y desvencijada escalera, llena de polvo, que arrancaba de la parte posterior de la librería. En el primer piso habían sido reunidas las obras referentes a los países orientales, publicaciones de arte, medicina y clásicos franceses. Había allí un cuarto al que no tenía acceso todo el público, destinado a los bibliófilos, en el que se guardaban volúmenes «raros» o «curiosos». Proseguí mi ascensión hasta el segundo piso...

De una manera más bien inadecuada se hallaban aquí clasificados los libros sobre arqueología e historia natural. Me deslicé por entre varios estudiantes, unos militares de cierta edad y dos o tres clérigos, y dando la vuelta a una estantería me acerqué a un rincón en el que vi, en el suelo, algunos paquetes de libros, parte de los cuales habían sido abiertos. Me enfrenté con un obstáculo: una pareja de estudiantes que, olvidados del mundo, permanecían estrechamente abrazados en un ángulo favorecido por las sombras. Al verme se turbaron mucho. Ni él ni ella sabían dónde mirar.

—Dispensen —les dije, empujándolos decidido a un lado. Luego levanté una cortina que disimulaba una puerta e, introduciendo en su cerradura la llave que saqué de un bolsillo, la abrí. Me encontré en un vestíbulo de paredes desconchadas, de las cuales colgaban cuadros con temas relativos al ganado de las Tierras Altas de Irlanda. Vi otra puerta con un tirador deslumbrante, muy pulido. Dejé caer el picaporte y la puerta se abrió, quedando yo frente a una mujer ya anciana, de cabellos blancos, armada con unos anteojos de viejísima traza, y vestía una falda negra y una inapropiada blusa muy holgada, a rayas azules.

—¡Ah, eres tú! —dijo la mujer sin utilizar otra fórmula de saludo—. Ayer estuvo preguntando por ti. No parecía muy contento.

La anciana movió la cabeza haciendo un gesto que recordaba el de una niñera riñendo a un chiquillo travieso.

—Tendrás que intentar superarte —agregó.

—Venga ya, Nanny —le contesté.

—Haz el favor de no llamarme Nanny —repuso la dama—. Eso es una insolencia. Ya te lo he dicho en alguna otra ocasión.

—Usted tiene la culpa. Procure no hablarme como si fuese una criatura.

—En efecto, ya eres talludito. Bueno, mejor será que entres y te despaches cuanto antes.

La mujer pulsó el botón de un interfono que había sobre una mesa, diciendo:

—Es Mr. Colin... Sí, le hago pasar.

Después de pulsar nuevamente el botón del aparato, la anciana me hizo una seña.

Pasé a otra habitación en la que flotaba una humareda tan espesa que resultaba difícil ver nada.

Cuando mis ojos se hubieron acostumbrado, divisé la hercúlea figura de mi jefe acomodada en un sillón que ya tendría muchos años. A su lado había una mesita de pie giratoria, un mueble de otra época más bien.

El coronel Beck se quitó las gafas, hizo girar la mesita, sobre la cual había un libro de muchas páginas, y me miró con aire de desaprobación.

—Por fin usted, ¿eh? —me dijo.

—Sí, señor.

—¿Ha conseguido algo?

—No, señor.

—No funcionará. ¿Me oyes, Colin? No funcionará. ¿A qué podía conducirle a usted la inspección de todas las Crescent?

—Todavía creo que...

—Está bien. Todavía cree. Pero no podemos estar esperando indefinidamente...

—Admito que fue solo una corazonada.

—Ningún daño hay en ello —repuso el coronel Beck. Era un hombre que a veces se contradecía—. Mis mejores trabajos nacieron de corazonadas. Ahora bien, la suya da la impresión de dar pocos frutos. ¿Acabó ya con las tabernas?

—Sí, señor. Como ya le notifiqué, he iniciado mi trabajo con las Crescent, esto es, aquellas casas que forman calles en semicírculo o, mejor, en forma de media luna. En la denominación de la vía correspondiente siempre figura la palabra mencionada.

—Nunca supuse que con ese vocablo aludiera usted a las panaderías que elaboran productos franceses, aunque hubiera estado justificado. En algunos de esos establecimientos se elaboran *croissants* franceses que no tienen de tal procedencia más que el nombre. Actualmente logran su conservación procurándoles un ambiente frío, igual que suelen hacer con todos los alimentos que ingerimos hoy. Tal es el motivo de que ninguno de ellos sepa jamás a nada.[1]

Esperé un momento para ver si mi superior procedía a explayarse. Aquel era uno de sus temas de conversación favoritos. Pero el coronel Beck, adivinando mi actitud, se contuvo.

—¿Ha finalizado su inspección?

—Casi. Aún me queda por recorrer algún camino.

—Necesita más tiempo, ¿no?

—Efectivamente, necesito más tiempo, sí. Pero no deseo cambiar de escenario de momento. Se ha producido una coincidencia y esta, quizá, podría significar algo.

—No se ande por las ramas. Refiérame los hechos.

—Lugar en que ahora se concentran mis indagaciones: Wilbraham Crescent.

—De donde no ha sacado nada todavía.

—No estoy seguro.

—Concrete, muchacho, concrete.

—La coincidencia a la que he hecho referencia se circunscribe a esto: un hombre fue asesinado en Wilbraham Crescent.

—¿Quién lo asesinó?

1. *Crescent*: vocablo inglés, equivale también a «creciente». *Croissant*, vocablo francés, posee el mismo significado y es, asimismo, un producto de pastelería en forma de media luna. *(N. del T.)*

—No se sabe todavía. La policía encontró en sus bolsillos una tarjeta en la que figuraban un nombre y unas señas, falsas ambas cosas.

—Ya, ya... Muy sugestivo. ¿Tiene eso alguna relación con lo nuestro?

—Todavía no la veo, señor, pero de todos modos...

—Conforme, conforme. De todos modos... —repitió el coronel—. Bueno, ¿a qué ha venido usted? ¿A pedir permiso para continuar husmeando en Wilbraham Crescent, por absurdo que parezca su empeño? ¿Dónde está eso?

—Se encuentra en un lugar llamado Crowdean, a dieciséis kilómetros de Portlebury.

—Sí, sí. Un emplazamiento muy estratégico. Pero ¿a qué ha venido? Usted habitualmente no pide permiso para nada. Suele hacer lo que se le antoja. ¿Acaso no es verdad lo que digo?

—Sí, señor. Temo que tenga usted mucha razón para hablar de ese modo.

—Entonces, ¿qué pasa?

—Hay varias personas cuyas vidas quisiera que fuesen investigadas.

Con un suspiro, el coronel Beck volvió a colocar la mesita en posición y se sacó del bolsillo un bolígrafo, fijando luego su mirada en mí.

—Usted dirá.

—Existe una casa llamada Diana Lodge. Es el número 20 de Wilbraham Crescent. La habitan una mujer llamada Hemming y cerca de dieciocho gatos.

—¿Diana Lodge? De acuerdo. ¿A qué se dedica Mrs. Hemming?

—A nada. Vive por y para sus gatos.

—Una buena cobertura, diría yo. Por supuesto, de ahí podría salir algo. ¿Eso es todo?

—No. Quiero hablarle de un hombre apellidado Ramsay. Vive en el número 62, también de Wilbraham Crescent. Un técnico en construcciones, me han dicho que es. Esto me ha parecido un tanto vago... Pasa la mayor parte de su vida en el extranjero.

—¡Hombre! Me gusta el cariz que toma esto —manifestó el coronel Beck—. Pero mucho... Usted desea poseer informes concretos sobre él, ¿no? Conforme.

—Está casado con una buena mujer y el matrimonio tiene dos hijos... bastante traviesos, por cierto.

—Pues sí que puede estar casado. ¿Por qué no? Existen precedentes. ¿Se acuerda de Pendleton? Tenía esposa e hijos. Una mujer magnífica. Jamás he conocido otra más estúpida que ella. Ni por una sola vez se le ocurrió pensar que su marido no era todo lo respetable que la buena señora se imaginaba. Y ahora que caigo en la cuenta... Pendleton disfrutaba también de una esposa alemana, con un par de hijas. Y de otra en Suiza... No sé si tantas esposas representaban un exceso de carácter exclusivamente personal o venían a ser una especie de camuflaje. Él se agarraría a esto último, desde luego. Bueno, usted lo que desea son informes relacionados con Mr. Ramsay. ¿Algo más?

—No sé... En el 63 habita un matrimonio. Él es un profesor jubilado. McNaughton, se apellida. Es escocés. Entrado en años. Pasa su tiempo dedicado a la jardinería. No tengo ningún motivo para desconfiar de esa gente, pero...

—Conforme. Haremos las comprobaciones oportunas. ¿Por qué circunstancia particular ha concentrado su atención en esas personas?

—Los jardines de sus casas tocan o se hallan muy próximos al correspondiente a la vivienda en la que fue cometido el crimen.

—Eso suena igual que un ejercicio de francés. «¿Dónde está el cadáver de mi tío? En el jardín del primo de mi tío.» ¿Qué puede decirme acerca del número 19?

—Habita esa casa una mujer ciega, antigua maestra. Trabaja en una institución dedicada a niños invidentes. La policía local ha comprobado ya todos los extremos relativos a ella.

—Está capacitada para ganarse la vida y se la gana, ¿verdad?

—Efectivamente.

—Y en relación con las otras personas, ¿qué piensa? ¿Ha formulado ya una hipótesis?

—Yo pienso que de haber sido cometido un crimen en cualquiera de las casas habitadas por las personas que he mencionado, el asesino, aunque exponiéndose, hubiera podido trasladar el cadáver de la víctima al número 19 a una hora propicia del día. Una mera posibilidad, eso es todo. Y hay algo que me agradaría enseñarle a usted. Esto.

Beck cogió la moneda manchada de tierra que le alargué.

—¿Un heller checo? ¿Dónde lo halló usted?

—No fui yo quien lo encontró, pero sé que estaba en el jardín posterior de la casa número 19.

—Muy interesante. En su obsesión por las Crescent y medias lunas es posible que llegue a alguna parte. —El coronel Beck añadió, pensativamente—: Existe una taberna llamada The Rising Moon en una calle próxima a esta. ¿Por qué no prueba su suerte allí?

—Ya he visitado ese local.

—Tiene usted siempre una respuesta a punto, ¿eh? —dijo el coronel—. ¿Quiere un puro?

—Muchas gracias. Hoy dispongo de poco tiempo.

—¿Se dispone a volver a Crowdean?

—Sí. Quiero asistir a la vista.

—Será aplazada. ¿Seguro que no anda detrás de ninguna chica allí?

—Del todo seguro —respondí un tanto receloso. Inesperadamente, el coronel Beck comenzó a reír, fijando su regocijada mirada en mí.

—Mire usted bien dónde pisa, hijo mío. Las faldas andan haciendo constantemente de las suyas. ¿Cuánto hace que la conoce?

—Le he dicho que no hay ninguna... Está bien. Hay una muchacha por medio: la joven que descubrió el cadáver.

—¿Cuál fue su reacción al suceder eso?

—Gritar.

—Estupendo —comentó el coronel—. Como si lo viera: echó a correr en dirección a usted y, apoyando la cabeza en su hombro, le contó lo que había visto. ¿Fue así?

Repliqué fríamente:

—No sé de qué me está hablando. Eche un vistazo a todo esto.

Saqué varias de las fotografías tomadas por los especialistas de la policía.

—¿Quién es este hombre?

—El asesinado.

—Diez contra uno a que esa muchacha que tan bien le ha caído es la autora del crimen. La historia que cuenta se me antoja falsa desde el principio hasta el fin.

—Aún no la ha oído usted. La verdad es que todavía no se la he contado.

—No necesito que me la refiera —repuso el coronel Beck, sacudiendo la ceniza de su puro—. Procure asistir a la vista, hijo mío, y no pierda de vista a la chica... ¿Se llama acaso Diana, o Artemisa, o algo que tenga relación con los semicírculos y las medias lunas?

—No.

—Está bien. ¡Recuerde que también puede darse tal posibilidad!

Capítulo 14

Narración de Colin Lamb

Había transcurrido bastante tiempo desde la última vez que visité Whitehaven Mansions. Varios años atrás había sido un edificio de modernos pisos que destacaban en el lugar en que se encontraba emplazado. Ahora se hallaba flanqueado por otras construcciones más importantes y acordes con la moda. En el vestíbulo del inmueble noté que el ascensor había sido pintado recientemente: las maderas presentaban unas líneas amarillas y verdes en tonalidades muy desvaídas.

Ya en el piso que buscaba, pulsé el botón del timbre correspondiente al apartamento número 203. Me abrió la puerta un sirviente irreprochablemente vestido: George, quien me acogió con una amplia sonrisa.

—¡Señor Colin! ¡Cuánto tiempo sin verle!

—Pues es verdad, George. ¿Cómo estás?

—Muy bien, gracias, señor.

Bajé la voz.

—¿Y él? ¿Cómo se encuentra él?

George bajó también la voz, cosa harto difícil porque, como siempre, se expresaba en el tono justo.

—A veces lo veo ligeramente deprimido.

Asentí.

—¿Me hace el favor, señor? Por aquí...

George cogió mi sombrero.

—Anúnciame, por favor, como Mr. Colin Lamb.

—De acuerdo, señor.

El sirviente abrió una puerta, diciendo con toda claridad:

—Mr. Colin Lamb desea verle.

George retrocedió lentamente para dejarme entrar.

Mi amigo Hércules Poirot se encontraba sentado en su butacón de costumbre, delante de la chimenea. Observé que una de las barras de la estufa eléctrica estaba roja a más no poder. Corrían los primeros días de septiembre. Hacía calor más bien, pero Poirot era uno de los primeros hombres que sentían la frialdad inicial del otoño, y se apresuraba a tomar las oportunas precauciones. A uno y otro lado, tenía varios montones de libros. Sobre una mesa situada a su izquierda había aún más. Al alcance de la mano derecha tenía una taza humeante. Una tisana, supuse. Poirot era aficionado a ellas y a menudo insistía en que lo acompañara en sus degustaciones. A mí aquellos caldos me parecían nauseabundos. Además de producirme arcadas, me causaban un insoportable cosquilleo en la nariz.

—¡No se levante, por Dios, Poirot!

Pero mi amigo estaba ya en pie al pronunciar yo estas palabras y se me acercó con los brazos abiertos.

—¡Vaya, vaya! Conque es usted, ¿eh?, mi joven amigo. Mi amigo Colin. Pero ¿por qué ha agregado a su nombre el apellido Lamb? Déjeme pensar. A este respecto circula por ahí un dicho o un proverbio... Algo relacionado con un carnero que se disfrazó de cordero.[1] No. Eso es lo que se dice aquí de las mujeres mayores que intentan aparecer más jóvenes de lo que en realidad son. Esto no le cuadra a usted. ¡Ajá! Ya lo tengo. Usted es un lobo que se oculta tras la piel de una oveja. ¿Eh? ¿Qué tal?

—Ni siquiera es eso, amigo mío —respondí—. Sencillamente, dada la índole de mis actividades, pensé que incu-

1. Juego de palabras. Una de las acepciones del vocablo *lamb* es, efectivamente, «cordero». *(N. del T.)*

rría en un error al utilizar mi verdadero apellido, ya que me exponía a que alguien me relacionara con mi padre. Así nació Lamb, un vocablo breve, sencillo, fácil de recordar. Además, halagándome un poco, creo que se adapta a mi carácter.

—Yo no estoy tan seguro de ello —manifestó Poirot—. ¿Y cómo se encuentra mi buen amigo, su padre?

—El viejo se encuentra magníficamente. Muy ocupado con sus plantas. Los meses pasan con tal rapidez que jamás sé a ciencia cierta qué es lo que está cultivando...

—Así que ha concentrado su atención en la horticultura.

—Todo el mundo parece inclinarse por esa afición u otra semejante al final.

—Exclúyame a mí —manifestó Hércules Poirot—. Una vez me dio por las calabazas, sí, pero ya no he vuelto a ocuparme de ellas. En cuanto a la jardinería, se me ocurre que si uno quiere hacerse con las mejores flores, ¿por qué no ir a un buen establecimiento, a la floristería más indicada? Tengo entendido que mi buen superintendente se había aplicado a la tarea de escribir sus memorias. ¿Es verdad eso?

—Comenzó a hacerlo, pero luego observó que lo publicable resultaba tan insípido que no valía la pena tomarse tal molestia.

—Sí, es preciso ser discreto. Una lástima porque su padre hubiera podido relatar historias muy sustanciosas. Yo le admiro, sinceramente. Lo admiré siempre. ¿Sabe usted? Sus métodos suscitaron mi interés desde el primer momento de nuestra relación. Era muy directo. Supo manejar como nadie lo más obvio. Tendía la trampa, una trampa evidentísima, demasiado clara, a la que todo el mundo ponía reparos, precisamente porque saltaba a la vista... Pero el criminal, evidentemente, acababa por caer en ella, no se le escapaba nunca.

Me eché a reír.

—Actualmente los hijos no suelen confesar su admiración por sus padres. La mayoría prefiere sentarse ante su mesa, pluma en mano, previamente cargada de veneno, e ir recordando mezquindad tras mezquindad y tontería tras tontería, vertiendo el triste fruto de su imaginación en las cuartillas. Por lo que a mí respecta, debo confesar que mi padre me inspira auténtica admiración ¡Ojalá llegara a ser como él algún día! Claro que yo he tomado otra orientación.

—La cual está relacionada con la de mi buen amigo —opinó Poirot—. Estrechamente relacionada, si bien usted se ve obligado a moverse entre bastidores mientras que él actuaba ante el público. —Hércules Poirot tosió levemente—. Creo que debo felicitarle por su último triunfo, ¿no? Me refiero al *affaire* Larkin.

—Este marcha bien, sencillamente. Pero me quedan por averiguar algunas cosas si quiero redondear ese asunto como es debido. Debo decirle, sin embargo, que no he venido aquí para hablar con usted de él.

—Claro, claro...

Poirot me señaló una silla y me ofreció una taza de tisana, que rechacé de inmediato.

George entró en el momento oportuno con una licorera de whisky, un vaso y un sifón que colocó a mi alcance.

—Bueno, ¿y qué trae usted entre manos ahora? —le pregunté. Eché un vistazo a los libros que tenía alrededor del butacón—. Parece que anda enfrascado en algunas indagaciones, ¿eh?

Poirot suspiró:

—Llámelo así si quiere. Pues sí, quizá no ande usted desencaminado en su apreciación. Últimamente he venido sintiendo la imperiosa necesidad de enfrentarme con un problema. Lo de menos era el carácter de este, me dije. Lo que me interesaba era el problema en sí. No son los músculos lo que yo preciso ejercitar, sino las células cerebrales.

—Con la intención, obviamente, de mantenerlas en forma.

—En efecto. —Hércules Poirot suspiró de nuevo—. Ahora bien, tenga en cuenta, *mon cher*, que ese problema no es tan fácil de conseguir como parece a primera vista. Verdad es que el pasado jueves se me presentó uno. En el sitio en que suelo dejar siempre mi paraguas, descubrí tres trozos de piel de naranja seca. ¿Cómo pudieron llegar hasta allí? Porque yo no como naranjas jamás. George no se atrevería nunca a dejar esas pieles en semejante sitio. Tampoco era probable que hubiese venido un visitante que las llevara en un bolsillo. Sí, desde luego, era todo un problema.

—¿Llegó usted a resolverlo?

—Sí, señor.

Me habló en un tono de voz que denotaba más melancolía que orgullo.

—Al final no resultó ser de mucho interés. La cosa se basaba en la sustitución de la antigua mujer encargada de la limpieza. Desacatando las órdenes dadas al respecto, la nueva trajo consigo a uno de sus hijos. Por las trazas, como verá, el problema no podía figurar entre los apasionantes, si bien estuvo formado por una espesa trama de mentiras, omisiones y todo lo demás... Me produjo una profunda satisfacción pese a que carecía de importancia.

—Una desilusión —sugerí.

—*Enfin* —dijo Poirot—, yo soy un hombre modesto. No obstante, para cortar el hilo de un paquete no hay por qué utilizar un estoque.

Moví la cabeza con solemnidad, apoyando con mi gesto sus palabras. Poirot continuó hablando:

—Desde hace unos días me entretengo leyendo. Ahora he centrado mi atención en ciertos misterios correspondientes a hechos acaecidos realmente, aplicando las soluciones que se me ocurren.

—¿Se refiere usted a esos casos como el de Bravo, el de Adelaide Barlett y otros por el estilo?

—Exactamente. Pero en cierto modo aquel fue demasiado fácil. Yo no abrigo ninguna duda acerca de la identidad de la persona que asesinó a Charles Bravo. Su compañera pudo haber estado implicada en el crimen, pero ella, ciertamente, no representó la fuerza impulsora. Y luego tenemos la figura de esa desgraciada adolescente, Constance Kent. El móvil verdadero del estrangulamiento del hermano pequeño, a quien ella amó siempre, era una incógnita. Aunque no para mí, por supuesto. Lo vi todo claro nada más leer las informaciones referentes al caso. En cuanto a Lizzie Borden, no hubiera tenido que hacer otra cosa que dispararle varias preguntas en relación con determinadas personas. Pero me figuro que ya habrán fallecido cuantos tuvieron que ver con el *affaire*...

Pensé, como en otras ocasiones, que la modestia no era precisamente una de las cualidades de Hércules Poirot.

—¿Qué cree que hice luego? —me preguntó mi amigo.

Me dije que Poirot no debía de haber tenido en los últimos días mucha gente con quien hablar y que ahora disfrutaba escuchándose a sí mismo.

—De la vida real pasé a la imaginada, a la pura ficción. Aquí me tiene entre diversos ejemplos de ella, situados a mi derecha y a mi izquierda. Me he entregado al trabajo... Mire... —Poirot me mostró el libro que yo había visto sobre un brazo de su sillón al entrar en el cuarto—. He aquí, mi querido Colin, *El caso Leavenworth*.

A continuación depositó en mis manos el ejemplar.

—Ha retrocedido usted bastantes años —comenté—. Creo haber oído hablar a mi padre de este libro cuando apenas era un niño. Me parece incluso que llegué a leerlo. Estará pasado de moda, imagino.

—Se trata de una obra admirable. Leyéndola es posible saborear el ambiente de la época, el cuidado drama que contienen sus páginas. Recuerde las detalladas descripciones del autor para darnos a conocer la belleza de Eleanor, la hermosura de Mary...

—Tendré que volver a leerla. He olvidado tales detalles.

—Y luego está el tipo de la sirvienta, Hannah, absolutamente real. Y el del criminal, que constituye un estudio psicológico excelente.

Opté por escuchar a Poirot con toda atención.

—Ocupémonos ahora de *Las aventuras de Arsenio Lupin*. ¡Qué fantástica, qué irreal resulta esta obra! Y, sin embargo, ¡cuánta vitalidad, qué vigor encierran los personajes! Son absurdos, pero tienen estilo. Y también hay humor.

Dejando a un lado *Las aventuras de Arsenio Lupin*, Poirot cogió otro libro.

—Aquí tiene usted *El misterio del cuarto amarillo*. ¡Ah! ¡Este sí que es un clásico de verdad! No tengo más remedio que confesar mi conformidad con él, desde el principio hasta el fin. En su tiempo suscitó muchas críticas. Su trama fue considerada falsa por muchos, mi querido Colin. Un error. Estaba muy próxima a la falsedad, en todo caso. Le separaba de ella el espesor de un cabello. No. Todo lo que ese libro contiene es verdad, una verdad oculta cuidadosamente tras el astuto juego de las palabras. Todo se aclara en el momento supremo, cuando los hombres se encuentran en la confluencia de tres pasillos. —Poirot hizo una leve reverencia—. Definitivamente, una obra maestra, a mí me parece que casi olvidada en la actualidad.

Poirot se había remontado a veinte años atrás, con el propósito de estudiar la labor de los escritores del género que habían ido surgiendo después.

—He leído, asimismo, algunas de las primeras obras de Mrs. Ariadne Oliver, una amiga mía... Bueno, creo que usted también la conoce. No apruebo por completo sus libros. Los sucesos que en ellos se relatan son improbables por todos lados. La autora recurre demasiado frecuentemente al brazo de largo alcance de la coincidencia. Siendo joven en la época en que escribió esos volúmenes, incurrió en la necedad de dar a su detective la nacionalidad finlandesa. Es evidente que ella no sabe nada acerca de los fineses ni de Finlandia, si exceptuamos las obras de Sibelius. No obstante, sabe hacer de vez en cuando una deducción inteligente, posee unos hábitos mentales sanos y en los últimos años ha aprendido una gran cantidad de detalles referentes a los procedimientos policíacos. Entiende también algo más de armas de fuego y de cuanto se relaciona con su empleo. En los últimos años ha cubierto una laguna tremenda. Por lo visto acostumbra a consultar con algún amigo abogado o procurador determinados puntos de carácter legal.

Hércules Poirot dejó el libro de Mrs. Ariadne Oliver para coger otro.

—Aquí tenemos a Cyril Quain. ¡Ah! Mr. Quain es el maestro de la coartada.

—No lo recuerdo demasiado bien, pero se me antoja un escritor aburrido.

—Es cierto que en sus libros no ocurre nada particularmente emotivo —explicó Poirot—. Desde luego, en ellos anda un cadáver por medio. Y a veces más de uno. Pero todo radica siempre en la coartada, en el horario de ferrocarriles, las rutas de las líneas regulares de autobuses, la disposición de las carreteras... Confieso que me agrada este intrincado y detallado uso de la coartada. Y disfruto intentando sorprender a Cyril Quain en un error...

—Supongo que siempre logrará salirse con la suya —señalé.

Poirot se mostró sincero.

—Siempre no —admitió—. Ocurre que al cabo de algún tiempo uno se da cuenta de la semejanza existente entre los distintos libros del autor. Las coartadas se parecen siempre en el fondo, aunque se refieren a cosas distintas. *Mon cher*

Colin: me imagino a Cyril Quain sentado frente a la mesa de su despacho, fumando una pipa, tal como se ve en las fotografías, rodeado de sus obras de consulta, de folletos de líneas aéreas, de horarios y guías de todas clases y procedencias... Debe de conocer, incluso, las rutas marítimas. Usted dirá lo que quiera, Colin, pero el trabajo de Cyril Quain está presidido por el orden y el método.

Hércules Poirot se olvidó de Quain para coger otro libro.

—Aquí tenemos ahora a Garry Gregson, un prodigioso escritor de novelas de emoción e intriga. Creo que llegó a publicar unas sesenta y cuatro. Con respecto a Quain viene a ser el polo opuesto. En los libros de aquel no sucede nada; en los de Gregson ocurren demasiadas cosas. Ocurren de una manera inadmisible muchas veces y en aluvión, revueltas. Todas son de un tono subido. Se trata de una especie de melodrama agitado. Hay sangre, cadáveres, pistas, emociones amontonadas... En esos libros todo es sensacional, espeluznante. No hay nada que recuerde la vida tal y como es. Usted diría que las obras de Gregson no son, digamos, santo de mi devoción. Tiene usted razón. Aquellas recuerdan más bien uno de esos cócteles americanos de oscuro origen, compuestos con ingredientes sospechosos.

Poirot suspiró, hizo una pausa y continuó con su discurso.

—Volvamos la mirada hacia América. —Cogió uno de los libros del montón que tenía a su izquierda—. Le ha llegado el turno a Florence Elks. También, al igual que Quain, trabaja con método, escribiendo páginas saturadas de acontecimientos llenos de color, apuntados con sagaz intención. Es alegre y viva. Esa dama posee buen juicio, si bien, como les sucede a numerosos escritores americanos, se halla un tanto obsesionada con la bebida. Yo soy, como usted sabe, *mon ami*, un excelente catador de vino. Siempre me ha producido una gran satisfacción comprobar que un rosado o un borgoña introducidos en una historia de esta clase han llegado a ella con todos los honores de la autenticidad: con la anotación de la cosecha correspondiente. En cambio no me interesa, en absoluto, saber la cantidad de whisky o de aguardiente que consume un detective americano a lo largo de una de esas novelas que nos envían desde el otro lado del mar. El hecho de que el héroe ingiera un cuarto o medio litro de alcohol periódicamente, alcohol que saca del cajón de un archivador, me parece que no afecta en nada a la historia en curso. La cuestión de la bebida en los libros americanos significa tanto como la cabeza del rey Carlos para el pobre Dick cuando intenta escribir sus memorias. Le resultaba imposible evitarlo.

—¿Qué me dice usted acerca de la escuela de los «duros»? —inquirí.

Poirot agitó una mano, desechando la idea con la misma viveza con que hubiera espantado un inoportuno mosquito.

—¿La escuela de la violencia por la violencia? ¿Y desde cuándo ha tenido eso interés? Yo he presenciado muchas escenas de ese carácter en los primeros tiempos de mi carrera, como agente de policía. ¡Bah! Eso es lo mismo que si leyera un libro de texto de medicina. *Tout de même*, sitúo a la novela policíaca americana en lugar preeminente. La estimo más ingeniosa, más imaginativa que la inglesa. El ambiente resulta menos sobrecogedor que el que se respira en las obras de la mayor parte de los escritores franceses. Ocupémonos, por ejemplo, de Louisa O'Malley...

Hércules Poirot buscó otro libro.

—Esta mujer escribe con la corrección de un erudito. Y, no obstante, provoca en sus lectores una notable emoción en marcha ascendente, cuidadosamente graduada. Esas mansiones neoyorquinas de muros color pardo rojizo... ¿Dónde radican exactamente? Pienso en los apartamentos que describe nuestra autora, en los esnobismos de sus personajes. Soterradas, las corrientes que conducen al crimen discurren por cauces insospechados. Pudo haber sucedido todo tal como ella nos lo cuenta, y así ocurre. Esta Louisa O'Malley es excelente, magnífica. De veras.

Poirot suspiró. Echando hacia atrás la cabeza, se bebió lo que quedaba en su taza de tisana.

—Y luego... están los favoritos de todas las épocas.

Mi amigo buscó un nuevo volumen.

—*Las aventuras de Sherlock Holmes* —murmuró admirativamente, para añadir enseguida, con devoción, una sola palabra—: *Maître!*

—¿Sherlock Holmes? —inquirí.

—¡Oh, no! ¡Sherlock Holmes, no! Mi exclamación iba dirigida a su creador, a Sir Arthur Conan Doyle. Estas historias de Sherlock Holmes que todos conocemos se componen en realidad de elementos un tanto traídos por los pelos. Hay no pocas cosas falaces en ellas y se desarrollan de una manera artificiosa. Quería referirme al arte con que fueron escritas... ¡Ah! Esta es otra cuestión. En las páginas de Conan Doyle se paladea un lenguaje de buena ley. Y, sobre todo, hay que mencionar ese magnífico personaje que es el doctor Watson, una verdadera creación. He ahí uno de los éxitos indiscutibles de nuestro escritor.

Mi amigo, en virtud de una asociación de ideas, añadió:

—*Ce cher* Hastings... Mi amigo Hastings, del cual usted me ha oído hablar con frecuencia. Hace tiempo que no tengo noticias de él. ¡Qué decisión tan absurda la suya, sepultarse en un país sudamericano, en un continente en el que cada día hay una revolución!

—Eso no ocurre solamente en Sudamérica hoy —observé—. Actualmente se registran revoluciones en todo el mundo.

—No vayamos a ponernos a discutir ahora sobre la bomba atómica, amigo mío. Puesto que no podemos alterar ciertas cosas, dejémoslas como están.

—La verdad es que he venido a hablar con usted de otra cuestión que nada, absolutamente, tiene que ver con aquella.

—¡Ah! Va usted a contraer matrimonio, ¿verdad? Me alegro, *mon cher*, me alegro mucho.

—¿Qué diablos le ha hecho pensar eso, Poirot? No se trata de tal asunto, ¡ni hablar!

—¡Hombre! Todos los días ocurren cosas como esa.

—Es posible —repuse con firmeza—, pero no a mí. Yo quería decirle que andaba ocupado con un pequeño problema criminal.

—¿Sí? ¿Un problema criminal, ha dicho? Y ha venido usted a exponerme el caso. ¿Por qué?

—Pues... —Me sentía ligeramente embarazado—. Pensé que le agradaría conocerlo.

Poirot me estudió unos segundos. Luego se acarició el bigote con cuidado, para contestarme, a su manera:

—El amo suele ser cariñoso con el perro. A veces le arroja una pelota. También el animal es capaz de mostrarse afectuoso con su dueño. El perro mata un conejo o una rata y corre en busca de su amo, para depositar la caza a sus pies. ¿Y qué hace entonces? Sencillamente: menear el rabo.

Sin poderlo remediar, me eché a reír.

—¿Yo estoy moviendo el rabo ahora?

—Creo que sí, amigo mío. Sí, creo que sí.

—De acuerdo. ¿Qué dice ahora el amo? ¿Desea examinar la caza? ¿Quiere saberlo todo?

—Por supuesto. Ha venido a hablarme de un crimen que usted piensa que despertará mi interés, ¿no es así?

—Lo malo del caso es que no hay una sola cosa en él que tenga sentido.

—Imposible —comentó Poirot—. Todo tiene sentido, absolutamente todo.

—Bueno, pues intente sacar conclusiones de lo que voy a referirle. Yo no lo he logrado. Debo advertirle que esto no es nada que me afecte a mí directamente. He intervenido en el asunto por casualidad. Tenga presente que el misterio puede que se desvanezca en cuanto el cadáver sea identificado.

—Habla usted sin método ni orden —señaló Poirot con severidad—. Le ruego que me ponga al corriente de los hechos. Me ha dicho que se trata de un crimen, ¿verdad?

—Efectivamente. La víctima es un hombre.

Le describí con todo detalle los acontecimientos que habían tenido por escenario el número 19 de Wilbraham Crescent. Hércules Poirot se recostó en su butacón, cerrando los ojos. Mientras estuvo escuchando mi narración no cesó de dar golpecitos en el brazo de su sillón con el dedo índice de la mano derecha. Cuando terminé, él permaneció en silencio un momento. Después me preguntó, sin abrir los ojos:

—*Sans blague?*[2]

—¡Oh, no, en absoluto! —respondí.

—*Épatant* —manifestó Hércules Poirot.

Pareció saborear la palabra repitiéndola sílaba a sílaba. *É-pa-tant*. Tras esto continuó golpeando con suavidad.

—Bueno —inquirí impacientemente, después de haber aguardado unos segundos más—, ¿qué tiene usted que decir de todo esto?

—Pero ¿qué quiere que diga?

—Desearía que me diese la solución del problema. De sus manifestaciones a lo largo de otras charlas, he deducido que usted cree posible hallarla sin más trabajo que el de tenderse en un sillón para reflexionar intensamente. Usted ha sostenido siempre que no es preciso andar de acá para allá haciendo preguntas a la gente o buscando pistas.

—Desde luego, es una teoría que he defendido siempre.

—En esta ocasión voy a desenmascarar su farol. Ya le he dado a conocer los hechos. Ahora deme usted la respuesta.

2. Esto es: «¿No exagera?». En francés en el original. *(N. del T.)*

—Sin más, ¿eh? Aún se desconocen muchas cosas, *mon ami*. Nos hallamos solamente en el principio, ¿no es así?

—Pese a todo, insisto en que me diga algo.

Hércules Poirot reflexionó un instante.

—Algo es evidente —dijo—. Debe de tratarse de un crimen muy simple.

—¿Simple? —repetí desconcertado.

—Naturalmente.

—¿Por qué tiene que ser simple?

—Por una razón: por su compleja apariencia. ¿No lo comprende?

—Creo que no.

—Es curioso —musitó Poirot—. Todo lo que usted me ha contado... Estoy casi seguro de que los hechos que acaba de referirme me son vagamente familiares. Ahora bien, dónde y cuándo he tropezado con un asunto similar...

Poirot se interrumpió.

—Su memoria tiene que ser forzosamente un vastísimo depósito de crímenes. Pero, por supuesto, no puede recordarlos todos, ¿es cierto?

—Así es, desgraciadamente. No obstante, en ocasiones, tales similitudes suelen ser útiles. En Lieja vivió hace tiempo un fabricante de jabones que envenenó a su esposa al objeto de contraer matrimonio con una rubia taquimecanógrafa. Quedaron establecidas determinadas características. Años después, muchos años después, se dieron una serie de circunstancias parecidas. Esta vez fue un asunto relacionado con el robo de un perrito pequinés. ¡Ah! Pero el modelo era el mismo. Recurrí al equivalente, a aquel del que fueran protagonistas la rubia taquimecanógrafa y el fabricante de jabones. Y entonces, *voilà!* Así es como vienen a uno esas impresiones. Me ha parecido reconocer determinados detalles en lo que me acaba de contar.

—¿Se refiere a los relojes? —sugerí esperanzado—. ¿A los falsos agentes de seguros?

—No, no.

—¿Ha pensado en las mujeres ciegas?

—No, no, no. Por favor, no embrolle mis ideas.

—Me desconcierta usted. Poirot —le dije—. Esperaba que me diese enseguida la respuesta ansiada.

—Pero, amigo mío, hasta el momento usted no me ha facilitado más que un esquema. Aún hay que averiguar muchas cosas. Es de suponer que ese hombre acabe siendo identificado, y en esa labor la policía se ha mostrado siempre competente. Esta posee unos archivos muy completos; está facultada para publicar en todos los periódicos la fotografía de la víctima; conoce las listas de personas desaparecidas; posee laboratorios capaces de proceder a un examen científico de las ropas, etcétera, etcétera. ¡Oh, sí! La policía dispone de grandes medios para realizar su labor. No hay que dudarlo, ese hombre será identificado.

—De modo que por el momento no hay nada que hacer. ¿Es eso lo que usted piensa?

—Siempre hay algo que hacer —manifestó Hércules Poirot con gravedad.

—¿Por ejemplo?

El belga levantó un dedo.

—Hablar con los vecinos.

—Ya lo he hecho. Acompañé a Hardcastle cuando este fue a interrogarlos. No conseguimos ningún informe especialmente provechoso.

—¡Ah! Eso es lo que ustedes creen. Pero yo les aseguraría lo contrario. Usted va a esas personas para preguntarles: «¿Ha visto algo sospechoso?». En cuanto le respondan que no, usted cree que ya está todo hecho. No me refería a eso al recomendarle que charlara con los vecinos. Quería sugerirle la conveniencia de lograr por todos los medios que ellos les hablaran a ustedes. En una u otra entrevista, inevitablemente, hallarían una pista. Esa gente sacará a colación el tema de la jardinería, de los perritos domésticos, de las peluqueras, de las modistas, de las amistades de uno y otro sexo, de la cocina... Entre tanta palabrería vana siempre se da con un vocablo revelador, que arroja un foco deslumbrante de luz sobre el problema. Me ha dicho que no lograron nada provechoso como consecuencia de sus entrevistas. Yo sostengo que eso no puede ser. Si usted pudiera repetirme esos diálogos palabra por palabra...

—Puedo hacerlo, desde luego —declaré—. Tomé notas taquigráficas de cuanto oí mientras representaba el papel de agente, y transcribí. Dichas notas fueron mecanografiadas posteriormente. Se las he traído. Aquí las tiene.

—¡Ah, qué buen chico es usted! Ha procedido usted pero que muy bien. *Je vous remercie infiniment.*

Me sentía un poco avergonzado.

—¿Se le ocurren a usted más sugerencias? —le pregunté.

—Sí. Siempre hay sugerencias que formular. Veamos lo de la chica... Hable con ella. Vaya a verla. Ya son ustedes amigos, ¿verdad? ¿No se arrojó a sus brazos cuando salía huyendo aterrorizada de la casa en que se cometió el crimen?

—La lectura de las obras de Garry Gregson ha influido en usted —observé—. Se expresa ya en un estilo melodramático.

—Tal vez tenga usted razón —admitió Poirot—. Los libros que uno lee con preferencia influyen inevitablemente en nosotros.

—En cuanto a lo de la muchacha... —comencé a decir, haciendo enseguida una pausa.

Poirot me miró inquisitivamente.

—¿Qué?

—No me gustaría... No quiero que...

—¡Ah, vamos! Ahí, en lo más recóndito de su mente, usted piensa que la joven está implicada de un modo u otro en el caso.

—No, no. Fue una pura casualidad que ella estuviera en la casa...

—No, *mon ami*, nada de casualidad. Eso lo sabe usted perfectamente. Me lo ha dicho hace unos instantes. Alguien solicitó sus servicios por teléfono, preguntando por la muchacha además.

—Es que ella no sabe por qué.

—Usted no puede estar muy seguro de que ella no sepa el porqué de ese interés. Lo más probable es que lo sepa y quiera ocultar tal hecho.

—Yo no lo creo —repliqué con obstinación.

—Existe la posibilidad de que llegue usted a averiguarlo por sí mismo hablando con la joven, cuyas ideas a lo mejor necesitan ser aclaradas.

—No sé cómo... Quiero decir... Apenas la conozco.

Hércules Poirot entornó los ojos nuevamente.

—Hay un momento en el curso del proceso de atracción mutua entre dos personas de sexos opuestos en que esa declaración resulta ser particularmente cierta. Supongo que es una muchacha muy bonita...

—Sí, en efecto, es muy guapa.

—Usted hablará con ella —ordenó Poirot—, porque los dos son amigos ya. Luego, juntos, irán a ver a esa mujer ciega con cualquier pretexto. Más adelante visitará usted la empresa donde trabaja Sheila Webb, alegando, por ejemplo, que necesita que le pasen un manuscrito a máquina. Probablemente trabará relación con cualquiera de las otras chicas que trabajan en ese servicio de secretariado. Hágalo así y luego venga por aquí a contarme cuanto le hayan dicho esas personas.

—¿No me tiene lástima? —le pregunté.

—No, en absoluto. ¡Si se va a divertir!

—Al parecer, usted no se acuerda de que tengo que atender a mi trabajo normal.

—Actuará mejor tomándose esto a modo de descanso —me aseguró Poirot. Me puse en pie, echándome a reír.

—Bien, se ha convertido usted en mi doctor, puesto que

sabe qué es lo que más me conviene ¿No le queda nada que decirme ya? ¿Qué impresión le ha producido este extraño asunto de los relojes?

Poirot se recostó de nuevo en su butacón, entornando los ojos. Sus palabras no pudieron resultar para mí más inesperadas:

Ha llegado el momento, dijo la morsa,
de hablar de muchas cosas.
De zapatos, de buques, de lacres,
de coles y de reyes.
De la causa de que el mar hierva,
y de si los cerdos tienen o no alas.

Mi interlocutor volvió a abrir los ojos, haciendo un gesto de asentimiento.

—¿Me ha comprendido? —preguntó.

—Acaba usted de citar un pasaje de *Alicia en el País de las Maravillas.*

—Exacto. De momento eso es cuanto puedo hacer por usted, *mon cher*. Reflexione sobre lo que le he dicho.

Capítulo 15

A la vista judicial asistió numeroso público. La gente de Crowdean, impresionada por aquel crimen, esperaba que se produjeran revelaciones sensacionales. Los trámites, sin embargo, fueron tan escuetos y fríos como siempre. Sheila Webb no tenía por qué haber aguardado inquieta la llegada de aquel día. Todo quedó liquidado en unos minutos por su parte.

Desde el número 19 de Wilbraham Crescent alguien había llamado al teléfono del Cavendish Bureau. La joven se había presentado en la casa, había entrado en ella y se había acomodado en el cuarto de estar, de acuerdo con las instrucciones recibidas. Ahí había descubierto el cadáver de un hombre y salió enseguida corriendo a la calle, en demanda de auxilio. Miss Martindale, que también prestó declaración, se sometió a un interrogatorio todavía más breve que el que sufrió su empleada. La persona que le había hablado por teléfono le aseguró ser miss Pebmarsh y solicitó los servicios de una taquimecanógrafa, en concreto de miss Sheila Webb, dando al mismo tiempo ciertas instrucciones. Miss Martindale había anotado la hora exacta de la llamada, la 1:49. Con esto terminó la actuación de la dueña del Cavendish Bureau.

Miss Pebmarsh, que declaró después, negó categóricamente haber solicitado de aquella entidad los servicios de una de sus empleadas. El detective inspector Hardcastle se limitó a hacer una reseña muy breve, especificando sencillamente que, atendiendo una llamada telefónica, se había personado en el número 19 de Wilbraham Crescent, donde encontró el cadáver de un hombre. El juez instructor le preguntó:

—¿Ha podido usted identificar a la víctima?

—Todavía no, señor. Por tal motivo deseaba pedirle que la presente vista fuese aplazada.

—Será tomada en consideración su propuesta.

Luego le llegó el turno al doctor Rigg, forense, quien facilitó detalles sobre el reconocimiento practicado al cadáver.

—¿Está en condiciones de fijar la hora aproximada en que falleció ese hombre, doctor?

—El examen fue a las tres y media. Yo diría que su muerte se produjo entre la una y media y las dos y media.

—¿No se puede concretar más?

—Prefiero no hacerlo. Supongo que lo más probable es que aquel hombre muriera a las dos o pocos minutos antes. Ahora bien, en la determinación de la hora exacta hay que tener en cuenta muchos factores: edad, estado de salud, etcétera.

—¿Ha llevado a cabo la autopsia?

—Sí, señor.

—¿Qué es lo que le causó la muerte?

—La víctima fue apuñalada. Instrumento empleado: un fino y afilado cuchillo. Tal vez se trate de un sencillo cuchillo de cocina francés. La punta penetró...

El doctor se explayó en ciertas consideraciones de tipo técnico, detallando la forma exacta en que el arma alcanzó el corazón de la víctima.

—¿La muerte fue instantánea?

—El hombre debió de morir a los pocos minutos de ser atacado.

—¿No es probable que gritara o se defendiera?

—En las circunstancias en que fue apuñalado, no.

—¿Quiere usted explicarnos, doctor, el significado exacto de esa frase?

—Procedí al examen de determinados órganos y a efectuar unas pruebas. Diría que, cuando murió, el hombre estaba en coma debido a la administración de una droga.

—¿Puede decirnos de qué droga se trataba?

—Sí: hidrato de cloral.

—¿Está en condiciones de explicarnos cómo fue administrada?

—Probablemente, disuelta en alcohol. El efecto del hidrato de cloral es muy rápido.

—Creo que en algunos medios esa sustancia se conoce por el nombre de Mickey Finn, ¿verdad? —murmuró el juez.

—Correcto, señor —contestó el doctor Rigg—. Seguramente el hombre bebió el líquido sin sospechar. A los pocos segundos quedaría sumido en un estado de inconsciencia.

—Momento que el atacante aprovechó para apuñalar a la víctima, a su juicio, ¿verdad?

—Eso es lo que yo creo. No he descubierto en el cadáver señales de violencia y el rostro ofrecía una expresión pacífica.

—¿Cuánto tiempo permaneció inconsciente ese hombre antes de ser asesinado?

—No puedo decirlo con exactitud. Eso depende siempre de las condiciones físicas del que ingiere la droga. En general, alrededor de media hora o quizá más.

—Gracias, doctor Rigg. ¿Quiere decirnos cuándo tomó la víctima su última comida?

—La víctima no había ingerido alimentos sólidos desde hacía cuatro horas, por lo menos.

—Gracias, doctor. Eso es todo.

El juez instructor paseó luego su mirada por los presentes, diciendo:

—La vista se aplaza quince días, es decir, hasta el veintiocho de septiembre.

Los asistentes comenzaron a encaminarse hacia la salida. Edna Brent, que había ido allí en compañía de las otras chicas del Cavendish Bureau, se detuvo junto a la entrada, vacilante. Aquella mañana el Cavendish Secretarial Bureau había cerrado sus puertas. Maureen West, una de las jóvenes que trabajaban en el establecimiento, inquirió, dirigiéndose a Edna:

—¿Qué decides? ¿Nos vamos a comer al Bluebird? Disponemos de tiempo de sobra.

—Yo no tengo más tiempo que vosotras —murmuró Edna, que parecía preocupada—. Sandy Cat me ha dicho que será mejor que coja el primer turno para comer. Qué malvada. Creía disponer de una hora extra, que pensaba aprovechar para comprar y esas cosas.

—De Sandy Cat no se puede esperar más que esto —comentó Maureen—. Abrimos a las dos de nuevo y tenemos que estar todas allí. ¿Buscas a alguien?

—A Sheila. No la he visto salir.

—Se ha marchado enseguida —le explicó Maureen—, tan pronto ha declarado. Le acompañaba un joven... No sé quién sería. No he podido verle. ¿Te vienes, Edna?

Esta continuaba vacilando. Evidentemente, no sabía qué decisión tomar.

—Ve tú sola, Maureen... De todos modos, como ya te he dicho, tengo que ir de compras.

Maureen, por fin, se marchó con otra compañera. Edna dio unos pasos... Hizo acopio de fuerzas y se decidió a dirigir la palabra al joven agente que se hallaba en la puerta del edificio.

—¿Podría entrar de nuevo? —preguntó—. Quisiera hablar con el hombre que vino a mi oficina, el inspector no sé qué...

—¿El inspector Hardcastle?

—Eso es. El agente de policía que también ha prestado declaración esta mañana.

—Vamos a ver...

El joven agente descubrió que el inspector se hallaba enfrascado en una conversación con el juez de instrucción y uno de sus superiores.

—Al parecer está ocupado ahora, señorita. ¿Por qué no se acerca por la jefatura más tarde o telefonea? ¿Quiere dejarme algún recado? ¿Se trata de algo importante?

—¡Oh! En realidad creo que no tiene importancia —repuso Edna—. Es que... Bueno... Es que no comprendo cómo puede ser cierto lo que ella ha declarado, porque yo...

La muchacha dio media vuelta y se alejó de allí con el ceño fruncido, perpleja, preocupada.

Vagó por el Cornmarket y a lo largo de High Street. Su rostro tenía todavía la misma expresión. Pensar no se había hecho para Edna. No. No era su punto fuerte. Cuanto más se esforzaba por aclarar sus ideas, mayor era la confusión en que se debatía su mente.

Hubo un momento en que dijo en voz alta:

—No. No fue así... No pudo suceder lo que ella ha declarado...

Repentinamente, con el aire de la persona que acaba de tomar una firme resolución, abandonó High Street para encaminarse por Albany Road a Wilbraham Crescent.

Desde el día en que la prensa anunciara que en el número 19 de Wilbraham Crescent se había cometido un crimen no cesaban de congregarse nutridos grupos de personas frente a la casa. Es difícil explicar la fascinación que en determinadas circunstancias ejercen unos muros de hormigón y ladrillo en el público. Durante las primeras veinticuatro horas, a contar desde el momento en que la policía iniciara sus indagaciones, un policía se encargó de hacer circular a los que se paraban allí. Luego el interés de la masa había disminuido, aunque no del todo. Las furgonetas de reparto de los comercios aminoraban la marcha al deslizarse ante el edificio; se veían mujeres empujando coches de niño que se detenían en la acera opuesta cuatro o cinco minutos para contemplar, curiosas, la impecable residencia de miss Pebmarsh. Otras, cargadas con los cestos de la compra, dirigían hacia el mismo punto sus ávidos ojos, poniendo en circulación ciertos rumores entre sus amigas...

—Esa es la casa... La que cae ahí...

—El cadáver se encontraba en la sala de estar... Este me parece que queda a la izquierda...

—El tendero me dijo que era la de la derecha...

—Quizá, quizá. Yo estuve una vez en el número 10 y recuerdo perfectamente que el comedor estaba a la derecha del pasillo y la sala a la izquierda...

—No parece que ahí haya cometido alguien un crimen, ¿verdad?

—Tengo entendido que la joven salió corriendo y dando gritos...

—Se dice que desde aquel día no anda bien de la cabeza. Por supuesto, debió experimentar una tremenda impresión...

—Aseguran que entró por una de las ventanas de la parte posterior de la casa... El hombre estaba guardándose los objetos robados en un maletín cuando entró la chica y lo descubrió ...

—La dueña de la casa es ciega. ¡Pobrecilla! Claro, por eso no pudo darse cuenta de lo que ocurría.

—No, ¡pero si se encontraba ausente en aquel momento!

—Pues yo creía lo contrario. Me habían dicho que ella había subido al piso y que oyó al intruso desde allí. ¡Oh, qué tarde es! Y todavía tengo que acercarme a la tienda de la esquina...

Tales eran las conversaciones que por allí se oían. Wilbraham Crescent atraía a la gente de más variada condición con la fuerza de un imán. Todos se detenían allí un segundo para mirar hacia el número 19. Después, satisfecha aquella misteriosa necesidad íntima que parecían sentir los transeúntes, estos continuaban su camino.

Sumida todavía en un mar de dudas, Edna Brent había llegado frente al número 19 de aquella calle, el blanco de la curiosidad de los habitantes de Crowdean.

Sin advertirlo se encontró formando parte de un grupo integrado por cinco o seis personas, entregadas al pasatiempo colectivo de admirar la casa del crimen. Edna, muy sugestionable siempre, hacía lo que los otros.

De modo que aquella era la casa del terrible suceso. Comprobó que las ventanas se hallaban adornadas con unas cortinas limpísimas. Todo aparecía pulcro y ordenado. Y sin embargo, dentro de los muros que tenía delante, un hombre había encontrado la muerte. El asesino había utilizado para cometer su fechoría un cuchillo de cocina, un cuchillo ordinario. ¿Quién no tiene uno en casa?

Arrastrada inconscientemente por el ejemplo de los demás, Edna miraba también, dejando de pensar...

Experimentó un fuerte sobresalto al oír a alguien hablar muy cerca. Al reconocer la voz, Edna Brent volvió la cabeza, sorprendida.

Capítulo 16

Narración de Colin Lamb

Me fijé en Sheila Webb cuando abandonaba la sala en que se estaba celebrando la vista. Su declaración había sido correcta. Me había parecido nerviosa, aunque en una medida razonable. Muy natural, en conjunto. (¿Qué habría dicho el coronel Beck? «Una excelente representación.» ¡Como si lo estuviera oyendo!)

Los detalles contenidos en la declaración del doctor Rigg me sorprendieron. Dick Hardcastle no me los había referido, pero debía conocerlos, sin duda. Poco después echaba a andar tras Sheila.

—Al fin y al cabo no ha sido tan malo, ¿verdad? —le dije al ponerme a su altura.

—No. Me ha resultado muy fácil. El juez se ha mostrado muy amable conmigo. —La chica hizo una pausa y a continuación agregó—: ¿Qué vendrá luego?

—La vista quedará aplazada con objeto de que la policía pueda averiguar otros datos. Esto se prolongará un par de semanas o hasta que se establezca la identidad de la víctima.

—¿Cree que la policía lo conseguirá?

—¡Oh, ya lo creo! Lo lograrán, sin ningún género de dudas.

La joven se estremeció.

—Hace frío hoy.

No. Eso no era cierto. Yo pensé que más bien hacía un poco de calor.

—¿Qué le parece si comemos juntos? —sugerí—. Por ahora no tiene que volver a la oficina.

—No. Estará cerrada hasta las dos.

—Pues entonces no se hable más. ¿Qué tal responde su estómago a la comida china? Si le gusta, bajando la calle daremos con un establecimiento perfecto.

Sheila no se decidía a aceptar.

—Quiero aprovechar este rato libre para ir de compras.

—Ya tendrá tiempo para eso más tarde.

—No, no puede ser... Algunas tiendas cierran entre la una y las dos.

—Usted gana, Sheila. ¿Le parece bien entonces que nos veamos en el sitio indicado dentro de media hora?

La joven se mostró de acuerdo. Me fui al muelle y, una vez allí, me senté bajo un cobertizo. La suave brisa marítima acariciaba mi rostro...

Me había refugiado allí para pensar. ¿Quién no se rebela cuando descubre que existen seres que saben más acerca de nuestra personalidad que nosotros mismos? El viejo Beck, Hércules Poirot y Dick Hardcastle habían visto con absoluta claridad lo que yo ahora me sentía forzado a admitir...

Desde luego, aquella chica me interesaba... Más de lo que me había interesado cualquier otra mujer con anterioridad.

No se trataba de su belleza... Y eso que era guapa, muy guapa, algo que se salía de lo corriente... No se trataba tampoco de la influencia que pudiera ejercer sobre mí, superficial, de sus indudables encantos. No. No era el atractivo del sexo... De estas cosas yo sabía ya bastante...

Sucedía que desde un principio había reconocido en Sheila Webb a esa mujer que el destino, más o menos tarde, nos depara a los hombres.

¡Y a todo esto yo no sabía nada, absolutamente nada acerca de ella!

Poco después de las dos me presenté en la jefatura de policía y pregunté por Dick. Lo encontré ante su mesa de trabajo, contemplando un montón de papeles. Levantó la vista para preguntarme qué me había parecido la vista. Le contesté que había estado muy bien dirigida.

—Sí. Por aquí solemos hacer bien estas cosas —agregó—: ¿Qué te ha parecido la declaración del doctor?

—Me ha sorprendido. ¿Por qué no me habías dicho nada?

—Recuerda que te ausentaste. ¿Fuiste a ver a tu especialista?

—Sí, claro.

—Creo recordarle vagamente. Un bigote muy poblado el suyo.

—Verdaderamente poblado —manifesté—. No sabes lo orgulloso que se siente él de sus mostachos.

—Debe de ser muy viejo ya.

—Sí, pero no desvaría.

—¿Con qué fin fuiste a verle realmente? ¿Pura cortesía acaso?

—Como corresponde a un buen policía, Dick, tú desconfías de todo. Ese fue el móvil principal. Debo reconocer también que sentía curiosidad por verle. Quería saber su opinión sobre este caso, concretamente. Yo siempre me he negado a admitir una teoría por él defendida. Mi amigo sostiene que son innumerables los casos policiales que pueden ser resueltos sin más trabajo que el de sentarse en un cómodo sillón, juntar las yemas de los dedos de ambas manos, echar la cabeza hacia atrás y entornar los ojos para facilitar la meditación. Quería ponerle en evidencia.

—¿Procedió así esta vez también?

—En efecto.

—¿Y qué te dijo? —inquirió Dick, picado por la curiosidad.

—Me dijo que, indudablemente, se trataba de un crimen muy sencillo.

—¿Sencillo? —Hardcastle se puso en pie—. ¿Y qué es lo que le hace pensar eso?

—Precisamente la complejidad del asunto.

Hardcastle movió la cabeza.

—No lo comprendo. Tiene que ser como uno de esos dichos ingeniosos que utilizan los jóvenes de Chelsea, que no entiendo nunca... ¿Hubo algo más?

—Me recomendó que hablara con los vecinos de la casa en que se cometió el crimen. Le aseguré que eso ya lo habíamos hecho.

—Los vecinos adquieren ahora más importancia tras la declaración del doctor.

—Se supone entonces que ese hombre fue drogado en alguna parte y que fue conducido después a la casa número 19, con el exclusivo fin de matarle, ¿no?

—Aproximadamente eso es lo que vino a decirnos Mrs.... como se llame, la mujer de los gatos. Con respecto a este punto consideré muy interesantes sus palabras, nada más pronunciarlas.

Hubo una pausa en nuestra conversación.

—Esos gatos... —comenzó a decir Dick. A continuación agregó—: A propósito, hemos encontrado el arma. Ayer.

—¿Que habéis...? ¿Dónde?

—Dentro de esa especie de paraíso de los mininos. Evidentemente, el criminal la arrojó allí tras haber cometido el crimen.

—Supongo que no se han descubierto en ella huellas dactilares...

—El cuchillo fue limpiado con sumo cuidado. Es un utensilio que podría pertenecer a cualquiera... Fue afilado recientemente.

—De modo que el asunto queda planteado así: una vez

administrada la droga a la presunta víctima, se procedió a su traslado al número 19 de Wilbraham Crescent... ¿En un coche? ¿Cómo?

—Nuestro hombre podía proceder de una de las casas que están en contacto por el jardín con la de miss Pebmarsh.

—¿No te parece un poco arriesgado?

—Requiere audacia, simplemente —convino Hardcastle—. El que dio ese paso, además, necesitaba estar al corriente de los hábitos de su vecina. A mi juicio, lo más probable es que condujera a la víctima hasta la vivienda elegida utilizando un vehículo.

—Muy peligroso también. Un coche no pasa desapercibido fácilmente.

—Convengo en que el asesino no podía abrigar ninguna seguridad sobre el particular. Alguien se acordaría hoy de haber visto detenerse un automóvil frente al número 19...

—Bien mirado, cabe siempre la duda —declaré—. Todo el mundo se ha habituado a ese elemento inseparable del paisaje urbano. Eso sí: llama la atención de la gente un coche de lujo, algo inusual, aunque no es probable...

—Hay que tener en cuenta, por otro lado, que era la hora de la comida. ¿Comprendes lo que pasa, Colin? La figura de miss Millicent Pebmarsh vuelve a destacarse en el embrollado conjunto que estudiamos. Hay que forzar mucho las cosas para llegar a formular la hipótesis de que el hombre pudo ser apuñalado por una mujer privada de la vista... Ahora bien, si a ese hombre le había sido administrada previamente una droga...

—En otras palabras, si fue allí para ser asesinado, de acuerdo con la frase de Mrs. Hemming, llegó a la casa con una cita convenida que no le inspiraría desconfianza. Entonces la dueña de la casa le ofrece amablemente una copita de jerez o un cóctel... El Mickey Finn produce el efecto apetecido y miss Pebmarsh se pone manos a la obra... Después lava cuidadosamente el vaso, coloca el cadáver en la disposición en que fue encontrado, arroja el cuchillo al jardín de su vecina y abandona la vivienda como de costumbre, para telefonear al Cavendish Secretarial Bureau por el camino...

—¿Y por qué haría algo así? ¿Por qué se interesaría especialmente por Sheila Webb?

—¡Ojalá conociéramos las respuestas a esas preguntas! —Hardcastle me miró fijamente—. ¿Lo sabe la chica?

—Ella dice que no.

—Ella dice que no —repitió Hardcastle—. Te estoy preguntando qué piensas tú de ello.

Guardé silencio unos segundos. Sí. ¿Qué pensaba yo? Tenía que decidir sobre la marcha. Al final resplandecería la verdad. Sheila no perdería nada si era en realidad lo que yo me imaginaba.

Con un brusco movimiento, saqué una tarjeta postal de un bolsillo de la chaqueta y se la enseñé a Dick.

Hardcastle la examinó atentamente. Una de tantas tarjetas de las que expedían en los comercios. Pertenecía a una serie relativa a los edificios londinenses. Reproducía los conocidos muros del Tribunal Supremo de lo Criminal. Hardcastle le dio la vuelta. A la derecha se leían unas señas, limpiamente impresas: «Srta. R. S. Webb, 14, Palmerston Road, Crowdean Sussex». A la izquierda: «¡Recuerda!», y debajo, tres cifras, dispuestas así: 4:13.

—4:13 —comentó Hardcastle—. Esa era la hora que marcaban los relojes que vi en el cuarto de estar de miss Pebmarsh. Una fotografía del Old Bailey, la palabra «Recuerda» y esos números. Todo ello debe andar relacionado con algo.

—Sheila dice que ignora el significado de eso. —Me apresuré a agregar—. Y yo la creo.

Hardcastle asintió.

—Me quedo con la tarjeta. Tal vez saquemos algo en limpio de ella.

—Ojalá sea así.

Se produjo un silencio embarazoso. Solo por romperlo, dije:

—Tienes gran cantidad de papeles ahí.

—Desde luego. Y lo peor es que la mayor parte de ellos no va a servir para nada. El hombre asesinado carecía de antecedentes criminales; sus huellas dactilares no figuran en nuestros archivos. Todos estos papeles proceden de personas que creen haberle identificado.

Hardcastle procedió a leerme una carta:

Muy señor mío:

Estoy casi seguro de que la fotografía publicada por la prensa del hombre asesinado en Wilbraham Crescent es la de un individuo a quien vi hace varios días tomando un tren en Willesden Junction. Iba hablando en voz baja y parecía muy excitado. Nada más ponerle la vista encima pensé que debía de ocurrirle algo.

Creo que el hombre en cuestión se parece muchísimo a un primo de mi marido llamado John. Se marchó a Sudáfrica, pero es posible que volviera. Usaba bigote en la época en que se ausentó, aunque, desde luego, quizá se lo afeitase posteriormente.

Anoche vi en un vagón del metro al hombre cuya fotografía publicaron los periódicos. Observé ciertos detalles raros en su manera de comportarse.

—A continuación podría referirte un caso muy repetido: el de las mujeres que creen reconocer en los rostros de casi todos los hombres al del esposo desaparecido. La verdad es que dan la impresión de no haber mirado a sus maridos jamás a la cara. También tropieza uno con madres apasionadas que identifican con toda facilidad a hijos que hace veinte años que no ven.

»Y aquí tenemos la lista de personas declaradas en paradero desconocido. Nada vamos a hallar en ella que nos sea de utilidad, probablemente. «George Barlow, de sesenta y cinco años; su mujer cree que debe haber perdido la memoria.» Al pie de este informe hay una nota. «Contrajo deudas que suponen una fuerte suma de dinero. Últimamente se le ha visto en compañía de una viuda pelirroja. Casi seguro que su desaparición ha sido premeditada.»

»Veamos la siguiente reseña: «Profesor Hargraves. Se esperaba que el martes pronunciara una conferencia. No hizo acto de presencia en el local en que debía darla ni envió ningún telegrama ni nota excusándose».

Hardcastle no se tomó muy en serio al profesor Hargraves...

—Seguramente pensó que la conferencia sería una semana antes o una semana después de la fecha que los organizadores habían señalado. —El inspector agregó, risueño—: Quizá creyó haberle dicho a su patrona adónde se dirigía y se equivocó al respecto. Estas cosas y otras semejantes pasan todos los días.

Sonó el teléfono sobre la mesa de trabajo de Hardcastle. Este descolgó el auricular.

—Diga... ¿Qué...? ¿Quién la ha encontrado? ¿Ha dado su nombre...? Entendido. Siga... Siga...

El inspector Dick Hardcastle devolvió el auricular a su sitio. Al volverse hacia mí observé que la expresión de su rostro había cambiado. Ahora su gesto era duro, rencoroso.

—En una cabina telefónica de Wilbraham Crescent han encontrado el cuerpo de una joven —manifestó.

—¿Muerta? —le pregunté, experimentando un terrible sobresalto.

—Ha sido estrangulada. ¡Con su propio pañuelo!

Sentí lo mismo que si la sangre hubiera dejado de circular por mis venas.

—¿Quién es esa joven? ¿Quién...?

Hardcastle correspondió a mi vehemencia con una indiferente mirada, estudiando serenamente mi faz. No me agradó su actitud.

—No temas... No se trata de tu amiga. El agente que se encuentra allí parece conocerla. Me ha dicho que es una muchacha que trabajaba en la misma oficina que Sheila Webb. Se llama Edna Brent.

—¿Quién ha descubierto el cadáver? ¿El agente?

—El cadáver ha sido hallado por miss Waterhouse, quien, como recordarás, ocupa la casa número 18 de Wilbraham Crescent. Al parecer se ha acercado a la cabina para hacer una llamada porque su teléfono estaba averiado, y ha visto a la chica allí, acurrucada en el suelo.

Se abrió la puerta del despacho y entró un policía.

—El doctor Rigg me ha encargado que le diga que se ha puesto en camino, señor. Lo verá a usted en Wilbraham Crescent.

Capítulo 17

Una hora y media después, el detective inspector Hardcastle se sentaba de nuevo ante su mesa de trabajo, dispuesto a saborear, complacido, una taza de té. No obstante, su rostro se veía aún ensombrecido.

—Dispense, señor. Pierce quisiera hablarle...

Hardcastle levantó la vista.

—¿Pierce? ¡Ah, sí! Dígale que pase.

Pierce, un joven agente, bastante nervioso en aquellos instantes, entró.

—Perdone, señor. He estimado que era mi deber decírselo.

—¿Decirme qué?

—Esto ha ocurrido después de la vista. Yo me encontraba de servicio. Esa joven, la que acaba de ser asesinada..., ha estado hablando conmigo.

—¿Que ha estado hablando con usted? ¿Y qué le ha dicho?

—Me ha comentado que deseaba referirle algo a usted.

El inspector, repentinamente alerta, se incorporó.

—¿Ha especificado de qué se trataba?

—No, señor. Lo siento... Tal vez hubiera debido hacer que... Le he preguntado... si quería que yo le diese a usted algún recado... He llegado a sugerirle la conveniencia de que se pasara por aquí más tarde. En aquellos momentos usted estaba ocupado, conversando con el jefe y el juez, así que he creído...

—¡Maldita sea! —murmuró Hardcastle, irritado—. ¿No podía decirle que esperara a que yo estuviese libre?

—Lo siento, señor. —El joven agente se ruborizó—. Desde luego, he debido proceder así. Pero he pensado que su comunicación no tendría ninguna importancia. Ella no parecía juzgarla demasiado interesante. Se ha limitado a comentar que era algo que le preocupaba.

—¿Algo que le preocupaba? —repitió el inspector.

Este guardó silencio durante un buen rato, dedicado a considerar ciertos hechos. Aquella era la muchacha que había visto en la calle cuando él se encaminaba a casa de Mrs. Lawton, la misma que intentara ver a Sheila Webb. La joven lo había reconocido y por un momento había cruzado por su mente, sin duda, la idea de abordarle a él. Su gesto vacilante no se le había escapado. Algún propósito concreto guiaba sus pasos. Ahora Hardcastle se decía que había cometido un error. No había recogido la pelota con suficiente rapidez. Absorbido por su afán de averiguar algo más en relación con Sheila Webb, había descuidado aquel punto. ¿Que la chica había mostrado señales inequívocas de hallarse preocupada? ¿Por qué razón? Ahora, quizá, esta pregunta ya no tenía respuesta...

—Continúe, Pierce —dijo el inspector—. Cuénteme cuanto recuerde. —Se apresuró a añadir, pues Hardcastle era un hombre justo—. Usted no podía saber que lo de esa chica fuese importante.

¿Qué hubiera logrado dando rienda suelta a su indignación? ¿Por qué echar parte de la culpa de lo sucedido a aquel muchacho? ¿Qué podía haber sospechado él? En su adiestramiento influía enormemente la disciplina, base esencial de su formación. Ellos debían procurar que sus superiores fuesen abordados en la hora y en el lugar adecuados. Todo hubiera cambiado de haber dicho la chica que el suyo era un mensaje importante o urgente. Pero no había sido así. Hardcastle se acordó de la primera vez que la vio en la oficina. Creía conocer bien aquel tipo de mujer. Una criatura de lenta reflexión. Un ser que quizá desconfiaba de sus propios procesos mentales.

—¿Puede usted recordar exactamente lo sucedido, Pierce? ¿Se acuerda bien de sus palabras? —inquirió el inspector.

Pierce dirigió a su jefe una mirada de agradecimiento.

—Se ha acercado a mí cuando ya todo el mundo se marchaba. Ha vacilado un momento, volviendo la cabeza a un lado y a otro como si buscara a alguien. No creo que pensara en usted, señor, al menos al principio. Deseaba localizar a otra persona, indudablemente. Luego me ha preguntado si podría hablar con el policía que había prestado declaración. Como le he dicho, entonces lo he visto ocupado. Se lo he dicho a la joven y a continuación le he preguntado si quería darme el recado a mí o prefería entrevistarse con usted en este despacho. Me parece que se ha mostrado de acuerdo. He resaltado que si era algo especial...

—Siga, siga...

Hardcastle se inclinó levemente.

—Ha dicho que no, que era algo que no entendía, que no se explicaba cómo podía haber sido en la forma por ella relatada.

El inspector repitió las palabras de su subordinado a modo de pregunta.

—Eso es, señor. Claro está, no tengo mucha seguridad en cuanto a las frases exactas de la joven. Es posible que me dijera esto también: «No comprendo cómo lo que ella ha contado puede ser cierto». La chica parecía un poco confusa... El caso es que, cuando yo le he contestado, ha manifestado que no era nada realmente importante.

«Nada realmente importante», eso había declarado Edna Brent. Y, sin embargo, no mucho después había sido encontrada estrangulada en el interior de una cabina telefónica.

—Mientras ustedes dos hablaban, ¿ha observado la presencia de alguna persona por las inmediaciones?

—La gente abandonaba el edificio en aquellos instantes. El público asistente a la vista ha sido numeroso. Este crimen ha causado sensación, la noticia se ha divulgado por todo Crowdean. Aparte de que la prensa le ha dado un realce...

—¿No recuerda a nadie concretamente que estuviese cerca de ustedes dos? Por ejemplo: cualquiera de las personas que han prestado declaración.

Pierce meditó unos segundos.

—No, no me acuerdo de nadie especialmente, señor.

—Bien. ¡Qué le vamos a hacer! Si más adelante le viene a la memoria algún detalle que no me haya contado, comuníquemelo enseguida, Pierce.

Una vez a solas, Hardcastle se esforzó por dominar la ira que sentía contra él mismo. Aquella muchacha, dotada según le había sido fácil apreciar, de un cerebro de pájaro, sabía algo... No estaría en el secreto del asunto, pero debía de haber visto u oído algo raro, algo que llamara su atención. Eso, desde luego, la había preocupado. Y la vista no había producido en ella más efecto que el de intensificar sus preocupaciones al respecto.

¿Qué podía ser? ¿Radicaría la cosa en la declaración de alguien? Lo más seguro era que se hubiese referido a Sheila Webb al expresarse en aquellos términos tan ambiguos. Dos días antes se había presentado en la casa de su compañera para hablar con ella. ¿Y por qué no se había dirigido a Sheila Webb dentro de la oficina, donde pasaban muchas horas juntas? ¿Por qué había querido verla en privado? ¿Había averiguado algo en relación con la sobrina de Mrs. Lawton que la dejara perpleja? ¿Intentaba pedir una explicación sin que el asunto trascendiera, sin que las otras chicas se enteraran de nada? Seguramente no andaba descaminado al suponer esto... El inspector llamó al sargento Cray.

—¿A qué cree usted que iría Edna Brent a Wilbraham Crescent? —preguntó aquel a su superior.

—He estado pensando en ello —manifestó Hardcastle—. Posiblemente, la chica se dejó llevar por la curiosidad... Desearía ver cómo era el lugar en que se había cometido el crimen. Eso no tiene nada de particular... La mitad de la población de Crowdean ha desfilado por allí.

—Es una hipótesis razonable —opinó el sargento Cray.

—Por otra parte —señaló, el inspector hablando lentamente—, pudo haberse presentado en Wilbraham Crescent porque deseara hablar con una de las personas que viven allí ...

En cuanto su subordinado hubo dejado el despacho, Hardcastle cogió un bloc y anotó en él unos números. Eran estos: 20, 19 y 18. Luego fue añadiendo interrogantes a cada uno de ellos. A continuación escribió los apellidos de los dueños de las casas: Hemming, Pebmarsh, Waterhouse. Las tres casas de la parte alta de la manzana quedaron eliminadas. Con la intención de visitar una de ellas, Edna Brent no habría ido a la opuesta. Hardcastle estudió las tres posibilidades.

Se fijó primero en el número 20. El cuchillo utilizado para el primer asesinato había sido encontrado allí. Parecía lo más probable que el arma hubiese sido arrojada a aquella casa desde el jardín del número 19... Naturalmente, la misma dueña del 20 podría haberla tirado entre las matas de su «selva» en miniatura. Al ser interrogada, Mrs. Hemming había reaccionado indignándose.

«¡Qué jugada más canallesca arrojar un cuchillo como ese contra mis gatos!» Esto era lo que había dicho. ¿Cómo relacionar a Mrs. Hemming con Edna Brent? Hardcastle decidió que no había punto de conexión posible. Entonces pasó a ocuparse de miss Pebmarsh.

¿Se había presentado Edna Brent en Wilbraham Crescent con la idea de visitar a miss Millicent Pebmarsh? Esta figuraba entre las personas que habían prestado declaración en la vista. ¿Había habido algo en sus palabras que provocara la incertidumbre en el ánimo de la joven? Sin embargo, Edna se había sentido preocupada antes de la vista. ¿Había llegado a descubrir algo reservado referido a la ciega? ¿Había averiguado, quizá, la existencia de una relación entre miss Pebmarsh y Sheila Webb? Tal vez a esto se refirieran las palabras de Edna Brent hablando con Pierce, palabras que por otro lado se prestaban a diversas interpretaciones. La muchacha había dicho, aproximadamente, que «no podía ser verdad lo que ella dijera».

«Conjeturas y nada más que conjeturas», pensó el inspector cada vez más enojado.

¿Y qué decir de los habitantes del número 18? Miss Waterhouse había descubierto el cadáver de la chica. El inspector Hardcastle había sentido siempre una gran aprensión por las personas que, involuntariamente o no, realizan tales hallazgos. Encontrando el cadáver de la víctima, el criminal se ahorra una dilatada serie de dificultades. Por ejemplo, ya no tiene que correr los azares del planteamiento de una buena coartada; si se ha descubierto en la tarea de hacer desaparecer sus huellas dactilares, quedan justificadas las que la policía encuentre... En muchos casos, la posición del asesino resulta poco menos que inquebrantable. Exigía una condición: la no existencia de un motivo evidente. ¿Y qué motivos podía haber tenido miss Waterhouse para eliminar a la pequeña Edna Brent? Por cierto que aquella no había prestado declaración en la vista, aunque, claro, era posible que hubiese estado en la sala. ¿Tenía Edna alguna sospecha...? ¿Veía, quizá, en miss Waterhouse a la persona que suplantara a Millicent Pebmarsh al llamar por teléfono al Cavendish Bureau para solicitar el envío al número 19 de Wilbraham Crescent de una taquimecanógrafa?

Más conjeturas todavía...

Y, por supuesto, había que reparar en Sheila Webb... Hardcastle alargó la mano en dirección al teléfono y llamó al hotel donde se hospedaba Colin Lamb. Pronto le pusieron en comunicación con él.

—Aquí Hardcastle... ¿A qué hora has comido con Sheila Webb?

Colin tardó unos segundos en contestar:

—¿Cómo te has enterado de que hemos estado comiendo juntos?

—He formulado una suposición que ha resultado ser cierta. Bien, el caso es que os habéis reunido en un restaurante con tal fin, ¿no?

—¿Por qué no debería hacerlo, Dick?

—A mí me parece muy natural. Me interesaba saber la hora, simplemente. ¿Os habéis ido directamente al restaurante nada más terminada la vista?

—No. Ella tenía que comprar una cosa. Nos hemos citado a la una en ese establecimiento chino que hay en Market Street.

—Enterado.

Hardcastle consultó sus notas. Edna Brent había muerto entre las doce y media y la una.

—¿No quieres saber qué es lo que hemos comido?

—No. Puedes reservarte eso. Yo solo quería averiguar la hora de vuestro encuentro. Un trámite más que debía cubrir, Colin.

—Ya me hago cargo.

Hubo una pausa. Hardcastle dijo luego:

—Si esta noche no tienes nada que hacer...

Colin Lamb le interrumpió.

—Me voy, Dick. Acabo de hacer mis maletas. Al volver al hotel me han entregado una carta recibida durante mi ausencia. Tengo que marcharme al extranjero.

—¿Cuándo regresarás?

—Eso no lo sabe nadie. Creo que estaré fuera una semana... Puede que tarde más... ¡También es posible que no vuelva nunca!

—Mala suerte, ¿no es así?

—No estoy muy seguro de ello —repuso Colin colgando el teléfono.

Capítulo 18

Hardcastle llegó al número 19 de Wilbraham Crescent en el preciso instante en que miss Pebmarsh salía de casa.

—¿Me puede usted conceder unos minutos? —preguntó cortésmente el inspector.

—¡Oh! ¿Es usted el detective inspector Hardcastle?

—Sí. ¿Tiene inconveniente en que charlemos un rato?

—No quisiera llegar tarde al instituto. ¿Me va a entretener mucho rato?

—Tres o cuatro minutos solamente.

La mujer entró en la casa y Hardcastle la siguió.

—¿Está usted enterada de lo que ha sucedido esta tarde?

—¿Ha ocurrido algo?

—Pensaba que conocía ya la noticia. En la cabina telefónica que hay en la carretera ha sido asesinada una joven.

—¿Asesinada? ¿Cuándo?

Hardcastle echó un vistazo al gran reloj de caja que había en el cuarto.

—Hace dos horas y tres cuartos.

—No sabía nada, nada... —replicó miss Pebmarsh.

El inspector notó en su voz un momentáneo acento de ira. Pensó que seguramente, por ignorados caminos, había llegado a su mente un estado de consciencia respecto a su invalidez que le había producido un fugaz arranque de desesperación.

—¡Una chica asesinada! —exclamó Millicent Pebmarsh—. ¿Quién es?

—Se llamaba Edna Brent y trabajaba en el Cavendish Secretarial Bureau.

—¡Otra de esas jóvenes! ¿Es que había sido enviada a alguna parte, igual que le ocurriera a su compañera, Sheila...? ¿Cuál era su apellido?

—Me parece que no —contestó el inspector—. ¿No ha venido esa chica aquí a verla?

—¿Que si ha estado aquí? No. Desde luego que no.

—De haberse acercado a esta casa, ¿la habría encontrado a usted en ella?

—Lo ignoro. Depende de la hora...

—A las doce y media o quizá un poco más tarde.

—Pues sí —declaró miss Pebmarsh—. A esa hora sí que me habría encontrado en casa.

—¿Adónde ha ido usted después de la vista?

—He venido directamente hacia aquí. —La mujer se detuvo y a continuación inquirió—: ¿Por qué cree que esa chica se proponía verme?

—Edna Brent ha asistido hoy a la vista y ha debido de verla a usted allí. Algún motivo la impulsaría a dirigirse hacia Wilbraham Crescent. De acuerdo con nuestros informes, la muchacha no conocía a nadie en esta calle.

—Doy por descontado que me haya visto en el Palacio de Justicia. Ahora bien, ¿justifica eso que después quisiera venir aquí? ¿Para qué?

El inspector esbozó una sonrisa de disculpa. Luego, comprendiendo que miss Pebmarsh no podía ver su gesto, procuró hablarle dando a sus palabras una entonación especial, para desarmarla.

—Con las chicas no sabe uno nunca a qué atenerse. Quizá deseara conseguir su autógrafo o algo por el estilo...

—¡Un autógrafo! —exclamó miss Pebmarsh, desdeñosa. Enseguida añadió—: Sí... Supongo que tiene usted razón. Suelen ocurrir estas cosas, a veces. —Inmediatamente movió la cabeza, poseída de cierta agitación—. Hoy, sin embargo, inspector Hardcastle, puedo asegurarle que no ha ocurrido lo que acaba de indicarme. Desde la hora de mi regreso, no se ha presentado nadie en mi casa.

—Pues nada más entonces, miss Pebmarsh. Muchas gracias. La policía se ve obligada siempre a considerar todas las posibilidades.

—¿Qué edad tenía esa muchacha?

—Me figuro que unos diecinueve años.

—¿Diecinueve años? Era muy joven. —La voz de miss Pebmarsh se alteró ligeramente—. Sí... Muy joven. ¡Pobrecilla! ¿Quién sería capaz de matar a una criatura así?

—Se dan casos... —apuntó Hardcastle.

—¿Era bonita..., atractiva...?

—No. A mi juicio, no.

—Entonces ese no puede haber sido el móvil del crimen —dijo Millicent Pebmarsh, absorta en sus pensamientos—. Lo siento. Siento de veras no serle de más utilidad, inspector Hardcastle.

El inspector se marchó. La personalidad de miss Pebmarsh le había impresionado siempre, desde el primer momento de su relación con ella.

Miss Waterhouse se encontraba también en casa. Abrió la puerta con una rapidez que delataba su secreto deseo de sorprender a alguien haciendo cualquier cosa indebida.

—¡Ah, es usted! —exclamó—. De veras, inspector, ya he dicho a sus agentes cuanto sabía.

—Estoy seguro de que habrá respondido adecuadamente a cuantas preguntas le han formulado mis hombres. Sin embargo, debo decirle que no es posible reparar en todos los detalles inmediatamente. Hay que fijarse en ciertos pormenores que surgen después.

—¿Para qué? Desde luego, todo esto es terrible —manifestó miss Waterhouse, dirigiendo al inspector una mirada severa—. Entre, entre. No va usted a quedarse ahí... Entre, siéntese y hágame cuantas preguntas desee, aunque no alcanzo a comprender qué podría yo responderle. Como ya les he informado, he salido de casa para hacer una llamada. He abierto la puerta de la cabina y he visto a mis pies a la joven. Jamás había recibido un susto más grande... He echado a correr, en busca de un policía. Luego, por si le interesa saberlo, le diré que me he metido aquí y me he administrado una dosis medicinal de coñac. Medicinal —repitió miss Waterhouse, por si Hardcastle no había oído aquella palabra.

—Una sabia medicina, señorita —contestó el inspector.

—Pues eso es todo. ¿Qué más quiere que le diga?

—Deseaba preguntarle si está usted segura de no haber visto a esa muchacha antes.

—Tal vez la viera hasta una docena de veces, pero no lo recuerdo. Quiero decir que es posible que me haya servido en Woolworth, o que haya estado sentada a mi lado en el autobús, o que me haya vendido alguna entrada en la taquilla de cualquier cine...

—La joven trabajaba como taquimecanógrafa en el Cavendish Bureau.

—Creo que jamás he tenido necesidad de contratar los servicios de una taquimecanógrafa. Tal vez la muchacha haya estado empleada en las oficinas de Gainsford & Swettenham, a cuya plantilla pertenece mi hermano. ¿Es eso lo que quiere sugerirme?

—No, no. No se ha descubierto ninguna relación de ese tipo. Pero me preguntaba, en cambio, si la chica ha llegado a visitarla esta mañana, poco antes de morir asesinada.

—¿Que si ha venido a verme? No, por supuesto que no. ¿Por qué tendría que venir a esta casa?

—No lo sabemos —respondió el inspector—. Pero dígame: si alguien asegurara haberla visto cruzar la puerta del jardín o acercarse a ella, ¿se atrevería usted a afirmar que se trataba de una equivocación?

—¿Cómo iba a verla nadie...? ¡Qué tontería! —Miss Waterhouse vaciló agregando—: A menos que...

—Diga, diga...

Hardcastle se mantenía alerta procurando disimularlo.

—Dígame: si alguien asegurara haberla visto cruzar la puerta de mi jardín para dejar un folleto o una hoja de propaganda, cosa que ocurre a menudo en todas las calles... En efecto, he encontrado un escrito allí a la hora de comer. Concretamente, una circular relativa a una reunión en pro de la abolición de las armas nucleares, creo recordar. Esto es el pan nuestro de cada día. Estimo posible que fuera ella quien introdujese esa hoja en el buzón. Ahora bien, ¿qué culpa tengo yo de que la chica decidiera dedicarse a eso?

—Ninguna, desde luego, en absoluto. Ocupémonos ahora de su llamada telefónica... Usted ha dicho que su teléfono estaba estropeado. De acuerdo con el informe de la central, esto no es cierto.

—¡La central dice siempre lo que le parece! La verdad es que he marcado un número sin el menor resultado, así que he optado por encaminarme a la cabina telefónica.

Hardcastle se puso en pie.

—Lo siento, miss Waterhouse. Perdone que la haya molestado una vez más, pero según todos los indicios la muchacha se proponía visitar a una persona que vive por aquí.

—En consecuencia, usted se ve obligado a efectuar indagaciones en tal sentido por toda la manzana. Estimo como lo más probable que ella intentara ver a mi vecina, a miss Pebmarsh...

—¿Por qué considera eso lo más probable?

—Usted me ha dicho que la joven trabajaba en el Cavendish Bureau. Recuerdo perfectamente que, con anterioridad al hallazgo del cadáver de un hombre en el domicilio de miss Pebmarsh, ella había solicitado a esta empresa el envío de una taquimecanógrafa.

—Millicent Pebmarsh sostiene que no fue la autora de esa llamada telefónica.

—Debo decirle reservadamente algo —manifestó miss Waterhouse—. A mí me parece que esa mujer no anda muy bien de la cabeza. Yo la juzgo capaz de llamar por teléfono a oficinas como la del Cavendish Bureau en demanda de una taquimecanógrafa... Después, seguramente, se olvida de que lo ha hecho.

—En cambio, no creo que usted llegue a ver en ella a la autora de un crimen, ¿verdad?

—¿Quién le ha sugerido eso? Ni eso ni nada semejante. Sé que en su casa fue asesinado un hombre, pero no he pensado ni por un momento que ella tuviese relación con tal hecho. No. Todo lo que yo me he figurado es que se haya apoderado de miss Pebmarsh una manía. En cierta ocasión conocí a una mujer que se pasaba el día llamando por teléfono a una pastelería pidiendo que le enviasen determinados artículos. Pero en realidad no los quería, y cuando el mozo del establecimiento aparecía en la puerta de su casa con los encargos, ella negaba haber solicitado nada. Ya ve qué raro, ¿eh?

—Desde luego, hay que convenir que todo es posible —declaró Hardcastle. Después de decir adiós a miss Waterhouse, el inspector se marchó.

La última sugerencia de la mujer le dio que pensar. Debía reconocer, por otro lado, que acababa de mostrarse bastante hábil al apuntar que, de haber estado por allí Edna Brent, lo más seguro era que esta se hubiese propuesto visitar la casa número 19. Hardcastle consultó su reloj de pulsera. Había llegado el momento de ir al Cavendish Secretarial Bureau. Este había abierto sus puertas de nuevo aquella tarde, a las dos. Quizá obtuviera alguna ayuda de las chicas que trabajaban allí. Entre ellas, además, se encontraría Sheila Webb.

En el momento de entrar a la oficina, una de las empleadas se puso en pie.

—El detective inspector Hardcastle, ¿verdad? —inquirió la joven—. Miss Martindale le está esperando.

Hardcastle penetró en el despacho de la directora del Cavendish Bureau. En cuanto lo tuvo delante, ella inició su ataque.

—¡Esto es una ignominia, inspector Hardcastle! ¡No hay derecho a que sucedan tales cosas en nuestros días! Tiene usted que averiguar qué hay en el fondo de todo este extraño asunto. Enseguida. Nada de andarse por las ramas, inspector. La policía fue creada para protegernos, y protección es lo que necesitamos en esta oficina. Sí. Pido que mis empleadas sean protegidas debidamente, con urgencia.

—Estoy seguro, miss Martindale, de que...

—Ya ha visto usted que dos de mis empleadas, en distinta forma, han sido atacadas... Claramente se advierte que anda por ahí algún ser irresponsable, algún individuo poseído por una manía, un complejo, como se dice actualmente, que le incita a buscar sus víctimas entre las taquimecanógrafas, entre las chicas que trabajan en entidades como la mía. Ahora se ha fijado, quienquiera que sea, en nuestra firma. Primero, Sheila Webb fue guiada, en virtud de una perversa treta, a una casa en la que halló el cadáver de un hombre, una broma incomprensible que podría haber desquiciado a una chica más voluble... Por si esto hubiera sido poco, una de sus compañeras, más tarde, es encontrada en el interior de una cabina telefónica, asesinada. Decididamente, inspector, es necesario que aclare usted este misterio.

—No hay nada que desee con más ardor que eso, miss Martindale. He venido aquí precisamente para ver si pueden ustedes ayudarnos.

—Y ¿cómo podría ayudarlos yo? ¿No ve que de haber podido serles útil habría corrido en su busca? ¡Ni siquiera habría esperado a que se presentase aquí! Es preciso que averigüe usted quién mató a Edna Brent, que descubra al salvaje autor de la broma de la que fue víctima Sheila Webb. Soy rigurosa con mis empleadas, inspector. Procuro que se apliquen a su trabajo y no veo con buenos ojos que lleguen tarde a la oficina ni les consiento que sean desordenadas. Pero, por supuesto, no puedo ver con indiferencia sus desventuras... Intento defenderlas. Quiero que aquellos a quienes el Estado paga para que protejan a los ciudadanos honrados cumplan con su misión.

Miss Martindale fijó una centelleante mirada en Hardcastle. Parecía una tigresa que hubiese tomado forma humana.

—Denos tiempo, miss Martindale.

—¿Tiempo? Naturalmente, por el hecho de estar muerta Edna Brent, me imagino que ustedes piensan que disponen de tiempo sin tasa. Supongo que detrás de ese asesinato vendrá otro, y que la víctima, también esta vez, será una de mis empleadas.

—No tiene usted por qué temer eso, señorita.

—Esta mañana, al levantarse de la cama, no creo que estimara probable el asesinato de Edna, inspector. Supongo que de haber sido así habría adoptado ciertas precauciones. Y cuando otra de mis chicas sea asesinada igual que su compañera o pase por un terrible y comprometedor aprieto, usted se quedará muy sorprendido. Lo que está sucediendo se sale de lo corriente. Tiene que reconocer que esto parece obra de un loco. Y luego calificamos de absurdas muchas de las noticias que leemos en los periódicos y las revistas... Por otro lado, no les comprendo a ustedes.

Fijémonos, por ejemplo, en el detalle de los relojes hallados en el cuarto de estar de miss Pebmarsh. Esta mañana, durante la vista, he observado que no han sido mencionados para nada.

—La vista ha sido aplazada, según recordará. Durante ella nos hemos ceñido a los hechos fundamentales.

—Lo que yo digo —dijo miss Martindale, tan irritada como al comienzo de la conversación— es que tiene usted que hacer algo.

—¿No se halla usted en condiciones de contarme nada interesante? Por ejemplo, ¿no le confió Edna nada? ¿No la vio preocupada en ningún instante a lo largo de estos últimos días?

—No creo que de haberle preocupado algo me lo hubiese confiado a mí... Bueno, y ¿por qué debería sentirse inquieta?

Esta era la pregunta que Hardcastle hubiera querido oír contestada. Pero miss Martindale, con toda seguridad, no iba a aclararle nada.

—Me gustaría hablar con sus empleadas —dijo el inspector—. Quizá Edna Brent se abstuvo de confiarle a usted sus temores o preocupaciones, pero pudo haber dado cuenta de ellos a cualquiera de sus compañeras.

—Me figuro que por ahí no anda usted desencaminado. Esas chicas son muy dadas a perder el tiempo con sus habladurías. En el momento en que oyen el rumor de mis pasos en el pasillo, comienza a percibirse el tecleo de las máquinas. Ahora bien, hasta ese preciso instante, ¿cuál cree usted que ha sido su labor? ¡Ninguna! Y es que, sencillamente, se pasan las horas dándole a la lengua. En ese aspecto son insaciables. —Miss Martindale se calmó un poco y añadió a continuación—. En estos momentos en la oficina no hay más que tres... ¿Desea hablar con ellas? Las otras han salido, a fin de atender unas llamadas. Puedo facilitarle sus nombres y señas respectivas si es necesario.

—Muy agradecido, miss Martindale.

—Supongo que preferirá entrevistarse con esas chicas a solas. De encontrarme yo presente se expresarán con menos libertad, pues tendrán que admitir que han estado perdiendo el tiempo.

Miss Martindale se levantó y abrió la puerta del despacho.

—Señoritas —dijo dirigiéndose a sus empleadas—, el detective inspector Hardcastle desea conversar con ustedes unos minutos. Pueden interrumpir su trabajo. Díganle cuanto sepan en relación con Edna Brent, a fin de ayudarle en su tarea de descubrir al asesino de su compañera.

Con gesto decidido, la rectora del establecimiento volvió a su despacho y cerró la puerta. Tres sobresaltados e infantiles rostros se volvieron hacia el inspector. Este los examinó rápidamente, aunque no por eso dejó de advertir con quiénes se enfrentaba. Tenía delante a una joven de aire seguro que llevaba gafas. Hardcastle pensó que podía confiar en ella, aunque no la juzgó muy despejada. Vio también a una morena de gran viveza que lucía un peinado que sugería la idea de que acababa de ser azotada por una furiosa ventisca. Sus ojos eran de esos a los que parece no escapar nada. Pero muy probablemente su memoria no respondía a aquel poder de observación. La tercera muchacha era una de esas personas que se ríen nerviosamente sin ton ni son y que, sin lugar a dudas, se mostraría de acuerdo con cuanto manifestaran sus compañeras.

Hardcastle se esforzó por mostrar cierta cordialidad desde el principio del diálogo.

—Supongo que estarán enteradas de lo que le ha sucedido a Edna Brent...

Las tres hicieron violentos gestos de asentimiento.

—A propósito, ¿cómo han llegado a conocer tal noticia?

Las tres muchachas se miraron, como si hubiesen querido ponerse de acuerdo para decidir quién de ellas iba a llevar la voz cantante. Al parecer, la designación recayó en Janet, la joven rubia, la primera que el inspector examinara en silencio al enfrentarse con las jóvenes.

—Edna, contrariamente a lo que tenía que haber hecho, no se ha presentado aquí a las dos —explicó Janet.

—Y Sandy Cat se ha enfadado mucho... —dijo Maureen, la morena, interrumpiéndose a sí misma inmediatamente para aclarar—: He querido referirme a miss Martindale.

La tercera chica dejó oír una risita.

—Es que nosotras, ¿sabe?, la llamamos así...

«No le va mal el apodo», pensó Hardcastle.

—Cuando se enfada consigue sacarnos de nuestras casillas —manifestó Maureen—. Enseguida ha querido que la informáramos de si Edna pensaba no venir a la oficina por la tarde, especificando que su deber, en el caso de haber surgido algo imprevisto, era avisar con tiempo...

La joven rubia agregó:

—Le he dicho a miss Martindale que Edna Brent había asistido a la vista, con todas nosotras, pero que después no la habíamos vuelto a ver y que ignorábamos si se había ido a alguna parte.

—Eso era verdad, ¿no? —inquirió Hardcastle—. Ustedes no sabían adónde se dirigía Edna tras aquel acto...

—Le he dicho que lo mejor era que nos fuésemos a comer las dos a un restaurante —declaró Maureen—, pero al parecer le rondaba algo por la cabeza. Me ha dicho que no estaba segura siquiera de ir a comer un bocadillo. Pensaba comprarse cualquier cosa para comer a la oficina.

—De manera que ella había pensado volver aquí, ¿verdad?

—¡Oh, sí, desde luego! Todas pensábamos que haría eso.

—¿Ha notado alguna de ustedes cualquier anomalía en la conducta de Edna Brent, alguna alteración en su aspecto? Me refiero a estos últimos días. ¿La han visto ustedes preocupada, como obsesionada con algo? ¿Les ha hecho alguna confidencia? Les ruego que, en caso afirmativo, me lo hagan saber.

Las chicas se consultaron mutuamente con unas miradas.

—Edna Brent siempre tenía alguna preocupación —explicó Maureen—. No era muy cuidadosa con su trabajo y cometía frecuentes errores. Le costaba bastante comprender las cosas.

—Edna era siempre la protagonista inevitable de un sinfín de hechos —manifestó la de la risita nerviosa—. ¿Os acordáis del tacón que perdió hace unos días? Cosas así le pasaban a Edna Brent todos los días.

—Yo también recuerdo el episodio —apuntó Hardcastle. Casi le parecía ver a la joven contemplando angustiada su zapato y el tacón desprendido, mirando a uno y a otro alternativamente.

Janet declaró solemne:

—Al ver que Edna no se presentaba aquí a su hora, he tenido el presentimiento de que le había ocurrido algo grave.

Hardcastle miró a la muchacha un tanto disgustado. Le fastidiaba la gente que se las daba de lista cuando ya se sabía todo. Estaba completamente seguro de que por la cabeza de la joven no se había cruzado aquella idea. Lo más probable era que Janet se hubiese dicho en aquellos momentos: «Edna se la va a ganar cuando Sandy Cat se entere de que no ha llegado a su hora».

—¿Cuándo se han enterado ustedes de lo que le había sucedido a Edna Brent?

Las chicas volvieron a intercambiar unas miradas. La de las risitas se ruborizó. Su mirada se posó en la puerta del despacho de miss Martindale.

—Es que... ¡Ejem! He salido un segundo a la calle. Quería

comprar unos pasteles y sabía muy bien que se habrían terminado cuando saliera de la oficina al terminar mi jornada de trabajo. Al llegar a la pastelería, la de la esquina de esta calle, donde me conocen, la dependienta me ha preguntado: «Trabajaba en el mismo sitio que tú, ¿verdad?». «¿A quién se refiere usted?», he inquirido. «A la muchacha que han encontrado asesinada dentro de una cabina telefónica», me ha contestado. ¡Vaya susto que me ha dado! He vuelto aquí a toda prisa y he informado a mis compañeras. Hemos acordado que miss Martindale debía estar al corriente de lo sucedido y, en el instante en que nos disponíamos a entrar en su despacho, ha salido gritándonos irritada: «¿Qué hacen ustedes que no oigo ninguna máquina?».

La joven rubia prosiguió con el relato:

—Entonces he dicho: «Circulan malas noticias acerca de Edna Brent, miss Martindale».

—¿Y cuál ha sido su respuesta? ¿Qué ha hecho?

—Al principio no quería creerlo —explicó la morena—. «¡Bah! ¡Tonterías!», ha exclamado. «Algún chismorreo que han recogido ustedes... Debe de tratarse de otra chica. ¿Por qué tendrían que referirse a Edna?» Seguidamente ha entrado en su despacho y ha llamado por teléfono a la jefatura de policía, por la cual se ha enterado de que, en efecto, nuestra compañera había muerto asesinada.

—Lo que yo no comprendo —dijo Janet, aturdida— es por qué querrían matar a Edna...

—Apenas tenía relación con los chicos, que nosotras sepamos... —insinuó la morena.

Las tres se quedaron mirando fijamente a Hardcastle, como si este se hallase en condiciones de darles la solución del problema. El inspector suspiró. Allí ya no tenía nada que hacer. Tal vez las muchachas que en aquellos momentos se encontraban ausentes pudieran ayudarle un poco más. Entre ellas figuraba Sheila Webb...

—¿Eran Sheila Webb y Edna Brent muy amigas?

También en esta ocasión las tres se consultaron cruzando unas miradas.

—No, no mucho...

—¿Adónde ha ido miss Webb?

Le dijeron que la joven se hallaba en el hotel Curlew trabajando con el profesor Purdy.

Capítulo 19

El profesor Purdy interrumpió su dictado para atender la llamada telefónica. Parecía estar muy irritado.

—¿Quién? ¿Qué? ¿Se encuentra aquí ahora, dice? Bien. Pregúntele si no le dará igual mañana... ¡Oh! Conforme, conforme... Hágale subir. Siempre surge algo —comentó apesadumbrado—. ¿Quién podría trabajar con tantas y tan continuas interrupciones? —Se quedó inmóvil, mirando a Sheila Webb para preguntarle—: ¿Dónde nos habíamos quedado, señorita?

La joven iba a contestarle cuando oyeron unos golpes en la puerta. El profesor hizo un último esfuerzo para evadirse del mundo remoto, que contaría ya tres mil años, en el que había permanecido sumergido las horas precedentes.

—¿Quién es? Entre, entre... Creo que he dicho a su debido tiempo que no quería que nadie me molestase esta tarde.

—Lo siento, señor. Siento muchísimo haber tenido que recurrir a esto. Buenas tardes, miss Webb.

Sheila Webb se había puesto en pie, dejando a un lado su bloc de notas. Sus ojos parecieron reflejar cierto temor. Al menos esto es lo que Hardcastle se figuró.

—Usted dirá...

—Soy el detective inspector Hardcastle. Miss Webb ya me conoce.

—Ya, ya... —respondió el profesor.

—Solo deseaba charlar unos minutos con la señorita.

—¿Y no puede usted esperar? No sabe lo que entorpece mi labor. Precisamente estábamos llegando al punto culminante de mi estudio. Miss Webb estará libre dentro de un cuarto de hora, aproximadamente... Bueno, media hora quizá. ¡Oh! Pero ¿es que son las seis ya?

—Lo siento, profesor Purdy.

El tono con el que hablaba Hardcastle era de firmeza.

—Está bien, está bien... ¿De qué se trata? Supongo que de algunas cuestiones relacionadas con el tráfico. ¡Y qué meticulosos son esos guardias! Uno de ellos se empeñó el otro día en que había dejado el coche cuatro horas y media frente a un parquímetro. Yo estaba seguro, absolutamente seguro de que se equivocaba...

—Lo que me ha traído aquí es algo más grave, señor.

—¿Sí? Claro. Usted no tiene coche, ¿verdad, señorita? —El profesor dirigió una vaga mirada a la chica—. Desde luego. Ahora me acuerdo de que la vi llegar aquí en un autobús. Bueno, inspector, ¿de qué se trata?

—Deseaba hablar de una joven llamada Edna Brent. —El inspector se volvió hacia Sheila Webb—. Habrá oído hablar ya de ello, supongo.

La joven lo miró con fijeza. Unos ojos muy bellos los suyos. Intensamente azules. Unos ojos que, inexplicablemente, le recordaban los de otra persona, no sabía quién.

—¿Edna Brent, ha dicho usted? —Sheila enarcó las cejas—. Desde luego, la conozco. ¿Qué le pasa?

—Ya veo que no se ha enterado todavía. ¿Dónde ha comido usted, miss Webb?

Esta se ruborizó.

—He comido con un amigo en el restaurante Ho Tung, si... si es que le interesa realmente saber eso.

—¿No ha ido usted después a la oficina?

—¿Al Cavendish Bureau, quiere decir? He llamado por teléfono y se me ha ordenado que viniera aquí directamente, al hotel, para atender al profesor Purdy a las dos y media.

—Eso es cierto —apuntó el profesor, asintiendo—. A las dos y media. Y desde esa hora no hemos parado de trabajar ni un minuto. ¡Oh! Debí haber pedido que nos sirvieran unas tazas de té, querida. Lo siento, miss Webb. Usted habrá echado de menos su té. Debería habérmelo recordado.

—Es igual, profesor Purdy, es igual.

—Ha sido un descuido mío imperdonable. Pero, en fin, ya no tiene remedio. Tendré que procurar no interrumpir la conversación con el inspector, quien, evidentemente, desea formular algunas preguntas.

—Así pues, ¿ignora usted lo que le ha ocurrido a Edna Brent?

—¿Lo que ha ocurrido a...? —Sheila levantó la voz inconscientemente—. ¿Qué quiere darme a entender? ¿Ha sufrido algún accidente acaso? ¿Ha sido atropellada?

—Los coches corren tanto hoy —comentó el profesor—. La calzada se ha vuelto muy peligrosa para todos.

—Pues sí... Le ha ocurrido algo. —Hardcastle hizo una pausa al llegar aquí, con el deliberado fin de dar a Sheila la noticia con la mayor brusquedad posible—. Esa joven ha muerto estrangulada alrededor de las doce y media, dentro de una cabina telefónica.

—¿Dentro de una cabina telefónica? —inquirió el profesor, aprovechando la ocasión para mostrar su interés.

Sheila Webb no dijo nada. Continuó mirando fijamente al inspector. Su boca se entreabrió ligeramente, sus ojos parecieron dilatarse.

«Una de dos: o es la primera vez que oye hablar de esto o es una magnífica actriz», pensó Hardcastle.

—Estrangulada en una cabina telefónica —comentó el profesor—. ¡Santo Dios! Se trata de algo extraordinario, verdaderamente extraordinario. No es ese el sitio que yo elegiría... Quiero decir de ser capaz de realizar tal acción. No, de veras. ¡Pobre muchacha! ¡Qué desgracia tan grande!

—¡Edna... asesinada! Pero ¿por qué?

—¿Sabe usted, miss Webb, que Edna Brent deseaba verla a toda costa anteayer, que fue a casa de su tía y estuvo esperándola allí?

—Fue culpa mía —manifestó el profesor—. Retuve a miss Webb hasta muy tarde ese día. Me acuerdo muy bien. Se nos hizo muy tarde. Lo siento, lo siento mucho. Pierdo la noción del tiempo cuando trabajo, querida. Debería usted estar sobre mí...

—Mi tía me informó de eso, pero yo ignoraba que su visita obedeciese a algo especial. ¿Es que Edna se encontraba en un apuro?

—No lo sabemos. Quizá no lo sepamos nunca. Esto es, si usted no nos lo dice...

—Que yo... ¿Y cómo voy yo a saberlo?

—Tal vez se imagine a qué podía obedecer la visita de Edna Brent.

Sheila movió enérgicamente la cabeza.

—No tengo la menor idea.

—¿No le había indicado ella algo disimuladamente, cuando se hallaban en la oficina?

—No. De verdad que... Ayer no estuve en la oficina en todo el día. Tuve que ir a Landis Bay para dedicar toda la jornada a uno de nuestros clientes, un escritor.

—¿Últimamente no había visto usted a la chica preocupada?

—Edna Brent era una muchacha que daba la impresión en todo momento de hallarse preocupada o perpleja. Vacilaba ante lo más mínimo, era tímida, apocada. Jamás se mostraba segura de sí misma ni sabía qué hacer en cada caso. Copiando una novela de Armand Levine extravió una vez dos folios. Pasó unas horas apuradísima. Se había dado cuenta del percance después de remitir a nuestro cliente el ejemplar mecanografiado de la obra.

—Ella entonces le pediría que la aconsejara.

—Sí. Le indiqué que lo mejor sería que escribiese a Levine una nota. Yo creía que esta llegaría a tiempo porque no siempre el autor de un libro se apresura a leer el trabajo a máquina para corregirlo. Lo lógico era eso: que escribiera contándole a Armand Levine lo sucedido y rogándole que no se quejara a miss Martindale. Mi idea no fue de su agrado, no obstante.

—Cuando tenía uno de esos problemas, ¿acostumbraba siempre a pedir consejo a las demás?

—Siempre. Lo malo era que pocas veces nos poníamos de acuerdo, con lo cual lo único que hacíamos era aumentar su confusión.

—De modo que su intención de recurrir a usted en el supuesto de hallarse en un aprieto no debería extrañar a nadie, ¿verdad? ¿Se daban tales incidentes con frecuencia?

—Sí, sí.

—¿Y no sospecha usted que esta vez ha podido tratarse de algo más serio?

—No. En la oficina se pasan momentos ingratos, pero no graves.

El inspector se preguntó si Sheila Webb estaría en realidad todo lo tranquila que aparentaba.

—Ignoro el motivo de su visita a mi casa —prosiguió la muchacha hablando con rapidez—. No tengo la menor idea... Es más, no me explico por qué deseaba hablarme fuera de la oficina, en el domicilio de mi tía.

—¿No querría decirle algo sobre el Cavendish Bureau? Quizá se propusiera evitar que se enterasen sus compañeras. Evidentemente, deseaba que lo que fuese quedara entre las dos. ¿Ando muy desencaminado, miss Webb? ¿Qué cree usted?

—Estimo sus suposiciones muy improbables. Seguro que no tiene que haber sido nada de lo que usted se figura.

Sheila respiraba agitadamente al pronunciar estas palabras.

—En consecuencia, no puede usted ayudarme en mi investigación, por lo que veo.

—No. Siento mucho lo de Edna, pero no acierto a comprender cómo podría convertirme yo en su colaboradora.

—¿No recuerda nada que esté relacionado con lo ocurrido el 9 de septiembre?

—¿Se refiere..., se refiere usted al hombre de Wilbraham Crescent?

—En efecto.

—¿Qué podría saber Edna Brent acerca de su muerte, acerca de él?

—Nada importante, quizá. Pero es posible que conociese un detalle cualquiera... Para nosotros todo tiene su valor. Hasta la minucia más insignificante. —Hardcastle hizo una pausa—. La cabina telefónica en que ha sido hallado el cadáver de Edna Brent se encuentra en Wilbraham Crescent. ¿Tampoco eso le dice nada, miss Webb?

—Nada, en absoluto.

—¿Ha estado usted hoy en Wilbraham Crescent?

—No. No he estado allí —repuso ella con vehemencia—. No he vuelto a acercarme a ese lugar desde el día que... Comienza a parecerme un sitio horrible. Ojalá no lo hubiera conocido nunca. ¿Por qué tengo yo que verme mezclada en este asunto? ¿Por qué fui enviada allí? ¿Por qué murió Edna en sus inmediaciones? ¡Tiene usted que averiguarlo, inspector, tiene usted que averiguarlo!

—Eso es precisamente lo que me he propuesto, señorita. —Había un ligero acento de amenaza en su voz al agregar—: Puedo asegurárselo.

—Está usted temblando, querida —medió el profesor Purdy—. Creo que no le vendría mal un vasito de jerez.

Capítulo 20

Narración de Colin Lamb

Tan pronto regresé a Londres informé debidamente a Beck. El coronel tendió el brazo hacia mí, señalándome. En su mano humeaba el puro de costumbre.

—Debe haber algo aprovechable en esa extravagante idea suya en torno a las calles en forma de media luna —me dijo, condescendiente.

—Parece ser que al final he sacado algo en limpio, ¿verdad?

—Yo no me atrevería a asegurarlo rotundamente. Me limitaré a indicarle que es posible. Nuestro buen técnico del ramo de la construcción, Mr. Ramsay, del número 62 de Wilbraham Crescent, no es lo que parece. En los últimos meses le han sido encomendadas algunas curiosas misiones. Las firmas que lo han empleado no son falsas, pero cuando no carecen de una sólida historia resulta que esta es bastante peculiar. Ramsay salió de viaje de improviso hace cinco semanas; fue a Rumanía.

—Eso no es lo que su esposa contó.

—Lo cierto es que tal fue su punto de destino. Y allí se encuentra actualmente. Nos agradaría saber un poco más de él. Lo mejor, pues, es que se ponga usted en camino. He conseguido un nuevo pasaporte y los visados necesarios. Nigel Trench será su nombre esta vez. Refresque sus conocimientos sobre las plantas raras de los Balcanes porque en la presente ocasión será usted todo un botánico.

—¿Hay instrucciones especiales?

—No. Ya le daremos a conocer el nombre de su enlace cuando le entreguemos sus papeles. Recoja todos los informes que pueda acerca de Mr. Ramsay.

El coronel Beck me miró fijamente.

—No parece usted muy complacido —observó desde detrás de la nube de humo de su puro.

—Cuando una corazonada no nos engaña, se experimentan sensaciones muy encontradas —murmuré en tono evasivo.

—Crescent correcto, número equivocado. El 61 de Wilbraham Crescent está ocupado por un maestro de obras intachable. Es decir, intachable desde nuestro punto de vista. El pobre Hanbury se equivocó en el número, aunque se aproximó bastante.

—¿Se han ocupado ustedes de los otros o se han limitado exclusivamente a Ramsay?

—Diana Lodge es algo tan puro como la propia Diana, al parecer. Una larga historia a base de gatos. McNaughton resultó vagamente interesante. Es un profesor ya jubilado, como usted sabe. Profesor de matemáticas. Un hombre muy brillante, según todos los indicios. Renunció a una cátedra debido a su falta de salud. Supongo que esto será verdad, aunque se le ve bien sano y fuerte. Da la impresión de haber suprimido toda relación con sus amistades de otros tiempos, algo que produce extrañeza.

—Lo malo es que vamos a acabar sospechando de todo y de todos...

—Ha dado usted en el clavo —aprobó el coronel Beck—. A veces sospecho de usted mismo. No lo puedo remediar, pienso que se ha pasado al otro bando. En esto llego incluso a desconfiar de mí y se me figura que ando chaqueteando con unos y con otros después de dar lugar a un revoltillo incomprensible.

Mi avión salía a las diez de la noche. Tenía que ver a

Hércules Poirot antes de marcharme. Esta vez me lo encontré bebiendo *sirop de cassis* (entre nosotros: licor de grosella). Me ofreció una copita. La rechacé. George me sirvió whisky. Pasó lo de siempre.

—Parece usted deprimido —me dijo Poirot.

—No. Es que me marcho al extranjero.

Me dirigió una mirada de interrogación.

—¿De veras?

—De veras.

—Le deseo mucho éxito en su misión.

—Gracias. Bueno, Poirot. ¿Cómo van sus deberes?

—¿Mis deberes?

—¿Qué hay del crimen de los relojes de Crowdean...? ¿Ha tenido usted ocasión ya de recostarse en su butaca, entornar los ojos y dar con las respuestas que explican el enigma?

—Leí lo que me dejó aquí con el máximo interés —manifestó Poirot.

—Poco material utilizable había en mis papeles, ¿no cree? Las visitas a los vecinos acabaron en desilusión, en fracaso...

—Todo lo contrario, amigo. Dos de esas personas pronunciaron frases muy expresivas.

—¿Quiénes? ¿Cuáles fueron las palabras a las que alude?

Poirot me contestó indicándome, algo irritado, que debía releer mis notas cuidadosamente.

—Entonces lo verá por sí mismo... Salta a la vista. Lo inmediato, ahora, es hablar con más vecinos.

—Aprovechables creo que no hay más.

—Tiene que haberlos. Alguien habrá visto algo... Es un axioma.

—El axioma falla en este caso. ¡Ah! Debo darle cuenta de nuevos hechos. Ha habido otro crimen.

—¿Sí? ¿Tan pronto? Eso es interesante. Cuénteme.

Se lo conté todo. Poirot me cosió a preguntas, hasta que al fin se hizo con un relato completísimo de lo sucedido. Le hablé también de la tarjeta postal que había puesto en manos del inspector Hardcastle.

—«Recuerda...» Cuatro, uno, tres... O cuatro trece... —repitió pensativo—. Sí. Se trata de la misma disposición...

—¿Qué quiere decir con eso?

Poirot cerró los ojos.

—A esa tarjeta postal solo le falta una cosa: una huella dactilar impresa con sangre.

Le miré sin saber qué pensar.

—En realidad, ¿qué opina usted de este asunto?

—Se va aclarando bastante... Como de costumbre, al asesino no se le da tregua.

—Pero ¿quién es el asesino?

Poirot se abstuvo astutamente de responder a mi pregunta.

—Durante su ausencia, si usted me lo permite, llevaré a cabo unas indagaciones.

—¿Cuáles?

—Mañana ordenaré a miss Lemon que escriba a un abogado, Mr. Enderby, un buen amigo mío. Deseo consultar los registros de las actas de matrimonio de Somerset House. También mandaré que sea puesto un telegrama.

—Creo que esto no es jugar limpio, Poirot —objeté—. Lo que hace no es exactamente permanecer sentado en un sillón entregado a profundas reflexiones.

—¡Eso es justamente lo que estoy haciendo! Miss Lemon no realizará otro trabajo que comprobar las conclusiones a las que he llegado. No es información lo que busco, sino confirmación.

—¡No creo que usted sepa nada, Poirot! El asunto está muy enredado. Nadie sabe quién es el hombre asesinado...

—Yo lo sé.

—Dígame su nombre.

—No tengo la menor idea. El nombre carece de importancia. Conozco, en cambio, su identidad, por paradójico que esto le parezca, más concretamente: su procedencia...

—¿Se trata de un chantajista?

Poirot cerró los ojos.

—Haré una breve cita. Igual que la última vez. Y tras esto no pronunciaré una palabra más.

Mi amigo recitó solemnemente:

—*Dilly, dilly, dilly... Come and be killed.*[1]

1. Ven y morirás. *(N. del T.)*

Capítulo 21

El detective inspector Hardcastle echó un vistazo al calendario que tenía encima de su mesa de trabajo. Diez días, exactamente. La policía no había hecho demasiados progresos porque tropezaba con una dificultad inicial: la identificación de un cadáver. Esto se estaba prolongando más de lo que él hubiera podido figurarse en un principio. Parecía haberse llegado a un callejón sin salida. El examen de las prendas de aquel hombre, llevado a cabo por técnicos en los laboratorios oficiales, no había arrojado ningún dato útil, aprovechable. La tela en sí tampoco había proporcionado pista alguna. Era de muy buena calidad, del tipo que suele autorizarse para las exportaciones. Había sido bien cuidada, pero las prendas que vestía la víctima al morir tenían ya algún tiempo. Los dentistas no habían servido de nada tampoco, ni las lavanderías, ni las tintorerías... ¡Se enfrentaban con un «hombre misterioso»! De entre el público no había surgido nadie afirmando que lo había reconocido.

Hardcastle suspiró al pensar en la gran cantidad de llamadas telefónicas que habían tenido que atender, en el enorme número de cartas recibidas tras la publicación en los periódicos de una fotografía con el siguiente pie:

¿CONOCE USTED A ESTE HOMBRE?

Asombroso: eran muchísimas las personas que creían conocerlo. Había entre ellas no pocas hijas que veían en él a un hipotético padre del que habían estado separadas años y años. Una mujer de ochenta años había asegurado que la foto en cuestión era la de un hijo suyo que había abandonado el hogar treinta años antes. Innumerables esposas estimaron que se trataba del marido desaparecido. Las hermanas no habían mostrado tan solícito interés por aquellos hermanos declarados en paradero desconocido. Y, por supuesto, había innumerables hombres y mujeres que aseguraban haber visto a aquel individuo en Lincolnshire, en Newcastle, en Devon, en Londres, en el metro, en un autobús, en lo alto de un acantilado, apostado en la curva de una carretera, saliendo de un cine con las solapas del abrigo levantadas para ocultar su rostro... Así habían surgido centenares de pistas. Las más prometedoras habían sido estudiadas y comprobadas cuidadosamente, pero no conducían a ninguna parte.

Sin embargo, hoy el inspector se sentía ligeramente más esperanzado. Miró la carta que tenía encima de la mesa. Merlina Rival. No le gustaba demasiado aquel nombre. Nadie que estuviese en su juicio, pensó, se atrevería a bautizar a un hijo como Merlina. Indudablemente, sería un nombre adoptado por la mujer que lo llevaba. Pero el tono general de su escrito le gustaba. No le había parecido extravagante. En él, la remitente no se mostraba excesivamente confiada. Se limitaba a decir que era posible que el hombre de la foto fuese su esposo, del que se había separado hacía varios años. Esperaba su visita aquella misma mañana. Hardcastle apretó el botón de un timbre y a los pocos segundos entraba en el despacho el sargento Cray.

—¿No ha llegado todavía Mrs. Rival?

—En este preciso instante ha entrado en el vestíbulo. Me disponía ya a notificárselo a usted.

—¿Qué aspecto tiene?

El sargento Cray reflexionó unos segundos.

—Teatral, diría yo. Mucho maquillaje... y no del bueno. Una mujer en la que se puede confiar a medias, en mi opinión.

—¿Parece alterada?

—Aparentemente no.

—Muy bien. Hágala pasar.

Cray abandonó el despacho y regresó enseguida para anunciar a la visitante.

—Mrs. Rival, inspector.

Hardcastle se puso en pie y estrechó la mano de la mujer. Juzgó que debería de rondar la cincuentena, pero mirada de lejos, de bastante lejos, podían atribuírsele unos treinta años de edad. De cerca, por efecto del maquillaje, descuidadamente aplicado, un observador imparcial la hubiera supuesto en la proximidad de los sesenta... Al final, Hardcastle se decidió por lo que había pensado al principio. Cabellos oscuros, muy tintados. No llevaba sombrero. Estatura media. Complexión corriente. Vestía una chaqueta y una falda de tonos sombríos y una blusa negra. Llevaba un bolso de tartán. En las muñecas le tintineaban uno o dos brazaletes. Adornaba sus manos con varias sortijas. En conjunto, pensó el inspector, formulando estimaciones de tipo moral basadas en su experiencia, una mujer «especial...». No debía de ser excesivamente escrupulosa. Probablemente era fácil entenderse con ella. Sería generosa, quizá, de un modo razonable, amable. ¿Podía confiar en ella? Hardcastle se dijo que lo mejor sería aplazar la respuesta a tal pregunta. Provisionalmente necesitaba pensar que sí.

—Me alegro mucho de conocerla, Mrs. Rival, y espero que nos preste una valiosísima ayuda.

—Desde luego, no tengo una seguridad absoluta —manifestó la visitante—, pero ese hombre tiene toda la cara de Harry. Bueno... Quizá exagere. La verdad es que se parece mucho a él. Ni que decir tiene que de antemano estoy resignada con lo que sea. Pero lamentaría haberle hecho perder a usted el tiempo.

—No se preocupe, señora. Andamos necesitados de ayuda en este caso y le agradecemos la que está decidida a prestarnos, con independencia de los resultados.

—Es que..., verá usted, ha pasado ya bastante desde la última vez que vi a mi marido.

—Vayamos por partes. ¿Cuándo ocurrió eso?

—Cuando me hallaba en el tren he procurado recordar algunos hechos, a fin de poder hablarle con la mayor precisión posible. Es terrible todo esto... ¡Hay que ver cómo se pierde la memoria con los años! En mi carta le decía que habían pasado diez años, pero la verdad es que han sido más. Estimo que se acercará a los quince. ¡Pasa el tiempo con tanta rapidez! Claro, una se resiste a admitir tal cosa, tal vez porque así nos hacemos la ilusión de que tardamos más en envejecer, ¿no cree usted?

—En efecto... De todos modos, usted estima que han pasado unos quince años desde que le vio por última vez. ¿Cuándo se casaron?

—Unos tres años antes —respondió Mrs. Rival.

—¿Dónde vivían entonces?

—En una población llamada Shipton Bois, en Suffolk. Aunque de poca monta, centro comercial de la región.

—¿A qué se dedicaba su esposo?

—Era agente de seguros. Al menos —Mrs. Rival hizo una pausa—, eso decía él...

El inspector escrutó detenidamente el rostro de su interlocutora.

—¿Descubrió usted acaso que no era cierto lo que él afirmaba?

—Pues... no. Por entonces no. Fue posteriormente cuando pensé que me había estado engañando. Para un hombre, una cosa así no debe de resultar muy difícil, ¿verdad?

—Supongo que ello depende de las circunstancias particulares de cada caso.

—Quiero decir que un pretexto así justifica las frecuentes ausencias del hogar.

—¡Ah! ¿Su esposo solía ausentarse a menudo, Mrs. Rival?

—Sí. Al principio eso no me preocupó ...

—¿Qué pasó entonces?

Mrs. Rival calló e inquirió al cabo de unos segundos:

—¿No podríamos verlo? Al fin y al cabo, si no es Harry...

Hardcastle se preguntó qué estaría pensando aquella mujer. En su voz se notaba un acento forzado, ¿de emoción, quizá? El inspector no sabía a qué atenerse.

—Entiendo que quiera acabar con esto —dijo él—. Iremos ahora mismo.

Salieron del despacho y se encaminaron a la salida. En la calle les aguardaba un coche. A Hardcastle no le extrañó el nerviosismo de ella. Era el que habitualmente se apoderaba de las personas que se disponían a visitar el depósito de cadáveres. El inspector pronunció las palabras de siempre para calmarla.

—Todo irá bien, no se inquiete. Además, es cuestión de un minuto o dos tan solo.

Una vez dentro del depósito, les aproximaron una camilla de ruedas. Uno de los funcionarios de la dependencia levantó una punta de la sábana con la que había sido cubierto el cadáver. Mrs. Rival contempló el inmóvil rostro unos momentos. Su respiración se tornó más agitada. Luego abrió la boca levemente, como si le faltara aire, y volvió la cabeza hacia otro lado con brusquedad.

—Es Harry. Sí. Tiene otro aspecto, parece más viejo..., pero es él.

El inspector hizo una señal al funcionario del depósito y, cogiendo del brazo a su acompañante, la condujo al coche, para regresar a continuación a la jefatura de policía.

Hardcastle guardó silencio. Dejó que la mujer se recobrara de la impresión sufrida por sí sola.

A los pocos minutos de sentarse nuevamente en el despacho se presentó un policía con una bandeja en la que había dos tazas de té.

—Tómese esto, Mrs. Rival. Le sentará bien. Ya charlaremos después.

—Gracias.

Ella se sirvió azúcar en abundancia y procedió a beberse el confortable brebaje.

—Me encuentro mejor. No es que me importara demasiado realmente. Solo es que... Está justificado que una se trastorne un poco, ¿no es cierto?

—¿Está convencida de que ese hombre era su esposo?

—Estoy segura de ello. Por supuesto, con más años, pero no ha cambiado mucho. Siempre se le veía muy limpio. Era un hombre distinguido. A primera vista se le notaba una cosa: que tenía clase. ¿Entiende lo que quiero decir?

Sí, pensó Hardcastle. La frase era gráfica y encajaba perfectamente tratándose de describir a la víctima. Tenía clase. Evidentemente, el hombre había parecido siempre mejor de lo que era en realidad. Algunos individuos tenían esa suerte y la aprovechaban para sus fines particulares.

—Cuidaba mucho su ropa y demás efectos personales —prosiguió Mrs. Rival—. Me imagino que por esa razón y su simpatía natural... ellas se enamoraban fácilmente de mi marido, no sospechaban nada anormal.

—Explíquese, por favor, señora.

Hardcastle extremó el tono afectuoso de su voz.

—Me estaba refiriendo a las mujeres que tenían contacto con él, en general. Las mujeres llenaban la mayor parte de su vida.

—Comprendo. Y usted se enteró de eso, naturalmente.

—Yo sospechaba ya algo. Estaba casi siempre fuera de casa. Desde luego, yo ya conocía a los hombres. Pensé que lo más probable era que tuviese relación con alguna chica de vez en cuando. Claro, hay temas que no pueden abordarse en una conversación normal. Los hombres mienten en esos casos. He ahí todo lo que una saca en limpio. Pero jamás me figuré que llegase a hacer de sus escapadas un negocio.

—Y luego vio confirmados sus temores, ¿verdad?

La mujer asintió:

—¿Cómo se enteró de ello?

Mrs. Rival se encogió de hombros.

—Al regreso de uno de sus viajes. Había ido a Newcastle, me explicó. Añadió que tenía que quitarse de en medio enseguida. Aseguraba que su juego había sido descubierto. Por culpa suya, una mujer se encontraba en un serio apuro. Una maestra de escuela, señaló. Corría el peligro de que se armara un grave alboroto. Lo acosé a preguntas. No me costó demasiado trabajo lograr que confesara. Quizá pensara que sabía más de lo que di a entender. Las mujeres, como ya le he indicado antes, se enamoraban con relativa facilidad de él. Les pasaba, sencillamente, lo que me había pasado a mí. Se cruzaban unos anillos y quedaba establecido un compromiso. Luego él las convencía para que invirtieran su dinero en algún negocio supuestamente provechoso. Ellas aceptaban casi siempre.

—¿Había procedido de igual modo con usted?

—Sí, pero yo me negué a darle nada.

—¿Por qué razón? ¿Es que ya entonces no le inspiraba confianza?

—Le diré una cosa... Yo no he sido nunca de esas personas que confían a ciegas en los demás. Tengo cierta experiencia; he conocido el lado amargo de las cosas. Me pregunté por otro lado por qué había de ser él quien operara con mi dinero. Esto era algo que estaba a mi alcance también. La mejor manera de conservar lo que una tiene es no hacer cesiones estúpidas o injustificadas. He visto caer en esa trampa a muchas ya... Las mujeres solemos incurrir en tales tonterías.

—¿Cuándo le propuso él efectuar inversiones con su dinero? ¿Antes o después de casados?

—Creo que me lo sugirió antes, pero como yo no respondí a sus requerimientos no volvió a abordar el tema. Tras nuestro casamiento me habló de cierta oportunidad maravillosa, a su juicio, que se le había presentado. «No hay nada que hacer», le respondía. Desde luego, yo obraba así impulsada por mi desconfianza, pero también pensando en que los hombres se dejan a menudo cautivar por espejismos que se traducen en irremediables fracasos.

—¿Había tenido su esposo algún tropiezo con la policía?

—Esta le tenía sin cuidado —manifestó Mrs. Rival—. No existe una sola mujer que no procuraría ocultar experiencias como las que mi marido provocaba. Aquella última vez, sin embargo, todo parecía ser diferente. Se trataba de una joven educada. No resultaría tan fácil de engañar como las otras.

—¿Iba a tener un hijo acaso?

—Sí.

—¿Era la primera vez que ocurría algo así?

—Yo me inclino a creer que no. —La mujer agregó—: Con respecto a él, no sabía a qué atenerme concretamente. ¿Le guiaba el afán de lucro? ¿Hacía de sus actividades un medio de vida? ¿O era de esos individuos que mientras se divierten no ven inconveniente en que las mujeres con quienes se relacionan corran con los gastos inevitables en toda distracción?

Mrs. Rival pronunció esas palabras con un deje de amargura. Hardcastle inquirió con suavidad:

—¿Lo amaba usted, Mrs. Rival?

—Con franqueza, no lo sé. Supongo que cuando accedí

a sus proposiciones matrimoniales algo significaría para mí...

—Se casaron ustedes efectivamente, ¿no?

—Sobre esto tengo mis dudas... Sí, la ceremonia tuvo lugar en una iglesia. Ahora bien, yo no sé si con anterioridad había contraído matrimonio con otras mujeres. En tal caso usaría cada vez un nombre distinto. Castleton era su apellido cuando me casé con él. No creo que ese fuese el verdadero.

—Harry Castleton, ¿no?

—Sí.

—Y ustedes vivieron en esa población llamada Shipton Bois como marido y mujer... ¿Por espacio de cuánto tiempo?

—Unos dos años. Antes habíamos vivido en las proximidades de Doncaster. No sé si me sorprendí mucho cuando volvió aquel día a casa para contármelo todo. Pienso que yo debía de abrigar sospechas desde varios meses atrás. No podía creerlo porque, verá, parecía siempre tan respetable. ¡Un auténtico caballero!

—¿Qué sucedió entonces?

—Me dijo que tenía que desaparecer lo más rápido posible y yo le contesté que podía marcharse cuando quisiera, que yo no estaba dispuesta a secundarle en nada. —La mujer agregó, pensativa—: Le di diez libras. Era todo lo que tenía en casa. Él objetó que andaba escaso de dinero... Ya no volví a verle ni a saber de él. Hasta hoy. O, mejor dicho, hasta que me enfrenté con su fotografía en la prensa.

—¿No tenía ninguna señal especial en el cuerpo? ¿Una cicatriz, por ejemplo? ¿No sufrió nunca ninguna operación o fractura?

—Me parece que no.

—¿Utilizó alguna vez el apellido Curry?

—¿Curry? No... Bueno, no lo sé a ciencia cierta.

Hardcastle empujó la tarjeta que tenía encima de la mesa en dirección a su interlocutora.

—He aquí lo que encontramos en uno de sus bolsillos —dijo.

—Continuaba haciéndose pasar por agente de seguros, por lo que veo. Claro, usa..., usaba, quiero decir, diferentes nombres siempre.

—Me ha indicado antes que no ha sabido nada de él en el transcurso de estos últimos quince años...

—Ni siquiera se le ocurrió nunca enviarme una postal de felicitación por Navidad —apuntó Mrs. Rival, irónica—. Tampoco creo que supiera mi paradero, la verdad. Volví a los escenarios tras su partida durante algún tiempo. Siempre andaba de *tournée*. ¡Qué vida la mía entonces! Fui de nuevo Merlina Rival...

—Merlina... ¡ejem! Supongo que ese no es su verdadero nombre.

La mujer negó con la cabeza. Sus labios se distendieron en una débil sonrisa.

—Este es un nombre que yo me inventé. No es nada corriente, ¿a que no? Mi verdadero nombre es Flossie Gapp. Debí ser bautizada con el de Florence, pero todo el mundo me ha llamado siempre Flossie o Flo.

—¿A qué se dedica usted actualmente? ¿Trabaja todavía como actriz, Mrs. Rival?

—En ocasiones —contestó la mujer con un leve acento de reticencia—. De vez en cuando, podríamos decir.

Hardcastle quiso mostrarse discreto.

—Comprendo...

—Trabajo aquí y allá... Ayudo en algunas reuniones, colaboro en ciertas tareas domésticas... No vivo mal. Una conoce caras nuevas todos los días. Las cosas van poniéndoseme cada vez mejor.

—Así pues, desde su separación ya no volvió a saber de Harry Castleton...

—Ni una palabra. Pensé que se habría marchado al extranjero... o que habría muerto.

—¿Puedo preguntarle si conoce algún detalle particular que explique la presencia de Harry Castleton en Crowdean?

—No tengo la menor idea. Ni siquiera sé a qué se ha estado dedicando estos últimos años.

—¿Sería posible que se dedicase a hacer pólizas de seguro falsas... o algo así?

—Sencillamente, lo ignoro. En mi opinión, es poco probable. Harry sabía ser precavido. Jamás se habría arriesgado a intentar algo que hubiese entrañado el riesgo de llevarle directamente a los archivos policiales. Él se inclinaba hacia otras actividades, en las que desempeñaban un papel principal las mujeres.

—¿Está usted pensando en alguna forma de chantaje?

—Pues... no lo sé. Sí, es posible. Quizá anduviera por medio alguna de sus antiguas relaciones, interesada en que no se divulgase determinada aventurilla perteneciente al pasado. En ese terreno él se movía con desenvoltura. Observe usted que yo no afirmo nada. Cuanto le estoy diciendo no son más que suposiciones. Yo no creo que mi marido fuese un chantajista exigente, capaz de conducir a la víctima de turno a la desesperación, pero podía llevar un negocio a pequeña escala...

Mrs. Rival pronunció estas últimas palabras apoyándolas con un gesto que revelaba a las claras su convencimiento.

—Harry Castleton gustaba a las mujeres, ¿verdad?

—En efecto. Se enamoraban de él fácilmente. Su aspecto respetable y sus modales de caballero le ayudaban muchísimo en su trabajo... ¿Quién era la que no se sentía orgullosa de haber conquistado a un hombre como él? Además, junto a Harry veían un futuro tan maravilloso, tan lleno de seguridades... Comprendo su actitud, porque yo pasé por una situación semejante —terminó manifestando Mrs. Rival, expresándose con toda franqueza.

Hardcastle llamó a uno de sus subordinados.

—¿Quiere hacerme el favor de traer los relojes?

El agente obedeció. Los había dispuesto sobre una bandeja, cubriéndolos con un paño. El inspector lo retiró, mientras observaba atentamente el rostro de Mrs. Rival, quien los contempló con curiosidad.

—Son muy bonitos —comentó la mujer—. Este dorado es el que más me gusta...

—¿No ha visto usted antes estos relojes? ¿No significan nada para usted?

—No... ¿Por qué me lo pregunta?

—¿No puede establecer ninguna relación entre su esposo y el nombre de Rosemary?

—¿Rosemary? A ver... Déjeme pensar. Hubo una pelirroja que... No. Se llamaba Rosalie. No sé de ninguna que llevara ese nombre. Ni puedo saberlo... Harry era muy reservado en todo lo que atañía a sus asuntos particulares.

—Si usted viera un reloj cuyas manecillas marcaran las cuatro y trece minutos...

Hardcastle hizo una pausa.

Mrs. Rival soltó una risita divertida.

—Pensaría inmediatamente que se acercaba la hora de tomar el té.

El inspector suspiró.

—Mrs. Rival, le estamos muy agradecidos. Pasado mañana tendrá lugar la vista judicial, que quedó aplazada en su momento. Supongo que no tendrá inconveniente en declarar para dejar sentados oficialmente todos los detalles referentes a la identificación del cadáver.

—En absoluto. Me imagino que tendré que decir quién era, ¿no es eso? ¿O tendré que ser más explícita? ¿Debo aludir como ahora a la manera de vivir de mi marido y todo lo demás?

—De momento no será preciso. Simplemente tendrá que afirmar bajo juramento que la víctima era Harry Castleton, su marido. La fecha exacta de la boda quedaría registrada en Somerset House. ¿Dónde contrajeron ustedes matrimonio? ¿Se acuerda?

—En un sitio llamado Donbrook... Creo que en la iglesia de San Miguel. Estoy hablando de veinte años atrás. ¡Cuánto tiempo, Señor! Se siente una casi con un pie en la tumba.

La mujer se puso en pie, tendiendo la mano a Hardcastle. Justo después de marcharse Mrs. Rival, el inspector se sentó ante su mesa de trabajo, jugueteando con un lápiz. Luego entró en el despacho el sargento Cray.

—¿Satisfactoria la entrevista? —inquirió.

—Eso parece —repuso Hardcastle—. La víctima se llamaba Harry Castleton... Un nombre supuesto, probablemente. Llevaremos a cabo algunas indagaciones. Es posible que por ahí ande más de una mujer deseosa de venganza.

—Un hombre de tan irreprochable aspecto... —comentó Cray.

—Por lo que se ve, esa fue su principal fuente de ingresos.

Hardcastle volvió a pensar en el reloj de la inscripción. Rosemary. ¿Se trataría de algún recuerdo?

Capítulo 22

Narración de Colin Lamb

—Vaya, vaya... De modo que ha vuelto usted, ¿eh?

Hércules Poirot colocó cuidadosamente una señal entre las hojas del libro que había estado leyendo. En la presente ocasión tenía al lado, en la mesita de costumbre, una taza de chocolate caliente. Desde luego, era proverbial el mal gusto de Poirot en lo que a las bebidas se refería. Esta vez, contra lo que hacía siempre, no me invitó a tomar nada.

—¿Cómo está usted? —quise saber.

—Inquieto, desasosegado, nervioso... Se ha iniciado una labor de reforma en estos pisos, originando cambios fundamentales.

—Pero así todo quedará mejor, mi querido amigo.

—Sí, aunque eso supone una serie de molestias inaguantables. Durante algún tiempo aquí reinará el más completo desorden. Y no le digo a usted nada del olor a pintura.

Hércules Poirot estaba verdaderamente enfadado.

Después, agitando una mano como si quisiera apartar aquellas preocupaciones, preguntó a su visitante:

—¿Ha triunfado?

—No lo sé.

—¡Ah! Así están las cosas, ¿eh?

—Averigüé lo que me habían encargado averiguar. No localicé al hombre. Ni siquiera sé qué era concretamente lo que necesitaban. ¿Información? ¿Un cadáver?

—A propósito de cadáveres... He leído el relato referente a la vista judicial de Crowdean, ya aplazada. Asesinato intencionado, obra de una o varias personas desconocidas. Y el cadáver misterioso tiene un nombre, por fin.

Asentí.

—Harry Castleton...

—Identificado por su esposa. ¿Ha estado en Crowdean?

—Todavía no. Pensaba ir allí mañana.

—¡Ah! Dispone usted de tiempo libre.

—Aún no. Sigo atareado. Mi trabajo me lleva allí... —Hice una pausa y agregué—: No estoy muy al tanto de lo sucedido en Crowdean durante mi estancia en el extranjero. En cuanto al asunto de la identificación, ¿qué piensa usted de ello?

Poirot se encogió de hombros.

—Era de esperar que pasara eso.

—Sí... La policía se desenvuelve bien...

—Y ciertas esposas están en todo.

—¡Merlina Rival! ¡Qué nombre!

—A mí me recuerda algo —dijo pensativo Poirot—. ¿Qué es, qué es?

Se quedó mirándome fijamente, pero no me fue posible ayudarle a recordar. Además hay que conocer a Poirot. Todo le recuerda siempre «algo».

—Una visita a un amigo... en una casa de campo —musitó mi interlocutor—. No... De eso hace mucho.

—Cuando vuelva a Londres vendré a verle otra vez para referirle todo lo que Hardcastle me cuente acerca de Merlina Rival —le prometí.

Poirot agitó una mano.

—No es necesario.

—¿Quiere decir que lo sabe todo, sin necesidad de que le cuenten nada?

—No. Quiero decir que esa mujer no me interesa...

—Que no le interesa... ¿Por qué? No lo entiendo.

—Hay que concentrar la atención en los puntos básicos. Hábleme, en cambio, de Edna, la chica que murió en la cabina telefónica en Wilbraham Crescent.

—No le puedo decir más de lo que le he dicho ya... No sé nada acerca de la joven.

—De manera que todo lo que puede notificarme sobre ella es que se hallaba en posesión de un cerebro escasamente despejado y que la vio en una oficina, donde sufrió un incidente menor, aquel en el que perdió el tacón de su zapato al pisar una rejilla... —El belga se interrumpió a sí mismo bruscamente—. A propósito, ¿dónde estaba esa rejilla?

—¿Cómo voy a saberlo, Poirot?

—De haber formulado esa pregunta usted se habría enterado de ello, indudablemente. ¿Cómo se va a enterar de las cosas si no formula las preguntas oportunas?

—Pero ¿y qué más da que perdiera el tacón aquí o allí?

—Puede ser un detalle interesante. Por otro lado, deberíamos saber dónde estuvo esa muchacha, con exactitud. Así quizá llegaríamos a relacionarla con otra persona o con un acontecimiento. La chica pudo visitar el mismo lugar y con ello el supuesto suceso adquiriría significado.

—Creo que va usted demasiado lejos... Bueno, el caso es que me consta que el incidente ocurrió muy cerca de la oficina en la que trabajaba. En efecto, la chica dijo que se había comprado unos pasteles y que regresó, descalza, para comérselos. Luego preguntó cómo se las arreglaría para volver a su casa.

—¿Y cómo se las arregló? —inquirió Poirot, muy interesado.

Lo miré, bastante desconcertado.

—No tengo la menor idea.

—¡Oh! Así es imposible. Jamás acierta a formular las preguntas precisas. Resultado: no se entera de lo más importante.

—Será mejor que vaya usted mismo a Crowdean y lo haga por mí —respondí irritado.

—Para mí eso es imposible, de momento. La próxima semana hay una subasta importante de manuscritos de escritores...

—¿Sigue usted ocupado todavía con su pasatiempo?

—Desde luego que sí. —Los ojos de Hércules Poirot parecieron animarse—. Mire... Aquí tiene las obras de John Dickson, o Carter Dickson, como firmaba a veces sus trabajos...

Me escapé antes de que avanzara más en su discurso, alegando una cita urgente. No me hallaba en disposición de escuchar una conferencia sobre los antiguos maestros de la novela policíaca.

A la noche siguiente me encontraba sentado en la escalinata de la casa de Hardcastle, en la oscuridad, y me puse en pie al ver que regresaba ya.

—¡Hola, Colin! ¿Eres tú? Otra vez surgiendo de las tinieblas, ¿eh? ¿Cuánto hace que esperas aquí?

—Media hora, aproximadamente.

—Lamento que no hayas podido aguardar dentro.

—No me hubiera costado ningún trabajo entrar en la casa. ¡Tú no tienes ni idea acerca del entrenamiento al que somos sometidos!

—Entonces, ¿por qué no has entrado?

—No he querido mermar tu prestigio. ¿Qué diría la gente de un inspector de policía cuyo hogar se ve allanado por el primer intruso que se lo propone?

Hardcastle sacó una llave y abrió la puerta de su domicilio.

—Entra, entra y no digas tonterías.

El inspector me condujo a la sala de estar y procedió a preparar unas bebidas.

—Tú dirás cuándo está bien.

Tardé algo en detener su mano. Cada uno con su vaso, nos acomodamos en sendos sillones.

—La cosa marcha por fin —dijo Hardcastle—. Hemos identificado el cadáver.

—Lo sé. He estado en la hemeroteca... ¿Quién era Harry Castleton?

—Un hombre aparentemente respetable, que hizo toda una profesión del matrimonio repetido. A veces sacaba partido de los compromisos amorosos que contraía con mujeres crédulas, invariablemente acomodadas. Le confiaban sus ahorros, impresionadas por sus conocimientos sobre las finanzas, y más adelante el tipo se esfumaba.

Evocando la figura de la víctima, comenté:

—No parecía esa clase de individuos.

—Este constituía precisamente la base de su negocio.

—¿Nunca fue procesado?

—No... Hemos llevado a cabo indagaciones, pero resulta difícil obtener más información. Cambiaba de nombre muy a menudo. En Scotland Yard se cree que Harry Castleton, Raymond Blair, Lawrence Dalton y Roger Byron eran la misma persona. Sin embargo, esto no se ha podido probar. De las mujeres afectadas, compréndelo, no hay que esperar ayuda alguna. Prefirieron perder su dinero a quedar en evidencia. El individuo se reducía en realidad a un nombre... Operaba aquí y allí, empleando las mismas normas, mostrándose increíblemente escurridizo. Cuando, por ejemplo, Roger Byron desaparecía de Southend, otro sujeto llamado Lawrence Dalton iniciaba sus actividades en Newcastle. Eludía las fotografías... Procuraba escabullirse cuando las amistades de sus enamoradas se empeñaban en obtener alguna instantánea. Y a todo esto hay que remontarse a mucho tiempo atrás, quince o veinte años... Fue entonces cuando dejó de dar señales de vida. Circuló el rumor de que el individuo en cuestión había muerto;

hubo personas que aseguraron que se había marchado al extranjero...

—No se volvió a saber de él hasta que apareció muerto sobre la alfombra de la sala de estar de miss Pebmarsh. ¿No es así?

—Exactamente.

—Claro, ahora es posible formular algunas hipótesis.

—En efecto.

—¿Una mujer despreciada que jamás perdonó? —sugerí.

—No es nada disparatado. Hay mujeres que no olvidan fácilmente algunos agravios...

—Y si esa mujer llevaba camino de quedarse ciega, ¿no serían ya dos los motivos de aflicción?

—Solo podemos hacer conjeturas. Y estas carecen de apoyo sustancial.

—¿Qué tal es la esposa de Harry Castleton? Merlina Rival... ¡Qué nombre! No debe de ser el suyo.

—En realidad se llama Flossie Gapp. El otro es invento suyo. Se acomoda más a su género de vida.

—¿Qué es? ¿Una fulana?

—No se trata de una profesional.

—Digámoslo discretamente: una dama de virtud quebradiza.

—Yo aseguraría que en otro tiempo fue una mujer de buen carácter, inclinada a servir a sus amigos y vecinos. Se presentó como exactriz. Ahora, ocasionalmente, hace trabajos domésticos. Me pareció simpática.

—¿Se puede confiar en ella?

—Absolutamente en lo que se refiere a la identificación del cadáver. No vaciló ni un segundo.

—Ha sido una suerte.

—Sí. Yo comenzaba a desesper. ¡La de esposas que han pasado por mi despacho! Empezaba a preguntarme si existiría alguna mujer en el mundo que conociera a su marido.

Te diré algo: es posible que Mrs. Rival sepa acerca de su Harry más de lo que ha dejado traslucir.

—¿Ha estado mezclada alguna vez en asuntos de tipo criminal?

—En los archivos no hemos encontrado nada. Me inclino a pensar que quizá tenga algunos amigos de conducta dudosa. Nada serio, seguramente. Pequeños hurtos, un poco de juego y otras cosas por el estilo.

—¿Qué hay de los relojes?

—Para ella no significan nada. Creo que dijo la verdad. Hemos averiguado su procedencia: Portobello Market. Esto por lo que al de porcelana de Dresde y al de los metales dorados se refiere. Una pista carente de valor. Ya sabes lo que pasa los sábados allí. El dueño del *stand* asegura que fueron adquiridos por una dama americana. Una suposición, sin duda. Portobello Market está siempre lleno de turistas americanos. La esposa afirma, en cambio, que fue un hombre el que los compró. No recordaba su rostro. El de plata procedía de una platería de Bournemouth. Se interesó por el reloj una señora de elevada estatura que quería hacer un regalo a su nieto. El vendedor solo recuerda que iba tocada con un sombrero verde.

—¿Y qué se sabe del cuarto reloj, el que desapareció?

—Sin comentarios —murmuró Hardcastle.

Comprendía perfectamente lo que quería decir con eso.

Capítulo 23

Narración de Colin Lamb

El hotel en que me hospedaba, de pocas habitaciones, se encontraba en las inmediaciones de la jefatura de policía. En el restaurante servían unos asados tolerables. Esto era todo lo que podía decirse de él. Aparte, desde luego, de que resultaba barato.

A las diez de la mañana del día siguiente telefoneé al Cavendish Secretarial Bureau, explicando que necesitaba una taquimecanógrafa para dictarle varias cartas y copiar un contrato comercial. Mi nombre era Douglas Weatherby y me encontraba en el hotel Clarendon. (Un dato curioso: tales establecimientos, cuando son mediocres, poseen siempre nombres rimbombantes.) ¿Se hallaba libre miss Sheila Webb? Un amigo mío me la había recomendado por su eficiencia.

Estaba de suerte. Miss Sheila iría a verme enseguida. Ahora bien, a las doce la joven tenía que atender otro encargo. Respondí que antes de la hora indicada habría terminado con ella, pues yo tenía también una cita.

Me había apostado junto a la puerta giratoria del Clarendon. Al ver a la chica avancé en dirección a ella.

—Si busca a Mr. Douglas Weatherby, aquí me tiene, a su disposición —le dije.

—¿Es usted quien ha llamado por teléfono?

—En efecto.

—Pues no está nada bien que haga eso.

Sheila parecía un tanto escandalizada por mi actitud.

—¿Por qué? Estoy dispuesto a pagar al Cavendish Bureau los gastos derivados de la prestación de sus servicios. Qué más le da a su directora que pasemos el tiempo en el café que hay al otro lado de la calle en lugar de acomodarnos en una habitación solo con el propósito de dictarle aburridas cartas que siempre empiezan así: «La suya de día 3 en mi poder...». Andando, miss Webb. Tomemos unas tazas de café en un rincón tranquilo de ese establecimiento.

Predominaban en el local por mí elegido los tonos violentos, agresivamente amarillos. Los tableros de las mesitas, de formica, los cojines de plástico, las tazas y los platillos, todo allí dentro era amarillo canario.

Pedí que nos sirvieran con el café unas tortitas triangulares que constituían la especialidad del establecimiento. Nos hallábamos casi solos debido a lo temprano que era.

Cuando la chica que nos atendió se hubo alejado de nosotros, Sheila y yo nos contemplamos unos segundos en silencio.

—¿Se encuentra bien, Sheila? —pregunté después.

—¿Por qué me lo pregunta?

No había dejado de observar sus grandes ojeras, de un tono más bien violeta que azulado.

—¿Ha estado usted indispuesta?

—Sí... No... No lo sé. Yo creía que se había ausentado...

—He estado fuera, en efecto, pero ya he vuelto.

—¿Por qué?

—Usted sabe por qué.

Sheila bajó la vista.

—Me da miedo... —murmuró tras una larga pausa.

—¿Quién o qué le da miedo?

—Ese amigo suyo, el inspector. Cree... cree que yo maté a aquel hombre y también a Edna...

—¡Oh! No se preocupe. Son sus modales —repliqué para tranquilizarla—. Anda siempre de un lado para otro dando la impresión de que sospecha de todo el mundo.

—No, Colin, no es eso. No conduce a nada decirme esas palabras con la intención de animarme. Desde el primer momento se figuró que yo tenía algo que ver con todo ese asunto.

—Mi querida Sheila, no existe prueba alguna contra usted. El hecho de que el otro día se encontrara frente a un cadáver porque alguien urdiera una criminal treta con ese fin...

La joven me interrumpió.

—Él cree que yo misma me puse en esta situación. Cree que todo ha sido una invención. Cree que Edna estaba al tanto de esta historia, que mi compañera reconoció mi voz por teléfono cuando llamé haciéndome pasar por miss Pebmarsh...

—¿Y era su voz?

—No, no, por supuesto que no. Yo no fui la autora de esa llamada telefónica. Hace ya tiempo que vengo diciéndoselo.

—Mire, Sheila... Usted dígales a los demás lo que se le antoje, pero a mí debe contarme la verdad.

—Así pues, ¡usted tampoco me cree!

—Sí. Sí la creo. Usted puede haber hecho esa llamada telefónica impulsada por un motivo inocente. Alguien hubiera podido sugerírselo explicándole, quizá, que era parte de una broma. Luego, asustada, existe la posibilidad de que mintiera, de que insistiese en su embuste inicial, arrastrada ya por las circunstancias... ¿Es eso lo que sucedió?

—¡No, no, no! ¿Cuántas veces tengo que decírselo?

—Escuche, Sheila... Hay algo que usted no me ha contado. Deseo que confíe enteramente en mí. Si Hardcastle hubiese logrado obtener una prueba contra usted, de la que no me hubiera hablado en absoluto...

La joven me interrumpió de nuevo.

—¿Espera que él se lo cuente todo?

—La verdad es que no tendría por qué hacerlo. Somos, más o menos, colegas de profesión.

En ese momento apareció la camarera con lo que habíamos pedido. El café presentaba un color tan pálido como la piel de visón que por aquellos días estaba de moda.

—Yo ignoraba que tuviese usted que ver con la policía —manifestó Sheila sumergiendo su cucharilla en el líquido y moviéndola pausadamente.

—No es eso, exactamente. Se trata de una derivación, de algo muy distinto. ¡Ah! Pero aquí era adonde yo quería ir a parar: si Dick no me pone al corriente de las cosas que sabe sobre usted, será por una razón especial. Es porque él cree que me intereso por usted de un modo personal. Pues... sí, es cierto. Y aún hay más. Estoy a su lado. Sheila, haya hecho usted lo que haya hecho. No olvido su salida de aquella casa de Wilbraham Crescent, tan aterrorizada. Jamás he creído que estuviese representando una comedia. No he pensado jamás que fingiera.

—No puedo negar que estaba verdaderamente asustada.

—Pero ¿por qué se asustó usted? ¿Es que le causó una fuerte impresión ver el cadáver? ¿O le sorprendió algo más?

—¿Qué otra cosa pude haber visto?

Me crucé de brazos.

—¿Por qué hurtó el reloj que llevaba grabada la inscripción «Rosemary»?

—¿Qué quiere usted decir? ¿Por qué tendría que robarlo?

—Soy yo quien pregunta.

—Ni siquiera se me ocurrió tocarlo.

—Usted dijo que se había dejado los guantes en la casa y que deseaba volver a por ellos. Aquel día no llevaba guantes. Era un hermoso día de septiembre... No la he visto con los guantes puestos ni un momento. Así pues, usted volvió a la sala de estar y se llevó el reloj. No siga mintiendo. Fue eso lo que hizo, ¿verdad?

Sheila Webb guardó silencio unos instantes, amontonando a un lado del plato, pensativa, inconsciente, las migajas que quedaban de su tortita, la que le habían servido con el café.

—Está bien —contestó con una voz que parecía más bien un murmullo—. Sí. Fui yo quien cogió el reloj, me lo guardé en el bolso antes de salir.

—¿Por qué hizo usted eso?

—Por el nombre... Yo me llamo Rosemary.

—¿No se ha llamado usted siempre Sheila?

—Los dos nombres son míos; soy, por tanto, Rosemary Sheila.

—¿Y eso justificaba su acción? ¿El hecho de que su nombre estuviera escrito en uno de esos relojes?

Sheila advirtió el tono incrédulo de mis palabras, pero continuó aferrada a lo que acababa de indicarme.

—Ya le he dicho que estaba asustada a más no poder.

Contemplé su rostro detenidamente. Sheila no era una chica más para mí. Había relacionado ya mentalmente mi futuro con su persona. Pero ¿para qué forjarse ilusiones? Sheila era una embustera y probablemente lo sería siempre. Luchaba para sobrevivir, valiéndose como arma de la mentira. Un arma infantil... Seguramente, jamás renunciaría a ella. Claro que si yo quería a Sheila tenía que aceptarla tal como era. Tenía que procurar estar a punto en todo momento para acudir en su ayuda cuando me necesitara. Todos tenemos debilidades. Las mías serían diferentes de las suyas, pero también contaban.

Tomé una decisión y pasé al ataque. No había otro camino.

—El reloj era suyo, ¿verdad? ¿Le pertenecía?

Ella abrió la boca.

—¿Cómo lo ha averiguado usted?

—Cuénteme todo lo que sepa.

Sheila comenzó a hablar atropelladamente. Hacía muchos años que tenía aquel reloj. Hasta la edad de seis años todo el mundo la había conocido por el nombre de Rosemary... Sin embargo, se cansó de él, no le gustaba, y consiguió que la llamaran Sheila. Últimamente, el reloj le había proporcionado algún que otro disgusto. Un día se lo llevó con la intención de dejarlo en un establecimiento del ramo que caía no muy lejos del Cavendish Bureau para que se lo repararan, pero lo olvidó no sabía dónde, en el autobús, quizá, o tal vez en el bar al que acudía mediada la jornada para tomar un bocadillo.

—¿Cuánto tiempo medió entre este hecho y el día en que se presentó en el 19 de Wilbraham Crescent?

Una semana, calculó ella. La pérdida, realmente, no había supuesto una gran contrariedad para Sheila. Era viejo y casi siempre andaba atrasado o adelantado. Había llegado el momento de adquirir otro. Luego, la muchacha agregó:

—No lo vi al entrar en la sala de estar. Después... después descubrí el cadáver de aquel hombre. Me quedé paralizada. Me incorporé en cuanto le hube tocado y a continuación, frente a mí, en una mesita, junto a la chimenea, me di cuenta... Era mi reloj... Yo tenía la mano manchada de sangre, y me olvidé de todo enseguida porque ella iba a tropezar con el cuerpo del desconocido. Horrorizada, eché a correr. Huir de allí... Eso era todo lo que quería.

Asentí, comprensivo.

—¿Qué pasó luego?

—Comencé a reflexionar. Ella sostenía que no había telefoneado interesándose por mí. Entonces, ¿quién había sido el autor de la llamada telefónica? ¿Quién había puesto mi reloj allí? Ideé el pretexto de los guantes y lo guardé en mi bolso. Me imagino que cometí una estupidez.

—No pudo incurrir en una estupidez mayor. Esa acción basta para acreditar su poco juicio.

—Pero es que hay alguien que intenta implicarme en este desagradable asunto. Esa tarjeta postal... Tiene que haberme sido enviada por una persona que sabe que me llevé el reloj. En cuanto al grabado que aparece en ella... Ya recordará usted: el Old Bailey... De haber sido mi padre un criminal...

—¿Qué sabe exactamente acerca de sus padres, Sheila?

—Los dos murieron en un accidente siendo yo muy pequeña. Eso es lo que mi tía me contó... Pero ella jamás me habla de mis padres, jamás me refiere nada. Y cuando la he interrogado, sus contestaciones no se han acomodado a otras manifestaciones anteriores. Por tal motivo, siempre he sospechado que hay algo extraño en lo tocante a mi familia.

—Continúe.

—He llegado a pensar cosas que no sé cómo calificar. Quizá mi padre fuese un criminal, un asesino, tal vez. O puede que fuera mi madre la que hubiese llevado una vida censurable. Cuando a una persona le dicen que sus padres fallecieron durante su infancia y todos se niegan a dar detalles respecto a ellos es por algo... Lo que se piensa en esos casos es que la verdad es demasiado cruel para ser conocida por un ser inocente.

—Así pues, esa ha sido siempre su obsesión. Es probable, sin embargo, que la razón de tal actitud pueda ser muy sencilla. ¿Ha pensado en la posibilidad de que fuera usted una hija ilegítima, una hija natural...?

—También pensé en ello. La gente, cuando comete un desliz de este tipo, se afana por ocultárselo a quien tiene forzosamente que sufrir las consecuencias. Una auténtica tontería. Es mucho mejor decir a los hijos la verdad. Hoy en día no tiene tanta importancia. Pero lo principal es que yo no sé nada. No sé qué hay detrás de todo esto. ¿Por qué me pusieron el nombre de Rosemary? No es corriente. Quizá se hubiese querido perpetuar con él un recuerdo...

—Un recuerdo agradable en todo caso —me apresuré a señalar.

—Sí, quizá..., pero no estoy muy convencida de ello. Sea como sea, lo cierto es que después de haberme sometido al interrogatorio del inspector aquel día empecé a reflexionar. ¿Quién podía estar interesado en llevarme a Wilbraham Crescent solo para encontrarme con un desconocido que había muerto asesinado? ¿Era él el autor de la terrible treta? ¿Se trataba, quizá, de mi padre, quien habría deseado que hiciese algo por él? Podía ser que entretanto, aguardándome, alguien le hubiese dado muerte. ¿O había alguna persona que lo había preparado todo para que la culpabilidad de aquella acción recayese sobre mí? Me debatía en un mar de confusión. No sabía el porqué, pero todo se confabulaba contra mí. Mi presencia en aquella casa, el cadáver, mi nombre, Rosemary, grabado en un reloj que me pertenecía, que no tenía por qué encontrarse allí... El pánico se apoderó de mí y entonces cometí lo que usted ha dicho antes: una estupidez.

Contesté en tono acusador:

—Últimamente debe usted de haber mecanografiado o leído, para el caso es lo mismo, demasiadas novelas de misterio e intriga. ¿Qué me dice de Edna? ¿Tiene usted alguna idea sobre lo que su cabeza podía albergar en relación con usted? ¿Por qué quiso verla en su casa cuando las dos se encontraban todos los días en la oficina?

—Lo ignoro. No es posible que pensara que yo tuviese que ver algo con el crimen. No, no es posible...

—Tal vez se enterase de algo reservado y cometió un error posteriormente...

—¿De qué podía haberse enterado?

Seguía con mis dudas. Ni aun en aquellos momentos creía que Sheila estuviese diciéndome toda la verdad.

—¿Tiene usted enemigos? Estoy pensando en algún joven despechado, en una muchacha envidiosa... Una persona un tanto desequilibrada, en tales circunstancias, sería capaz de hacer un disparate.

Estas suposiciones se me antojaban absurdas.

—No, no creo tener enemigos.

Continuaba sin saber a qué atenerme con respecto a aquel reloj. ¡Qué historia tan fantástica! 4:13. ¿Qué significaban estas cifras? No tenían sentido estampadas en una tarjeta postal, junto a la palabra RECUERDA... Ahora bien, sí podían tenerlo para la persona a quien iba destinada dicha tarjeta. Suspiré, pagué la cuenta y me puse en pie.

—No se preocupe —le dije a Sheila, expresándome con bastante fatuidad—. El servicio personal de Colin Lamb ha empezado a funcionar. Todo marchará bien y al final, como en los cuentos infantiles, acabaremos casándonos y disfrutando de una larga luna de miel. A propósito —añadí sin poderme contener, pese a darme cuenta de que hubiera quedado mejor terminar con la nota romántica, pero me arrastró la curiosidad personal—, ¿qué hizo con su reloj? ¿Lo escondió en un cajón de su cómoda?

Ella guardó silencio antes de contestar:

—Lo deposité en el cubo de la basura de la casa vecina.

Me quedé impresionado. Un truco sencillo y efectivo, quizá. Aquello constituía una decisión inteligente. Tal vez había subestimado a Sheila.

Capítulo 24

Narración de Colin Lamb

Cuando Sheila Webb se hubo marchado, crucé la calzada en dirección al Clarendon. Subí a mi habitación, embalé mis cosas y dejé la maleta en recepción. Aquel era uno de esos hoteles en que se lleva con todo rigor la costumbre de abandonar la habitación antes del mediodía.

Luego me eché a la calle. Mi ruta me conducía más allá de la jefatura de policía, pero al pasar frente a ella vacilé un momento y acabé por entrar. Pregunté por Hardcastle. Se encontraba en su despacho. Lo vi muy serio, con una carta en la mano.

—Esta noche me marcho de nuevo, Dick —le comuniqué—. Regreso a Londres.

Hardcastle levantó la vista para mirarme muy pensativo.

—¿Quieres aceptarme un consejo? —inquirió.

—No —respondí.

No prestó ninguna atención a mis palabras. La gente procede siempre así cuando está dispuesta a dar un consejo a toda costa.

—Si tú supieras qué es lo que más te conviene... te marcharías, pero para no volver por aquí en una buena temporada.

—Nadie sabe qué es lo que más le conviene.

—Tengo mis dudas sobre eso.

—Te diré algo, Dick. Cuando haya liquidado el trabajo que llevo entre manos me iré. Al menos eso es lo que creo.

—¿Por qué?

—Soy como uno de aquellos clérigos victorianos: me enfrento con las dudas.

—Concédete a ti mismo algo de tiempo.

¿Qué había querido decirme con estas palabras? Le pregunté a qué se debía su gesto de hombre preocupado.

—Lee esto.

Dick me entregó la carta que había estado estudiando.

Muy señor mío:

Se me acaba de ocurrir algo. Me preguntó usted si mi esposo tenía en su cuerpo alguna señal que pudiera servir para identificarle y yo le contesté que no. Estaba equivocada. La verdad es que tiene una pequeña cicatriz tras la oreja izquierda. Se produjo un corte con una navaja de afeitar por culpa de un perro que saltó de pronto sobre él. Tuvieron que darle unos puntos. No reparé durante nuestra entrevista en tal detalle quizá debido a su insignificancia, al ser de poca monta.

Suya afectísima,

MERLINA RIVAL

—Escribe deprisa esa mujer. Y bastante bien —comenté—. No me explico su predilección por la tinta color púrpura. ¿Se descubrió en el cadáver alguna cicatriz?

—Desde luego. Y en el sitio señalado por ella.

—¿No pudo verla al ser destapado el cadáver?

Hardcastle respondió negativamente a la pregunta.

—La tapa la oreja. Para verla hay que doblarla levemente hacia delante.

—Entonces no hay nada que objetar. Una prueba definitiva para demostrar la autenticidad de la identificación. ¿En qué piensas?

Hardcastle me respondió lúgubremente, confesándome que aquel caso le llevaba de cabeza. Me preguntó si vería a mi amigo, el belga o francés, en Londres.

—Es lo más probable, ¿por qué?

—Hablé de él con mi jefe en el transcurso de una charla, lo recuerda a las mil maravillas. Le vino a la memoria el asunto Girl Guide... De decidirse a venir por aquí, se le dispensaría una cariñosa acogida.

—Pues no pienses en él. Mi amigo es, prácticamente, una lapa.

Serían las doce y cuarto cuando llamé al timbre del número 62 de Wilbraham Crescent. Me abrió la puerta Mrs. Ramsay. Apenas se molestó en levantar la vista para mirarme.

—¿Qué desea? —me preguntó.

—¿Podría hablar con usted unos minutos? Estuve aquí hace unos diez días. Quizá no me recuerde.

Estudió entonces mi rostro. Luego frunció ligeramente las cejas.

—Usted vino aquí acompañando al inspector de policía, ¿no es eso?

—Efectivamente, Mrs. Ramsay. ¿Puedo entrar?

—No hay inconveniente, si es que ese es su deseo. Una no puede negarle la entrada en su casa a la autoridad. Ustedes acostumbran a formarse un mal concepto de la gente que procede así.

Me condujo hasta la sala de estar. Hizo un brusco gesto señalándome una silla y se acomodó frente a mí. Mrs. Ramsay me había hablado en un tono agrio. Después sus modales revelaron en ella una desatención que no había observado durante nuestra primera entrevista.

—Reina la tranquilidad en la casa, al parecer —comenté—. Me imagino que sus chicos han vuelto al colegio.

—Sí. Se nota su ausencia. —Mrs. Ramsay añadió—: Supongo que desea usted hacerme algunas preguntas en relación con ese último crimen, el de la chica hallada muerta en la cabina telefónica.

—Pues... no, no se trata exactamente de eso. En realidad, yo no tengo relación alguna con la policía.

—Yo creía que usted era el sargento..., el sargento Lamb, ¿no es así?

—Mi apellido es Lamb, en efecto, pero yo trabajo en un departamento distinto.

Ahora la mujer mostraba más interés por la conversación. Clavó una rápida y severa mirada en mí.

—Bien. Hable usted.

—¿Sigue su esposo fuera del país?

—Sí.

—Su ausencia dura ya bastante, ¿no, Mrs. Ramsay? Además, se ha desplazado a no escasa distancia de aquí.

—¿Qué sabe usted acerca de todo esto?

—Ha cruzado el Telón de Acero..., ¿cierto?

Mrs. Ramsay permaneció callada unos segundos, para manifestar luego con una voz serena, desprovista de toda inflexión:

—Sí, eso es cierto.

—Así pues, estaba usted bastante bien informada sobre su viaje.

—En general, sí. —Otra pausa y la mujer agregó—: Quería que me uniera a él allí.

—¿Es que llevaba ya algún tiempo meditando ese proyecto?

—Me imagino que sí. Pero a mí no me dijo nada hasta última hora.

—¿No comparte sus puntos de vista?

—Creo que años atrás los compartía. En fin, usted debe de estar al corriente de todo por haber llevado a cabo determinadas investigaciones.

—Usted tiene que estar forzosamente en condiciones de poder facilitarnos una valiosa información.

—No. No puedo hacerlo. No es que me niegue. Es que él jamás concretó al hablar conmigo de ciertas cosas. Yo, por otro lado, no quería saber nada. ¡Me disgustaba tanto todo aquello! Cuando Michael me comunicó que pensaba abandonar este país, quitarse de en medio para marcharse a Moscú, no me causó ningún sobresalto. Tuve que decidir entonces qué era lo que yo deseaba hacer.

—Y usted pensó que no existía ninguna afinidad entre los objetivos perseguidos por su esposo y los suyos...

—No. Yo no llegaría a expresar así mis sentimientos de entonces. Mi punto de vista es enteramente personal. Me figuro que a las mujeres nos ocurre más o menos tarde lo mismo, cuando no se trata de un ser fanático. Yo no lo soy..., o no he pasado nunca de la moderación.

—¿Anduvo su esposo mezclado en el asunto Larkin?

—No lo sé. Quizá. Nunca me habló de eso.

Mrs. Ramsay me miró de pronto con una expresión más animada.

—Mejor será que me exprese con claridad, Mr. Lamb. Yo amaba a mi esposo. Tal vez le amara lo suficiente para irme con él a Moscú, tanto si compartía sus ideas políticas como si no. Él quería que llevase conmigo a nuestros dos hijos. Yo no quería... Ahí lo tiene todo, explicado con sencillez. En consecuencia, decidí quedarme aquí con ellos. Ignoro si volveré a ver a Michael. Él ha escogido su forma de vida, su camino... Yo he elegido el mío. Yo deseaba que los chicos se educaran aquí, en su patria. Son ingleses. Aspiraba a que se criaran como cualquier muchacho de su nacionalidad.

—La comprendo perfectamente.

—Creo que ya no tengo más que decirle —añadió Mrs. Ramsay, poniéndose en pie.

La notaba ahora más segura de sí misma, más decidida.

—Tiene que haberle costado mucho trabajo delimitar su actual posición —le dije cortésmente—. Lo siento por usted.

Hablaba con sinceridad. Posiblemente, Mrs. Ramsay se

percató de ello porque vi que en sus labios florecía una leve sonrisa.

—Supongo que me comprende porque en su trabajo más de una vez se verá obligado a profundizar en la vida de las personas objeto de su atención, analizando sentimientos e ideas. Desde luego, esto ha sido un duro golpe para mí. Pero ya he logrado sobreponerme. Ahora debo trazar mis planes, decidir qué voy a hacer, adónde tengo que dirigirme, quedarme aquí o encaminarme a otro lado. Me buscaré un empleo. En otro tiempo trabajé como secretaria. Quizá siga un curso de repaso de taquigrafía y mecanografía.

—De acuerdo, pero que no se le ocurra colocarse en el Cavendish Bureau.

—¿Por qué no?

—A las chicas que trabajan allí parece que les suceden las cosas más raras del mundo.

—Si piensa que yo sé algo acerca de esa historia, está equivocado.

Le deseé buena suerte y me marché. No había sacado nada en limpio de aquella entrevista. En realidad, tampoco me había hecho muchas ilusiones. Ahora bien, uno tiene siempre que procurar que no quede ningún cabo suelto.

Al salir de aquella casa estuve a punto de tropezar violentamente con Mrs. McNaughton. Llevaba una gran bolsa, que la obligaba a avanzar con cierta torpeza.

—Permítame —le dije al tiempo que se la quitaba de las manos.

Ella se agachó, sujetando la bolsa fuertemente al principio. Luego se incorporó y la soltó casi de golpe.

—¡Ah! Es usted el agente de policía... No le había reconocido.

Avanzamos hacia la puerta de su casa. La bolsa pesaba

lo suyo. ¿Qué contendría?, me pregunté. ¿Kilos y más kilos de patatas?

—No llame. La puerta no está cerrada con llave.

Por lo visto no había un solo vecino en Wilbraham Crescent que no procediera igual al respecto.

—¿Y cómo van las cosas? —inquirió Mrs. McNaughton, locuaz—. Al parecer, él había contraído matrimonio antes...

No sabía a quién se estaba refiriendo.

—No la comprendo... He estado ausente —expliqué.

—Ya, ya... Supongo que desea protegerla. Me refería a Mrs. Rival. Asistí a la vista judicial. Una mujer de aspecto vulgar. Debo decir que no parecía muy trastornada por la muerte de su esposo.

—Hacía quince años que no le veía —objeté.

—Hace veinte años que Angus y yo nos casamos. —Mrs. McNaughton suspiró—. Ese es un período bastante largo. Ahora que él no se encuentra absorto en las tareas de la universidad, dedica todas sus horas a la jardinería... En ocasiones una no sabe qué hacer...

En aquel instante vimos a Mr. McNaughton doblando la esquina de la casa azada en mano.

—¿Has vuelto ya, querida? Deja que lleve esto...

—Haga el favor de colocar la bolsa en la cocina, joven —me dijo bruscamente la mujer, tocándome con el codo—. No he traído más que unos paquetes de harina de maíz, algunos huevos y un melón —agregó sonriente, dirigiéndose a su marido.

Deposité la bolsa en la cocina. Entonces oí un tintineo.

¡Dios mío! ¡Harina de maíz! No podía ser. Opté por dejar en libertad mis instintos de espía. Debajo de un ligero camuflaje localicé en el interior del recipiente tres botellas de whisky.

Comprendí entonces por qué Mrs. McNaughton se presentaba a veces tan animada y ansiosa de conversación y también, ¡ay!, por qué vacilaba sobre sus pies. Quizá radicara ahí la causa de la renuncia de su esposo a la cátedra...

Había que dedicar aquella mañana a los vecinos. Tropecé con Mr. Bland cuando me dirigía a Albany Road, a lo largo de la manzana. Aquel hombre parecía hallarse de buen talante. Me reconoció enseguida.

—¿Cómo está usted? ¿Qué tal marchan las investigaciones sobre el crimen? Ya sé que ha sido identificado el cadáver. Según todos los indicios, ese hombre no trató demasiado bien a su esposa. A propósito, y dispense mi curiosidad, usted no pertenece a la policía de la localidad, ¿verdad?

Le contesté evasivamente, notificándole que procedía de Londres.

—En consecuencia, Scotland Yard se ha interesado por el caso, ¿eh?

Hice un comentario superficial que no me comprometía a nada.

—Comprendo. No se debe hablar de esto. Pero usted no asistió a las vistas judiciales, creo recordar...

Repliqué que había hecho un viaje al extranjero.

—¡Lo mismo que yo, hijo mío, lo mismo que yo! —exclamó Mr. Bland guiñándome un ojo.

—¿Una visita al alegre París? —inquirí imitando su gesto.

—¡Ojalá! No, fue tan solo una visita de veinticuatro horas a Boulogne.

Me tocó un costado con el codo. (¡Igual que había hecho Mrs. McNaughton!)

—Mi esposa se quedó aquí. Me uní a una rubita encantadora. ¡Lo pasamos en grande!

—¿Un viaje de negocios?

Soltamos la carcajada como dos hombres de mundo.

Mr. Bland se dirigió al número 61 y yo seguí mi camino hacia Albany Road.

Me sentí insatisfecho. Poirot me había dicho que a los

vecinos podía habérseles sonsacado más cosas. ¡Era extraño que nadie hubiese visto nada! Tal vez Hardcastle no había acertado a formular las preguntas más atinadas. Pero ¿sería yo capaz de idear otras mejores? Al entrar en Albany Road establecí mentalmente un esquema. Este rezaba, aproximadamente, así:

A Mr. Curry (Castleton) le había sido suministrada una droga... ¿Cuándo?

Mr. Curry (Castleton) había sido asesinado... ¿Dónde?

Mr. Curry (Castleton) había sido conducido al número 19... ¿Cómo?

Alguien debía haber visto algo... ¿Quién?

Alguien debía haber visto algo... ¿Qué?

Giré hacia la izquierda. Ahora caminaba a lo largo de Wilbraham Crescent exactamente igual que el 9 de septiembre. ¿Debería visitar a miss Pebmarsh? Bien. Tocaría el timbre y le diría... ¿Qué iba a decirle?

¿Sería mejor quizá que visitara a miss Waterhouse? También en este caso me asaltaban dudas acerca de la manera de enfocar la conversación.

¿Mrs. Hemming, tal vez? Aquí daba lo mismo que dijera una cosa que otra. Ella de todos modos no me escucharía. En cambio, de sus manifestaciones, por poco importantes que fueran, quizá obtuviera algún dato útil.

Seguí andando. Anotaba mentalmente los números, como hiciera la primera vez.

¿Habría deambulado por allí también Mr. Curry en su día, hasta llegar a la casa que se propusiera visitar?

Nunca me había parecido Wilbraham Crescent más estirado y relamido. Estuve a punto de exclamar, al estilo victoriano: «¡Oh, si estas piedras pudieran hablar!». Muchos años atrás esta había sido la frase favorita de muchas personas. Pero las piedras no nos dicen nunca nada, ni tampoco los ladrillos ni el yeso... Wilbraham Crescent continuaba en silencio. Sumido en su soledad, parecía tan poco dado a la «conversación» como siempre. Seguro que aquellos muros, de haber podido mirar de alguna manera, contemplarían con gesto de desaprobación a los que caminaban por sus inmediaciones sin saber siquiera lo que estaban buscando.

Vi a pocas personas por allí. Un par de chicos montados en sus bicicletas se deslizaron a mi lado, también dos mujeres, con sus cestos de la compra... Las casas que contemplaba podían haber sido comparadas con unas momias embalsamadas a juzgar por todas las señales de vida que en ellas se observaban. Yo conocía la causa de esto. Faltaban escasos minutos para la una. Una hora sagrada, o santificada por los hábitos ingleses, que se dedicaba a la comida del mediodía. En una o dos viviendas, por hallarse descorridas las cortinas de los comedores, llegué a ver a sus moradores sentados a la mesa. Pero hasta eso era allí algo raro. En la mayoría de las casas los tejidos de nailon de las cortinas —el polo opuesto al encaje de Nottingham, en otro tiempo popular— ocultaban lo que pasaba en el interior. También era posible que hubiese algún comedor vacío. En este caso la familia se habría trasladado llegada esa hora a la revolucionaria cocina moderna, para comer allí de acuerdo con la costumbre que se había empezado a extender en la década de 1960.

Me dije que era la mejor hora del día para cometer un crimen.

¿Habría reparado el asesino en semejante detalle? ¿Formaría esto parte de su plan? Por fin llegué al número 19.

Al igual que innumerables idiotas, me detuve, mirando hacia la casa. Pero aquellos habían pasado por allí a lo largo de las jornadas anteriores. En aquel instante no divisé a nadie. «No hay vecinos», me dije entristecido. «No puedo descubrir, por tanto, espectadores inteligentes.»

Sentí algo en un hombro. Me había equivocado. Había un vecino que hubiera resultado sumamente útil de disfrutar del privilegio de la palabra. Yo había estado apoyado en la verja del número 20 y en la puerta de esta casa se encontraba el gato de pelo color naranja que tan bien conocía. Me paré para cruzar unas palabras con el animal, apartando primero una de sus menudas garras de mi hombro.

—Si los gatos pudieran hablar...

Esa fue la frase que ofrecí a manera de apertura de la proyectada y fantástica charla.

El gato abrió la boca y me obsequió con un melodioso maullido.

—Te supongo tan capaz de hablar como yo mismo —le dije—. Solo que tú no conoces mi lenguaje ¿Estabas ahí, en ese sitio, el día en que ocurrió todo? ¿Viste entrar a alguien en la casa? ¿O salir de ella? ¿Estás enterado de lo que sucedió? ¡Cómo me gustaría que pudieses contestar a mis preguntas, minino!

El gato apenas me hizo caso. Se limitó a dar la vuelta, comenzando a mover la cola.

—Lo siento, majestad —murmuré.

El animal volvió la cabeza y me obsequió con una mirada de indiferencia. Luego, afanosamente, comenzó a asearse las patas mediante interminables lengüetazos. Vecinos... Indudablemente, este era un «material» que escaseaba en Wilbraham Crescent. Lo que yo necesitaba —lo que necesitaba Hardcastle— era alguna anciana indiferente al tiempo, charlatana, curiosa, entregada a la paciente tarea de espiar a todo el mundo con el ansia de descubrir una escena escandalosa. Lo malo es que tales señoras parecen haberse esfumado totalmente. En la actualidad suelen agruparse en ciertas residencias, dentro de las cuales disponen de todas las comodidades que requiere su avanzada edad o se refugian en los hospitales, donde se necesitan urgentemente camas para los verdaderamente enfermos. Los impedidos, por razón de cualquier tara física o a consecuencia de la edad, ya no acostumbran a vivir en sus casas, asistidos por un fiel servidor o un pariente pobre deseoso de obtener de este modo un hogar confortable o una pobre herencia. Esto era un serio revés para la investigación criminal.

Miré hacia el lado opuesto. ¡Qué lástima que no hubiera por allí vecinos! ¿Por qué no habría otra hilera de casas en lugar del gigantesco y huraño bloque de cemento que recordaba una colmena humana? Las abejas que lo ocupaban se pasaban el día fuera dedicadas a sus quehaceres. Volvían por la noche, con el fin de asearse un poco y echarse a la calle, en busca de amigos y amigas. En contraste con aquella masa de rectas formas, comencé a distinguir la suavidad de las líneas victorianas de los edificios que integraban el amplio sector de Wilbraham Crescent.

Mi mirada fue atraída por un destello de luz sorprendido en la porción media del edificio. Me quedé perplejo, levanté la vista. Sí. Acababa de verlo. Descubrí una ventana abierta a la que estaba asomado alguien. El rostro del que fuera se notaba ladeado, tenía algo delante. De nuevo el destello... Introduje la mano en un bolsillo. Guardo siempre en mis bolsillos muchas cosas que pueden serme útiles: un poco de cinta adhesiva, varios instrumentos de aspecto corriente capaces de abrir las cerraduras más seguras, una cajita de polvos grises con una etiqueta que no corresponde a su contenido, un insuflador destinado a ser utilizado con estos, y dos o tres menudos dispositivos, a los que la mayor parte de la gente no sabría dar aplicación. Entre tan diversos objetos tenía un catalejo de bolsillo. No se trataba de un anteojo de gran potencia, pero, sencillamente, hacía su papel en determinados casos... Lo cogí y miré a través de él.

En la ventana en que se había concentrado mi atención había una niña. Acerté a ver una larga trenza cayéndole sobre un hombro. Tenía ante los ojos unos prismáticos de teatro y me estudiaba con tanto detenimiento que casi me sentí halagado. Pero como por allí no había nada que mirar, no tenía por qué considerar su actitud un homenaje. Luego, de pronto, apareció otra distracción de mediodía en Wilbraham Crescent.

Un antiguo Rolls-Royce avanzaba dignamente por la carretera, conducido por un viejo chófer. Este daba la impresión con su estiramiento de hallarse disgustado con la vida. Pasó por mi lado con solemnidad, como si formara parte de un desfile de vehículos. Mi infantil observadora lo enfocó con sus prismáticos. Yo me detuve, reflexionando.

He abrigado siempre la creencia de que cuando se sabe esperar se ve uno afectado por un golpe de fortuna. Hablo de algo con lo que no se puede contar, en lo que uno no se atrevería a pensar, pero que, sin embargo, sucede.

¿Me ocurría algo semejante esta vez? Levantando la vista hacia el enorme bloque cuadrado de hormigón, procuré localizar con todo cuidado la ventana que había suscitado mi interés, contando las aberturas desde el suelo y horizontalmente. El tercer piso. A continuación eché a andar en dirección al bloque de pisos y llegué a la entrada principal. Rodeaba el edificio un amplio camino bordeado por macizos de flores en los puntos más indicados.

Es conveniente no apresurarse nunca, ir por etapas. Por consiguiente, me aparté del camino, levanté la cabeza, como si me hallara sorprendido, me agaché sobre el césped, como si anduviera buscando algo, y finalmente me incorporé, haciendo como si pasara un objeto de la mano al bolsillo. Por último me aproximé a la puerta principal de la construcción...

Me inclino a pensar que durante el día debía de haber allí un portero. ¡Ah! Pero nos encontrábamos a la hora «sagrada» de la jornada, la de la una a las dos. Por tal motivo el vestíbulo se hallaba desierto. Había un gran rótulo que rezaba: PORTERO, bajo el cual se veía el botón de un timbre que me abstuve de pulsar. Descubierto el ascensor, entré en la cabina, rumbo al tercer piso.

Tras esto tendría que moverme ya con más cuidado.

Desde el exterior parece fácil localizar, en una construcción de este tipo, una habitación determinada. Ahora bien, una vez dentro del edificio todo resulta confuso, desorientador. No obstante, como ya había adquirido meses atrás una notable práctica en tal menester y otros análogos, estaba casi seguro de haber acertado cuando me detuve ante la puerta. Para sentirme aún más animado, vi que encima de esta había un número que me había inspirado siempre todo género de simpatías: el 77. «Bien —pensé—. Esto me traerá suerte. Y decidámonos de una vez.»

Pulsé el botón del timbre y retrocedí un paso, en espera de acontecimientos.

Capítulo 25

Narración de Colin Lamb

Tuve que aguardar uno o dos minutos. Finalmente la puerta se abrió. Desde el marco, una rubia nórdica de buena estatura y enrojecida faz, vestida con unas prendas de alegres colores, me miró inquisitivamente. Acababa de secarse las manos, desde luego, pero en los dedos le habían quedado unas motas de harina. Como además ostentaba otra muy sensible en la nariz, no me costó trabajo suponer lo que había estado haciendo hasta aquel momento.

—Dispénseme —le dije—. Tienen ustedes una niña, ¿no? Ha tirado algo por la ventana.

Sonrió, alentadora. El idioma inglés no era su fuerte todavía.

—Perdóneme... ¿Qué dice usted?

—Una pequeña, aquí... Una niña.

—Sí, sí...

—Ha tirado algo... Por la ventana.

Gesticulé un poco para subrayar mis palabras.

—Le he subido lo que la chiquilla ha tirado.

Le mostré el objeto, una navajita de mango de plata. Ella la miró sin reconocerla.

—No creo que... No la he visto...

—Anda usted atareada en la cocina, ¿eh? —le dije procurando desplegar la mayor simpatía posible.

—Sí, sí..., en efecto —respondió ella asintiendo enérgicamente.

—No quisiera molestarla. Si me lo permite, yo mismo le haré entrega a la niña de esto.

—¿Cómo dice?

Por fin pareció entenderme. Avanzamos hasta el fondo del vestíbulo y la joven me abrió una puerta. Daba a un agradable cuarto de estar. Junto a la ventana había sido instalada una camita, en la cual se encontraba una niña de nueve o diez años con una pierna escayolada.

—Este caballero... dice... que tú has tirado...

En este instante, por suerte, llegó hasta nosotros un fuerte olor a quemado desde la cocina. Mi anfitriona lanzó una exclamación.

—Dispénseme, por favor, dispénseme.

—Vaya, vaya —le indiqué amablemente—. Yo le diré a esta pequeña lo que hay que decirle.

La nórdica salió corriendo del cuarto, cerré la puerta y me acerqué a la camita de la chiquilla.

—¿Qué tal, niña? ¿Cómo estás de tu pierna?

—Bien —respondió ella, procediendo a examinarme con una mirada tan penetrante que casi consiguió ponerme nervioso.

La niña llevaba los cabellos distribuidos en dos trenzas. Tenía la frente abultada, el mentón adelantado y unos ojos inteligentes.

—Yo soy Colin Lamb. ¿Y tú cómo te llamas?

La niña me contestó con viveza:

—Geraldine Mary Alexandra Brown.

—Eso es todo un nombre, pequeña. Los tuyos acostumbrarán a abreviarlo, ¿no?

—Sí. Me suelen llamar siempre Geraldine. Y Gerry también. Pero este último nombre no me gusta. A papá esa clase de abreviaturas no le agradan.

Una de las grandes ventajas de tratar con los niños radica en la conducta especial que siguen. Cualquier adulto me hubiera preguntado, al llegar la conversación a aquel punto, qué quería. Geraldine estaba dispuesta a continuar la charla sin experimentar la necesidad de formular preguntas estúpidas. Estaba sola, aburrida, y la presencia de un visitante representaba para ella una novedad interesante. Seguramente se mostraría inclinada al diálogo en tanto no apareciera como un tipo fastidioso, inaguantable.

—Me imagino que tu padre está fuera —aventuré. Geraldine me contestó con igual prontitud que antes, especificando cuantos detalles conocía sobre el tema.

—Trabaja en los talleres de la firma Cartinghaven Engineering de Beaverbridge, situados a veintitrés kilómetros de aquí.

—¿Y tu madre?

—Mamá murió —replicó Geraldine sin el menor asomo de tristeza—. Murió cuando yo tenía dos meses... Viajaba en un avión procedente de Francia que se estrelló. No se salvó nadie en aquel accidente.

La chiquilla hablaba haciendo un gesto de satisfacción. Comprendí... Una criatura como Geraldine no acertaba a ver la tragedia derivada de aquel episodio, sino la aureola que prestaban a la víctima las circunstancias de haber perecido en un accidente devastador.

—Ya comprendo. Entonces te cuida...

Miré expresivamente hacia la puerta del cuarto.

—Esa es Ingrid. Vino de Noruega. No hace más que dos semanas que está aquí. No conoce el inglés todavía. Le estoy enseñando.

—Y ella, ¿qué hace? ¿Te enseña el noruego?

—Poco, poco...

—¿Te es simpática?

—Sí. Me gusta. Pero las cosas que prepara en la cocina me parecen algo extrañas a veces. Se come el pescado crudo.

—Yo he comido también pescado crudo en Noruega. Y en ocasiones lo he encontrado muy rico.

Geraldine tenía sus dudas al respecto.

—Hoy está probando a ver si hace una tarta de melaza.

—Eso es delicioso.

—¡Hum! Sí. A mí me gusta... —Geraldine añadió, educadamente—: ¿Ha venido a comer?

—Pues... no exactamente. En realidad es que pasaba por debajo de tu ventana y... me parece que se te ha caído algo.

—¿A mí?

—Sí.

Le enseñé la navajita de mango de plata.

—¡Qué bonita!

Saqué la menuda hoja.

—¡Ah! Ya sé para lo que puede servir: para pelar naranjas y otras frutas, ¿verdad?

Asentí.

Geraldine suspiró.

—La navaja no es mía. No se me ha caído a mí. ¿Por qué ha pensado usted que me pertenecía?

—Como estabas asomada a la ventana...

—Me paso el día así. Tuve una caída y me rompí una pierna, ¿no lo ve?

—¡Qué mala suerte!

—¿Verdad? Y no me rompí la pierna haciendo nada de particular. Iba a bajarme de un autobús cuando este arrancó de pronto. Al principio me dolió un poco, pero luego ya no volví a sentir nada.

—Este reposo forzado debe de aburrirte.

—Sí. Pero papá me trae muchas cosas: plastilina, lápices, cuadernos, rompecabezas... Sin embargo, yo ya me he cansado de todo esto y me paso la mayor parte del tiempo mirando por la ventana con estos prismáticos.

Geraldine me enseñó muy orgullosa sus prismáticos de teatro.

—¿Me los prestas un momento? —inquirí.

Eché un vistazo al panorama que se divisaba desde la casa tras ajustármelos.

—Son estupendos —comenté.

Lo eran, ciertamente. El padre de Geraldine, si es que era él quien se los había comprado, no reparó en gastos al adquirirlos. Resultaba asombroso comprobar con qué claridad se veían a través de los prismáticos de la pequeña el número 19 de Wilbraham Crescent y las viviendas vecinas. Se los devolví a su dueña.

—Son magníficos —insistí—. Sí, amiguita, ¡se trata de unos prismáticos de primera clase!

—Son iguales que los que usan los mayores —recalcó la niña, muy contenta.

—Ya me he dado cuenta.

—Tengo un libro —declaró Geraldine. La chiquilla me enseñó un cuaderno—. Escribo cosas en él de vez en cuando. Es como el juego de los trenes... Mi primo Dick es muy aficionado. Con los números de las matrículas de los coches hacemos lo mismo. Ya sabe usted en qué consiste eso, ¿no? Se empieza en el uno... Hay que ver hasta qué número se puede llegar.

—Parece entretenido.

—Lo es. Desgraciadamente son pocos los coches que circulan por aquí. Al final he tenido que renunciar...

—Me imagino que tú tienes que saber muchas cosas acerca de esas viviendas de ahí abajo, esto es, quiénes viven en ellas, qué hacen sus ocupantes, etcétera.

Pronuncié estas palabras un poco al azar, pero Geraldine se apresuró a responder.

—¡Ya lo creo! Desde luego, ignoro los nombres reales de esas personas, así que me he visto obligada a darles otros nuevos.

—Eso sí que debe de ser divertido —sugerí.

—Ahí tiene usted a la marquesa de Carabás —dijo la niña señalando a lo lejos—. Esa del jardín que recuerda una selva y vive entre un montón de gatos.

—Antes de subir aquí he estado hablando con uno, precisamente. Era un minino de pelaje color naranja.

—Sí. Le he visto a usted.

—Tienes que ser una observadora maravillosa. No creo que se te escape nada.

Geraldine sonrió complacida. Ingrid abrió la puerta de la habitación y se acercó a nosotros respirando fatigosamente.

—¿Estás bien, niña?

—Nos encontramos perfectamente —repuso Geraldine con firmeza—. No tienes por qué preocuparte, Ingrid.

La chiquilla agitó bruscamente las manos, intentando dar más expresividad a sus palabras.

—Tú vete, márchate a la cocina.

—Está bien. Tengo cosas que hacer allí. Supongo que te ha alegrado la visita de este señor.

—Cuando prepara algún plato especial se pone nerviosa —me explicó Geraldine—. Y a veces comemos tarde por eso. Me gusta que haya venido usted. No hay nada como una persona que la distraiga a una... Así se deja de pensar en la comida...

—Háblame de la gente que vive en esas casas. Cuéntame todo lo que hayas visto. ¿Quién habita en la siguiente vivienda? En esa en que todo resplandece de puro limpio.

—¡Oh! Ahí vive una ciega. A pesar de esto va de un lado para otro igual que cualquiera de nosotros. El portero me habló en una ocasión de ella: Harry. Es un nombre muy simpático, ¿sabe? Me cuenta muchas cosas. Por él me enteré del crimen...

—¿El crimen? —pregunté, fingiendo un asombro que estaba muy lejos de sentir.

Geraldine asintió. Sus bonitos ojos brillaron. Se daba cuenta de la importancia de la noticia que me iba a dar.

—En esa casa se cometió un crimen recientemente. Yo lo vi todo...

—¡Oh! ¡Qué interesante!

—¿Verdad que sí? Yo no había presenciado nunca un

crimen. Bueno, quiero decir que jamás había tenido la oportunidad de ver un sitio en el que había pasado una cosa tan terrible como esa...

—¿Qué..., ejem...? ¿Qué viste?

—En aquel momento había ahí menos animación que en ningún instante del día. En ese aspecto aquella era la peor hora de la jornada. Lo más emocionante fue cuando alguien salió corriendo de la casa dando gritos. Enseguida pensé que debía de haber ocurrido algo.

—¿Quién gritaba?

—Una mujer. Era muy joven. Y bastante guapa. No paraba de chillar. Un hombre avanzaba por la acera y ella fue a parar a sus brazos... Así. —Geraldine movió sus brazos para ilustrar su relato. De pronto guardó silencio, mirándome fijamente—. Aquel hombre se parecía mucho a usted.

—Debía de ser mi doble —respondí sin dar importancia a su observación—. ¿Qué sucedió después? Todo esto es muy interesante, chiquilla...

—Él la dejó en el suelo. Bueno..., recostada contra la pared. El hombre entró en la casa a continuación y el Emperador (ese es el gato color naranja, al que llamo así por su orgullosa pose) dejó de acicalarse, muy sorprendido. Tras esto, miss Pikestaff abandonó su casa, la que tiene el número 18, y se quedó en la escalinata mirando...

—¿Miss Pikestaff?

—Sí. Yo la llamo siempre así. Tiene un hermano al que no para de molestar. Le hace la vida imposible.

—Sigue... —dije con creciente interés.

—Luego pasaron muchas otras cosas. El hombre salió de la casa... ¿Seguro que no era usted?

—Probablemente hay montones de hombres como yo... —aduje con modestia.

—Sí, eso es cierto, quizá —replicó Geraldine, con algún desconsuelo por mi parte—. Sea como sea, aquel individuo se aproximó a la carretera e hizo una llamada telefónica desde la cabina que hay allí. La policía no tardó en llegar. —Los ojos de Geraldine centellearon—. Vinieron muchos agentes, que se llevaron el cadáver del número 19 en una ambulancia. Había innumerables curiosos congregados frente a la casa. Descubrí a Harry entre los espectadores. Es el portero de este bloque de pisos. Luego me lo contó todo.

—¿Te dijo quién era el asesinado?

—Me dijo, sencillamente, que era un hombre y que nadie sabía cómo se llamaba.

—¡Qué interesante, chica! —exclamé.

Recé con fervor pidiéndole a Dios que Ingrid no escogiera aquel instante para volver con su deliciosa tarta de melaza o cualquier otra golosina.

—Bueno, ahora retrocedamos un poco. Háblame de lo que pasó antes. ¿Viste tú a aquel hombre, el que fue asesinado, en el momento de llegar a la casa?

—No, no le vi. Debía de estar dentro desde hacía varias horas.

—¿Quieres decir que vivía allí?

—¡Oh, no! Allí no vive nadie más que miss Pebmarsh.

—¡Ah! De manera que sabes su verdadero nombre.

—Sí. Me enteré de él por los periódicos. Y la joven que gritó se llama Sheila Webb. Harry me contó que el apellido de la víctima era Curry. ¡Qué chocante! Esta palabra le recuerda a una la comida... Y más adelante hubo un segundo crimen. El mismo día no... En la cabina telefónica de la carretera. Desde aquí se ve, pero yo tengo que asomarme y volver la cabeza a un lado... No vi nada. Ignoraba lo que iba a pasar. De lo contrario no hubiera perdido de vista aquel sitio. Por la mañana había bastante gente en la calle contemplando la casa de miss Pebmarsh. Yo creo que eso es una tontería, ¿verdad?

—Sí, en efecto, es una estupidez.

En este punto de la conversación apareció de nuevo Ingrid.

—Vengo enseguida —afirmó. La joven volvió a marcharse.

—¿Para qué la queremos, después de todo? —me preguntó Geraldine—. Siempre anda preocupada con la comida. Ingrid prepara únicamente esta y el desayuno. Papá cena por la noche en el restaurante y desde allí envía algo para mí. Pescado o cualquier otra cosa.

La niña se expresaba juiciosamente.

—¿A qué hora sueles comer, Geraldine?

—En cuanto Ingrid acaba de prepararlo todo. Ella anda un poco liada con las horas; por supuesto, con el desayuno no puede fallar. Tiene que disponer lo necesario con puntualidad si no quiere que papá se enfade. A mediodía no va con tantos aprietos. Lo mismo comemos a las doce que a las dos. Ingrid sostiene que no hay por qué comer a una hora determinada, que con sentarse a la mesa cuando está todo listo es suficiente.

—Es una idea un poco acomodaticia —opiné—. ¿A qué hora comiste... el día del crimen?

—A las doce, aproximadamente. Ese día le tocaba salir a Ingrid. Las jornadas que tiene libres las aprovecha para irse al cine o a la peluquería. Entonces viene a cuidar de mí una señora que se apellida Perry. Es una mujer terrible, verdaderamente. Me aburro mucho con ella. Te da una palmadita.

—¿Una palmadita? —dije, algo desconcertado.

—Sí, en la cabeza. Dice cosas como «mi niñita». No se puede hablar con ella. Pero siempre me trae dulces, caramelos y cosas por el estilo.

—¿Qué edad tienes, Geraldine?

—Diez años y tres meses.

—Me he dado cuenta de que sabes llevar muy bien una conversación —manifesté.

—Eso es porque hablo mucho con papá —repuso la niña, muy seria.

—De manera que el día del crimen comiste temprano, ¿verdad?

—Sí. De este modo, Ingrid pudo marcharse poco después de la una, a pesar de haber fregado los platos.

—Entonces tú estabas asomada a la ventana aquella mañana, observando a la gente, ¿eh?

—¡Oh, sí! Estuve mirando desde las diez. Tenía entre manos un crucigrama.

—Me preguntaba yo si llegarías a ver a Mr. Curry en el momento en que entró en la casa...

—No, no le vi —declaró Geraldine—. Desde luego, reconozco que esto es raro.

—Bueno, tal vez llegara muy temprano.

—No accedió a la vivienda por la puerta principal ni llamó al timbre. En caso contrario, le hubiera visto.

—Es posible que entrara por el jardín, por el otro lado de la casa.

—No —contestó Geraldine—. La construcción da a otras viviendas. Sus ocupantes no habrían consentido que nadie pasara por sus jardines.

—Sí, pequeña, estamos de acuerdo.

—Me gustaría saber qué aspecto ofrecía Mr. Curry.

—Era un hombre viejo ya. Contaría unos sesenta años. Iba afeitado y vestía un traje gris oscuro.

Geraldine movió la cabeza.

—Suena terriblemente ordinario —comentó con un gesto de desaprobación.

—Sea como sea, me imagino que es bastante difícil para ti diferenciar un día de otro, puesto que todos te han de parecer iguales. Al fin y al cabo, te pasas horas y horas en esa cama, siempre mirando a lo lejos, siempre haciendo lo mismo.

—No es tan difícil como usted se figura. —Geraldine se creció con mi velado reto—. Puedo decirle todo lo que sucedió aquella mañana. Sé, por ejemplo, cuándo entró y salió Mrs. Cangrejo del número 19.

—Te refieres a la mujer que limpia allí a diario, ¿verdad?

—Sí. La llamo de este modo porque anda como los cangrejos. Tiene un hijo, todavía pequeño. A veces la acompaña, pero aquel día llegó sola. Miss Pebmarsh se va alrededor de las diez. Trabaja en una escuela dedicada a la educación de los niños ciegos. Mrs. Cangrejo se marcha a las doce, aproximadamente. En ocasiones lleva consigo un paquete que no traía al entrar. Me imagino lo que contendrá: un poco de mantequilla, unos trocitos de queso y cosas por el estilo. Miss Pebmarsh no ve... Sé con todo detalle lo que ocurrió aquel día porque Ingrid y yo reñimos y ella se negó después a hablarme. Le estoy enseñando inglés y quería que le explicara cómo se dice: «Hasta la vista». Ella tenía que decírmelo en alemán, esto es, *auf wiedersehen*. Yo lo sé porque en una ocasión estuve en Suiza y oía a la gente pronunciar a menudo la frase. También acostumbraban a decir: *Grüss Gott*...

—Bueno, ¿qué le indicaste a Ingrid que tenía que decir para traducir al inglés su *auf wiedersehen*?

Geraldine soltó una risita maliciosa. Luego empezó a hablar, pero sus propias carcajadas le impidieron seguir. Por fin pudo contestar a la pregunta que acababa de formularle.

—Le dije que siempre que deseara separarse de una persona con un cordial «¡Hasta la vista!», pronunciara la frase inglesa equivalente: *Get the hell out of here!*[1] La ensayó con nuestra vecina, miss Bulstrode, quien, naturalmente, se puso furiosa con ella. Ingrid, desde luego, acabó enterándose de la jugarreta y se enfadó mucho conmigo. No volvimos a ser amigas hasta el día siguiente por la tarde, a la hora del té.

Digerí por fin aquella información.

1. Equivale a: «¡Vete al Infierno!». *(N. del T.)*

—Por eso tú te dedicaste a mirar por los prismáticos.

Geraldine asintió.

—A eso debo ahora el poder afirmar que Mr. Curry no entró por la puerta principal. Tal vez accediera por la noche a la casa y se escondiera en el ático. ¿Usted lo cree probable?

—Todo es probable en este caso. Ahora bien, eso de lo que estabas hablando no me lo parece mucho.

—No... —replicó Geraldine, reflexiva—. Hubiera llegado un momento en que habría sentido hambre y no podría pedirle el desayuno a miss Pebmarsh para que ella no advirtiera su presencia.

—¿No llegó nadie a la casa? ¿No viste ningún coche, ni vendedor ambulante, nadie...?

—El mozo de la tienda de comestibles visita el número 19 los lunes y los jueves. El lechero llega a las ocho y media de la mañana.

Geraldine era una auténtica enciclopedia.

—La misma miss Pebmarsh se encarga de comprar las verduras. A la puerta de esa casa no llamó nadie... si exceptuamos al lavandero. Por cierto que la lavandería era nueva.

—¿Una nueva lavandería?

—Sí. Habitualmente va por allí la Southern Down. Casi todo el mundo se sirve de ella. La de aquel día se llamaba... Sí. Era la Snowflake Laundry. Jamás había oído hablar de esa lavandería. Seguramente llevan poco tiempo en el negocio.

Me costó mucho trabajo disimular el interés que me produjo esta última noticia.

Quería evitar como fuera que la chiquilla comenzase a hacer una novela de sus observaciones, desfigurándolas.

—¿Entregó el lavandero algún paquete? También pudiera ser que lo recogiera...

—Entregó un gran cesto de ropa. Este era mucho más grande que los de costumbre.

—¿Se hizo cargo de él miss Pebmarsh?

—No. Había salido de nuevo.

—¿A qué hora sucedía eso, Geraldine?

—A la una y treinta y cinco, exactamente. Lo anoté en mi cuaderno —señaló la niña muy ufana.

Geraldine me lo enseñó para que contemplara una breve anotación, subrayando las escasas palabras que había escrito con su dedo índice un tanto sucio: «El lavandero llegó a las 13:35. Número 19».

—Deberías pertenecer a Scotland Yard —le dije.

—¿Hay mujeres detective allí? Eso me gustaría para mí. No me refiero a las mujeres policías. Estas me parecen tontas.

—No me has contado qué ocurrió a la llegada del lavandero.

—No ocurrió nada —manifestó Geraldine—. El conductor de la furgoneta se apeó, descargó el cesto y lo llevó a la parte trasera de la casa. Seguramente no pudo entrar. Miss Pebmarsh acostumbra a cerrar aquella puerta con llave. Lo más probable es que dejara el cesto allí y se volviera.

—¿Qué aspecto tenía ese hombre?

—Corriente.

—¿Lo compararías conmigo?

—¡Oh, no! Era un hombre mucho más viejo. Pero la verdad es que no le vi muy bien porque él se acercó con el coche a la casa... por ahí. —Geraldine señaló hacia la derecha—. Se detuvo enfrente del número 19, aunque en el lado opuesto al que hubiera debido utilizar. Claro que en una calle como esta este detalle carece de importancia. Luego cruzó la puerta exterior inclinado sobre el cesto. No acerté a verle más que la nuca y al salir se estaba frotando el rostro. Quizá hallara algo cansado el trabajo de trasladar el cesto.

—Y se marchó enseguida, ¿no?

—Sí. ¿Por qué encuentra usted eso tan curioso?

—No lo sé... Pensé que quizá él hubiera visto algo interesante.

Ingrid abrió la puerta. Iba empujando una mesita de ruedas.

—Ahora vamos a comer.

—¡Estupendo! —exclamó Geraldine—. Estoy medio muerta de hambre.

—Yo me voy. Adiós, Geraldine.

—Adiós. ¿Qué va usted a hacer con esto? —La niña me enseñó la navajita—. No es mía. Pero me gustaría que lo fuese.

—Todo parece indicar que no pertenece a nadie, Geraldine. Bueno, lo mejor será que te quedes con ella. Es decir, hasta que alguien la reclame. Sin embargo, me inclino a pensar que esto último no va a suceder —dije hablando con toda sinceridad.

—Dame una manzana, Ingrid —solicitó la niña.

—¿Una manzana?

—*Pomme! Apfel!*

Geraldine volvía a sus clases de idiomas. Dejé a las dos entregadas a sus respectivas tareas.

Capítulo 26

Mrs. Rival abrió de un empujón la puerta del Peacock Arms y avanzó de una manera algo vacilante en dirección al mostrador. Iba hablando en voz baja. No era desconocida en aquel local y fue saludada afectuosamente por el camarero.

—¿Qué tal, Flo? ¿Cómo te van las cosas?

—No está bien —respondió Mrs. Rival—. No es justo. No está bien. Yo sé de lo que estoy hablando, Fred, y sostengo que no está bien, no, señor.

—Claro que no, Flo —replicó Fred para que se tranquilizara—. Me gustaría saber qué es concretamente lo que te pasa. ¿Quieres que te sirva lo de siempre?

Mrs. Rival abatió la cabeza. Pagó y comenzó a sorber el líquido del vaso que le acababan de poner delante. Fred se alejó para atender a otro cliente. La bebida reanimó ligeramente a la mujer. Continuaba profiriendo palabras sueltas y frases en voz baja, pero ahora lo hacía con mejor talante. En cuanto el camarero se situó de nuevo a su alcance, volvió a dirigirse a él. Ahora sus maneras resultaban menos bruscas.

—Sin embargo, no pienso seguir adelante con esto. No. Si existe algo que yo no puedo soportar es el engaño. Es que no lo aguanto... No lo he tolerado jamás.

—Eso es verdad, Flo.

Fred, un hombre experto en aquellas lides, examinó a

su clienta con atención. «Lleva encima unos cuantos tragos ya —se dijo—. Me figuro que podrá resistir tan solo un par más. Algo la ha sacado de sus casillas.»

—El engaño... —continuó diciendo Mrs. Rival—. Y luego perju..., perju... Bueno, ya sabes qué palabra quiero pronunciar.

—Claro que lo sé —replicó Fred.

El hombre se volvió para saludar a un conocido. Salió a colación el tema de la mala actuación de varios galgos en las carreras. Mrs. Rival continuaba hablando.

—No me gusta el asunto y no quiero seguir prestándome a nada. Lo diré... La gente no puede tratarme así. No, no pueden. Es decir, no hay derecho a que abusen de una... Y, por otra parte, si una no se defiende, ¿quién va a hacerlo en su lugar? Ponme otro, querido —añadió levantando la voz, mirando a Fred.

El camarero obedeció.

—De ser tú, yo optaría por marcharme a casa ahora mismo —le aconsejó.

Fred se preguntaba qué habría sido lo que había dejado tan trastornada a aquella mujer. Habitualmente se la veía de buen humor. Se mostraba siempre cordial con todo el mundo, siempre dispuesta a la risa.

—Ya ves las cosas que pasan, Fred: me tienen en el saco. Cuando la gente pide que le hagan algo, debería hablar con franqueza. Debería decir qué significado encierra lo que vas a hacer, qué se propone exactamente. Todos mienten. ¡Asquerosos embusteros! ¡Uf!, no puedo soportarlos.

—Lo mejor sería que te fueras a casa —opinó Fred al observar que por la nada tersa superficie de sus mejillas se deslizaba una lágrima—. Piensa también que no tardará en llover. El agua puede estropearte ese bonito sombrero.

En los labios marchitos de Mrs. Rival floreció una sonrisa afectuosa.

—¡Oh! No sé qué hacer, de veras.

—Yo me marcharía a casa a dormir —sugirió el camarero, siempre amable.

—Sí, pero...

—No querrás que se te eche a perder ese sombrero, ¿verdad?

—Eso es muy cierto. Sí, muy cierto... Una observación muy atinada la tuya, Fred.

Mrs. Rival abandonó por fin el taburete y se dirigió con paso vacilante hacia la puerta.

—Algo parece haber afectado profundamente a Flo hoy —comentó uno de los parroquianos.

—Habitualmente está tan alegre como unas castañuelas... Claro que todos tenemos días buenos y días malos —declaró otro de los presentes, un individuo de sombrío gesto.

—Si alguien me hubiera asegurado que Jerry Grainger iba a entrar el quinto en la meta, inmediatamente detrás de Queen Caroline, no lo habría creído —afirmó el que había hablado en primer lugar—. Si me preguntas qué ha pasado, te lo diré con entera franqueza: ahí ha habido tongo. En las carreras, actualmente, no hay nada que vaya como Dios manda. La mayor parte de los caballos se presentan en la pista drogados. ¿He dicho la mayor parte? ¡Todos!

Al llegar a la calle, Mrs. Rival levantó la cabeza y contempló indecisa el firmamento. Sí. Tal vez fuera a llover. Echó a andar por la acera, apretando el paso ligeramente, girando poco después a la izquierda y más adelante a la derecha, para detenerse por último frente a un edificio de fachada más bien sucia.

Al sacar una llave de su bolso y empezar a subir las escaleras que había en el fondo del vestíbulo, Mrs. Rival se detuvo. Alguien se estaba dirigiendo a ella desde el hueco...

—Arriba te espera un caballero.

—¿A mí?

Mrs. Rival daba la sensación de sentirse un tanto sorprendida.

—Puede decirse de él que da la impresión de ser un caballero. No es lord Algernon precisamente, pero va bien vestido y es educado.

En cuanto hubo llegado ante su puerta, Mrs. Rival introdujo la menuda llave en la cerradura.

La casa olía a verduras, a pescado y a eucalipto. Este último olor era casi permanente en aquel vestíbulo. La patrona de Merlina Rival era una mujer que cuidaba sus pulmones en invierno e iniciaba su buena labor al respecto a mediados de septiembre. Merlina abrió por fin la puerta de su piso y entró en él. Luego... se quedó paralizada. Casi inmediatamente dio un paso atrás.

—¡Oh! ¡Es usted!

El detective inspector Hardcastle abandonó la silla en que se hallaba sentado.

—Buenas noches, Mrs. Rival.

—¿Qué desea usted? —inquirió ella, con menos *finesse* de la que habitualmente empleaba.

—He venido a Londres por una cuestión del servicio y, como había un par de cosas acerca de las cuales quería hablar con usted, no se me ha ocurrido nada mejor que visitarla. La..., ¡ejem...!, la mujer con quien me he tropezado en la entrada me ha dicho que no creía que tardara usted mucho en regresar.

—¡Ah! Bien, no comprendo qué...

Hardcastle le señaló una silla.

—Siéntese —sugirió cortésmente.

Daba la impresión de que sus papeles habían sido invertidos. Mrs. Rival, con un movimiento de autómata, tomó asiento, fijando una dura mirada en su interlocutor.

—¿A qué se refieren ese par de cosas? —inquirió.

—Se trata de unos detalles insignificantes en los que he reparado después...

—¿Está usted pensando en... Harry?

—En efecto.

—Entonces escuche... —Mrs. Rival estaba dando a sus palabras un acento de desafío. De ello se dio cuenta enseguida el inspector, que acababa de percibir también el vaho del alcohol que salía de la boca de la mujer—. Estoy harta de Harry... Es algo que data de muchos años atrás. No quiero ni volver a pensar en él. Espontáneamente, me presenté a usted cuando vi la fotografía en los periódicos, ¿no? Le conté todo lo que sabía. Todo eso pasó, ha quedado ya muy atrás. No quiero que nadie me lo recuerde... No puedo decirle más de lo que le he dicho. Le he referido cuanto recordaba y no quiero saber más de ello.

—Se trata de un punto sin importancia, ya se lo he indicado —insistió el inspector afablemente, en tono de excusa.

—Bien. Hable usted. ¿Qué es? —inquirió Mrs. Rival.

—Usted identificó a la víctima del crimen cometido en Wilbraham Crescent, afirmando que era su marido, con el que contrajo matrimonio, verdadero o falso, hace quince años aproximadamente. ¿Es eso cierto?

—Yo imaginaba que a estas alturas usted sabría cuándo sucedió eso exactamente.

«Es más aguda de lo que me figuraba», se dijo Hardcastle.

—Y no se ha equivocado en su suposición. Hemos comprobado tal extremo. Ustedes se casaron el 15 de mayo del año 1948.

—Se asegura que los que contraen matrimonio en el mes de mayo no llegan nunca a conocer la felicidad —explicó Mrs. Rival lúgubremente—. A mí, desde luego, mayo no me trajo suerte.

—A pesar de los años transcurridos desde la última vez que se vieron, usted identificó a su esposo con bastante facilidad.

Mrs. Rival se agitó, algo inquieta.

—No había envejecido mucho. Harry sabía cuidarse.

—Y además pudo usted facilitarnos información adicional. ¿No recuerda haberme escrito hablándome de cierta cicatriz?

—Naturalmente que lo recuerdo. Tenía una cicatriz detrás de la oreja izquierda. Aquí.

Mrs. Rival señaló el lugar exacto llevándose a él la mano derecha.

—¿Detrás de la oreja izquierda? —Hardcastle dio cierto énfasis a esta última palabra.

—Pues... —La mujer parecía dudar ahora—. Sí. Creo que sí. Sí. Estoy segura de ello. Por supuesto, cuando se va deprisa no es difícil citar la parte izquierda por la derecha y viceversa. Pero sí..., fue la izquierda. Aquí. —Mrs. Rival volvió a llevarse la mano al mismo sitio.

—Y esa cicatriz fue lo que quedó de una herida que se produjo su marido afeitándose, ¿no?

—Exacto. El perro saltó sobre él. El mastín que entonces teníamos era muy aficionado a tal género de ejercicios. Harry y el animal eran inseparables cuando mi esposo se encontraba en casa. La navaja se hundió en la carne y le causó una herida bastante profunda. Harry sangró mucho. Acabó por curarse, ni que decir tiene, pero quedó la señal.

Mrs. Rival parecía hablar con más seguridad en esos momentos.

—Es ese un punto muy interesante. A fin de cuentas, un hombre presenta el aspecto que puedan presentar otros muchos. Se piensa en ello, especialmente, cuando han transcurrido muchos años. Ahora bien, hallar a un individuo que se parece mucho a su esposo, que tiene una cicatriz en determinado sitio... Eso zanja todas las vacilaciones que pudiera haber con respecto a la seguridad de la identificación, ¿verdad? Así se da con una base sólida que permite orientar las investigaciones policiales en un sentido u otro.

—Me alegro de que se sienta complacido.

—Y ese accidente de la navaja de afeitar ocurrió..., ¿cuándo?

Mrs. Rival reflexionó unos segundos.

—Debió de ser... Unos seis meses después de nuestra boda, aproximadamente. Sí. Nosotros nos hicimos con el perro aquel verano, recuerdo.

—Es decir, entre los meses de octubre y noviembre de 1948.

—Eso es.

—Y después, en el año 1951, su esposo la dejó...

—Quizá me apartara yo también de él —manifestó Mrs. Rival con dignidad.

—Es igual. El caso es que después de 1951 usted no volvió a ver a su marido... Hasta el día en que descubrió su fotografía en los periódicos, ¿es así?

—Sí. Eso es lo que le dije a usted.

—¿Y no tiene ninguna duda en relación con sus declaraciones, Mrs. Rival?

—En absoluto. Solo volví a ver el rostro de Harry Castleton después de muerto.

—Es raro —murmuró Hardcastle—, muy raro...

—¿Qué es lo que le parece raro? ¿Qué quiere decir?

—El tejido cicatrizal tiene sus peculiaridades. Claro, para usted o para mí una cicatriz es únicamente eso: una cicatriz. No nos dice nada de particular. Pero los médicos son capaces de obtener toda una serie de enseñanzas. Por ejemplo, pueden revelar, aproximadamente, la fecha de su formación.

—No sé adónde quiere usted ir a parar.

—Se trata de esto, sencillamente, Mrs. Rival: de acuerdo con el informe del médico de la policía, confirmado por otro particular al que hemos consultado, la cicatriz que su marido tenía en la oreja databa solamente de cinco a seis años atrás.

—Tonterías. No lo creo. Yo... Nadie puede afirmar tal cosa. De todos modos, no fue entonces cuando...

—¿Se da cuenta? —prosiguió Hardcastle en el mismo tono de voz—. Si la cicatriz data de cinco o seis años atrás, hay que dar por descontado que el hombre que fue su esposo no la tenía en el momento de dejarla a usted, en el año 1951.

—Tal vez tenga usted razón. Pero, sea como sea, era Harry.

—Recuerde que no le vio desde entonces, Mrs. Rival. Y si no le vio, ¿cómo pudo enterarse de la existencia de la cicatriz, resultado de una herida que se había producido cinco o seis años antes?

—Me está usted enredando, inspector. Una no puede acordarse de todos los detalles. La verdad es que Harry tenía esa cicatriz y yo lo sabía.

Hardcastle se puso en pie.

—Será mejor que reflexione sobre el contenido de su declaración, señora. No querrá usted complicarse la vida, ¿verdad?

—¿Complicarme la vida? ¿Qué quiere darme a entender?

Hardcastle pronunció la palabra con desgana:

—Perjurio.

—¿Autora de un delito de perjurio yo?

—Sí. Constituye un delito grave, que podría llevarla a la cárcel, incluso. Porque en su día deberá prestar solemne juramento ante un tribunal. Me gustaría... que se lo pensase usted bien, Mrs. Rival. Es un paso serio el que debe dar. ¿Es que hubo alguna persona que le sugirió que nos contara esa historia de la cicatriz?

Mrs. Rival se irguió. Los ojos le centelleaban. Ofrecía, incluso, un aspecto magnífico.

—Jamás he oído tantas tonterías juntas —repuso—. Esto es absurdo, francamente. Intenté cumplir con mi deber. Impulsada por tal sentimiento, fui en su busca y traté de ayudarle. Le confié cuanto recordaba. Yo creo que, si he cometido alguna equivocación, estoy más que justificada, ¿no? A fin de cuentas he conocido a muchos... amigos, y una confusión así siempre es posible. Con todo, yo me inclino a pensar que estoy en lo cierto. Ese hombre era Harry y Harry tenía una cicatriz detrás de la oreja izquierda. Seguro. Todo lo que he sacado en limpio por su parte, en pago a mi actitud, inspector, ha sido esto: que usted aparezca por mi casa insinuando que he mentido.

El inspector Hardcastle se puso en pie.

—Buenas noches, Mrs. Rival —dijo—. Piénseselo bien.

La mujer levantó la cabeza en un gesto de reto. Hardcastle salió. Nada más marcharse, la expresión del rostro de Mrs. Rival cambió. Su actitud de desafío se había desvanecido como por encanto. Ahora era simplemente una mujer preocupada, asustada.

—Meterme en esto —murmuró—, meterme en este asunto... No pienso seguir así... Por nadie daría la cara. Me ha mentido, me ha engañado... Es monstruoso. Sí. Monstruoso. Se lo diré. No voy a callarme absolutamente nada.

Se puso a pasear de un lado a otro de la habitación, vacilando. Finalmente tomó una decisión. Cogió un paraguas que había en un rincón y dejó el piso.

Llegó hasta el final de la calle y se detuvo sin saber qué hacer frente a una cabina telefónica. Continuó andando. Entró en una estafeta de correos, pidió cambio y se introdujo en una de las cabinas del local. Establecida la comunicación con la central, pidió un número y aguardó unos segundos.

—Hable.

Mrs. Rival obedeció mecánicamente.

—Oiga... ¡Oh! Es usted... Aquí Flo. Sí, ya recuerdo que me dijo que no la llamara, pero es que no tengo más remedio. No se ha portado usted lealmente conmigo. No me hizo saber a qué me exponía. Solo me indicó que para usted supondría una gran contrariedad la identificación de ese hombre. Ni por un instante se me ocurrió pensar que podía verme mezclada en un crimen... Sí, usted lo afirma, pero eso no es lo que me señaló antes... Naturalmente. Ahora pienso que está implicada en el hecho... Se lo advierto; no crea que voy a cargar con culpas ajenas... Ya es algo irregular desempeñar el papel de..., de... cómplice. El caso es que estoy asustada, no lo oculto... ¡Decirme que escribiera contando lo de la cicatriz! Ahora resulta que la cicatriz data solo de unos años atrás. Y aquí me tiene jurando que no, que él ya la tenía cuando me abandonó... Eso es perjurio, un delito grave que puede llevarme a la cárcel. No está nada bien que se haya andado con tantos rodeos... No... Una cosa es servir a alguien, hacerle un favor... Ya lo sé... Ya sé que me paga por ello. De todos modos no es tanto dinero como para... ¡Bien! La escucharé, pero yo no voy a... Conforme, conforme... Guardaré silencio... ¿Qué dice? ¿Cuánto? Eso es mucho dinero. ¿Cómo sé yo que usted lo ha obtenido legalmente...? Sí, por supuesto, eso es distinto. ¿Puede jurarme que no tuvo nada que ver con el hecho? Me refiero al acto de eliminar a una persona... Estoy convencida de que fue así. Naturalmente, lo comprendo... A veces una se junta con cierta gente y va más allá de donde se proponía. No es culpa de una, no... Tiene usted una habilidad tan grande para convencer... Siempre le ha pasado lo mismo... De acuerdo. Considero el asunto terminado, pero lo otro debe ser pronto... ¿Mañana? ¿A qué hora? Sí... Sí... Acudiré a la cita, pero nada de cheques... Me expongo a sufrir una pérdida y... No, no quiero continuar mezclada en esto. Aunque el asunto no tenga nada de particular... Conforme... Ya que usted lo dice... La verdad, no quisiera que me juzgara... De acuerdo, de acuerdo entonces.

Mrs. Rival abandonó la estafeta de correos para avanzar con alguna torpeza por la acera. No se sentía descontenta en aquellos momentos.

Valía la pena arriesgarse un poco con tal de lograr aquella importante suma de dinero. Este le vendría muy bien. Y el peligro no era tan grande, a fin de cuentas. Según las preguntas que le formularan, diría que no se acordaba o que se le había olvidado todo. Son muchas las mujeres incapaces de recordar detalles o sucesos que datan de un año atrás. Si insistían mucho, declararía que había confundido a Harry con otro hombre. ¡Oh! Disponía de centenares de respuestas para salir del paso.

Mrs. Rival era de esas personas volubles. Su ánimo se levantaba con la misma facilidad con que se abatía... Entonces comenzó a pensar seriamente en las cosas que iba a comprarse con aquel dinero...

Capítulo 27

Narración de Colin Lamb

—No parece haberle sacado usted mucho a Mrs. Ramsay —dijo quejoso el coronel Beck.

—Tampoco tenía mucho que declarar.

—¿Está seguro de eso?

—Sí.

—¿No la juzga un elemento activo?

—No.

Beck escrutó mi rostro.

—¿Satisfecho? —inquirió.

—En realidad, no.

—¿Esperaba obtener conclusiones más positivas?

—Las formuladas no llenan ciertos huecos.

—Tendremos que dirigir nuestras investigaciones en otro sentido... Tendremos que renunciar a las calles en forma de media luna, ¿no?

—Sí.

—¿Qué le ocurre? No se expresa usted más que con monosílabos. ¿Se siente molesto, descontento?

—No soy eficiente en este trabajo —repliqué hablando lentamente.

—¿Quiere que le dé unas palmaditas en el hombro y le diga: «Vamos, vamos»?

A pesar de mi desgana me eché a reír.

—Eso está mejor —comentó Beck—. Bueno, ¿qué es lo que pasa? Supongo que hay faldas de por medio.

Negué con la cabeza.

—Eso viene de atrás, coronel.

—En realidad ya lo había advertido —declaró Beck inesperadamente—. La confusión más absoluta impera en el mundo en la actualidad. No se ven claras, ni mucho menos, las salidas a los conflictos planteados. Cuando el desánimo se apodera de uno, hay que considerarlo todo o casi todo perdido. El hombre, en esta etapa de su vida, pierde su utilidad. La verdad es que usted ha trabajado primorosamente, muchacho. Dese por contento con ello. Vuelva cuanto antes a sus condenados bichejos. —El coronel Beck hizo una pausa para añadir—: ¿Le gustan de veras esas cosas?

—Para mí constituyen una ocupación apasionante.

—A mí se me antojarían repulsivas. ¡Qué espléndidas variantes nos presenta la naturaleza en lo tocante a sus criaturas! Me refiero a los gustos de cada uno. ¿Qué tal van las indagaciones relativas al crimen de Wilbraham Crescent? Apuesto lo que quiera a que la chica fue la autora.

—Está usted en un error —respondí. Beck extendió un brazo, señalándome.

—He aquí lo que le digo yo, Lamb: «Esté preparado». Y no en el sentido que los exploradores dan a esta frase.

Bajé por Charing Cross Road absorto en mis pensamientos. A la entrada del metro compré un periódico. Por una información me enteré de que el día anterior, en Victoria Station, precisamente a la hora de mayor aglomeración, una mujer había caído desvanecida al suelo. Fue recogida enseguida y conducida a un hospital. Al llegar al establecimiento se descubrió que acababa de ser apuñalada. La mujer había muerto sin recobrar el conocimiento.

La desconocida se llamaba Merlina Rival.

Telefoneé a Hardcastle.

—Sí —dijo en respuesta a mis preguntas—. Todo pasó tal como ha contado la prensa.

Aprecié un deje de amargura y dureza en sus palabras.

—Fui a verla anteanoche. Le advertí que su historia acerca de la cicatriz presentaba grandes fallos. Le notifiqué que el examen había hecho pensar a los médicos en una herida relativamente reciente. Es curioso ver con qué facilidad cometen las personas equivocaciones garrafales. Siempre por el afán de rematar la obra de manera que esta no ofrezca ningún punto débil. Alguien pagó a Mrs. Rival para que identificara el cadáver. Le dieron instrucciones para que declarara que el hombre muerto en Wilbraham Crescent era su marido, que la había abandonado años atrás. Actuó perfectamente. Yo creí su historia en su totalidad. Luego, quienquiera que fuera se pasó de listo. Si ella se acordaba de aquella cicatriz sin importancia como un recuerdo sobrevenido, daba el carpetazo definitivo al asunto de la identificación, pues suponía una prueba convincente. Si hubiese mencionado ese detalle en el transcurso de nuestra entrevista, todo habría parecido demasiado fácil, amañado, quizá.

—En consecuencia, Merlina Rival andaba mezclada en este feo asunto, ¿no?

—Te diré algo. Yo lo pongo en duda. Supón que un viejo amigo va en su busca y le dice: «Estoy en un apuro, chica. Un individuo con el que llevé a cabo algunos negocios ha sido asesinado. Si la policía lo identifica, todos nuestros asuntos se vendrán abajo, provocando una catástrofe. En cambio, si tú apareces en escena asegurando que era tu marido, Harry Castleton, quien te abandonó hace años, el caso quedará zanjado».

—Pero lo más probable es que Merlina Rival no se prestara al juego, estimándolo excesivamente peligroso.

—El otro le objetaría entonces: «¿Dónde está el peligro?

En el peor de los casos, resultará que has cometido un error, simplemente. A los quince años de separación, ¿cuál es la mujer que no está expuesta a algo así?». Seguramente, en este punto de la conversación el instigador mencionaría una bonita suma de dinero. Finalmente, ella accede, decidida a ser una buena amiga.

—¿Sin la menor desconfianza?

—Merlina Rival no era una mujer desconfiada. ¡Santo Dios! Mira, Colin, cada vez que capturamos a un asesino pasa lo mismo... Existen siempre muchas personas que lo conocen. Pues bien, no hay una sola que no se muestre extrañada, profundamente extrañada de su acción. Hay quien va más lejos y no quiere creerlo, hasta el instante de enfrentarse con pruebas tangibles.

—¿Qué sucedió cuando fuiste a verla?

—La asusté. Y después de irme obró como yo había esperado que obrara: intentó establecer contacto con el hombre, o la mujer, que la metió en esto. Por supuesto, ordené que la vigilaran. Se acercó a una estafeta de correos e hizo una llamada desde una cabina telefónica. Desgraciadamente, no fue la que yo había esperado que utilizara, al final de su calle. Tuvo que buscar cambio. Al abandonar la cabina daba la impresión de estar muy satisfecha. Continuó bajo observación, pero nada de interés ocurrió hasta ayer noche. Fue a Victoria Station y sacó un billete para Crowdean. Pero el astuto diablo que movía los hilos del drama se le había adelantado. Eran las seis y media, hora punta. Ella avanzaba desprevenida. Probablemente estaría pensando en cómo se desarrollaría la entrevista que iba a celebrar con alguien en Crowdean. Y luego... Nada más fácil entre un grupo apretado de hombres y mujeres que sacar una navaja y clavarla... Merlina Rival, tal vez, no se dio cuenta inmediatamente de que acababa de ser apuñalada. ¿Te acuerdas del caso de Barton cuando el robo de la banda de los Levitti? Recorrió toda la acera de la calle antes de derrumbarse muerto. No había notado más que cierto dolor progresivo... A veces le pasan a uno estas cosas y después la molestia se esfuma con la misma rapidez con que llegó. Al menos se espera siempre que ocurra esto. Merlina Rival, al igual que Barton, seguía en pie, pero ya estaba muerta... ¡Maldita sea! —exclamó Hardcastle para terminar su discurso.

—¿Habéis realizado nuevas indagaciones?

Tenía que hacerle esta pregunta. No pude contenerme. Su réplica no se hizo esperar.

—Miss Pebmarsh estuvo en Londres ayer. Hizo algunas gestiones por cuenta del instituto en que trabaja y regresó a Crowdean en el tren de las siete cuarenta. —Hardcastle guardó silencio, para añadir luego—: Miss Sheila Webb se llevó consigo un manuscrito que tenía que comprobar con un escritor extranjero que se hallaba de paso en Londres, camino de Nueva York. Abandonó el hotel Ritz a las cinco y media, aproximadamente, y se metió en un cine, sola, antes de emprender el regreso.

—Escúchame, Hardcastle —dije—. Tengo algo para ti... Garantizado por un testigo presencial. El día nueve de septiembre se detuvo ante el número 19 de Wilbraham Crescent, a la una treinta y cinco, la furgoneta de una lavandería. El hombre que conducía ese vehículo dejó un gran cesto en la puerta trasera de la casa. Hay que destacar el tamaño exageradamente grande del cesto.

—¿Una lavandería? ¿Cuál?

—La Snowflake Laundry. ¿La conoces?

—No, desde luego. Todos los días nacen y mueren negocios de esta clase. El nombre es corriente y hasta apropiado para una empresa de este tipo.

—Bueno... Haz las averiguaciones oportunas. Yo te lo he dicho: un hombre conducía el vehículo; fue el mismo hombre quien llevó el cesto hasta la puerta posterior de la vivienda... ¿Me has entendido bien?

—¿Pretendes darle a esto un nuevo giro, Colin?

—No. Ya te he indicado que hay por medio un testigo. Haz las comprobaciones oportunas, Dick. Aprovecha esa pista.

Colgué para no darle tiempo a asaetearme a preguntas.

Una vez hube abandonado la cabina telefónica, consulté mi reloj de pulsera. Tenía muchas cosas que hacer... y deseaba estar fuera del alcance de Hardcastle mientras tanto. Entre otras, debía arreglar mi futuro...

Capítulo 28

Narración de Colin Lamb

Llegué a Crowdean a las doce de la noche, cinco días más tarde. Me fui enseguida al Clarendon, pedí una habitación y me acosté. Me hallaba cansado de la noche anterior y dormí más de la cuenta. Desperté a las diez menos cuarto.

Pedí que me sirvieran una taza de café, una tostada y también solicité que me trajeran el periódico. Lo recibí junto a una nota dirigida a mí con unas palabras escritas a mano en el ángulo superior izquierdo.

Examiné la nota, con cierta sorpresa. No la esperaba. El papel era grueso, de los caros. Después de darle vueltas y más vueltas, desdoblé la cuartilla.

Dentro, alguien había escrito con letras grandes estas palabras:

Hotel Curlew, 11:30
Habitación 413 (Llamar tres veces)

Miré aquel papel desde distintos ángulos... ¿Qué significado tenía?

Me fijé especialmente en el número de la habitación: el 413. Las 4:13 marcaban las manecillas de los relojes misteriosos. ¿Una coincidencia? Quizá, quizá no...

Pensé llamar por teléfono al hotel Curlew. Luego pensé ponerme en comunicación con Dick Hardcastle. Más adelante decidí no hacer ninguna de ambas cosas.

Me había espabilado. Me levanté y, después de haberme afeitado, lavado y vestido, salía del Clarendon para dirigirme al hotel Curlew, adonde llegué a la hora fijada en la nota.

La temporada de verano había llegado a su fin. Aquel establecimiento no albergaba demasiados huéspedes aquellos días.

No pregunté en recepción. Tomé el ascensor para subir al cuarto piso y busqué por el pasillo la habitación 413. Vacilé unos segundos. A continuación, y convencido de que me estaba conduciendo como un necio, di tres golpes en la puerta...

Una voz contestó:

—Entre.

La puerta no había sido cerrada con llave. La abrí y me quedé paralizado a causa del asombro.

Jamás hubiera esperado encontrar allí al hombre que mis ojos estaban contemplando.

Hércules Poirot me miró, divertido.

—*Une petite surprise, n'est-ce pas?* —dijo—. Confío en que, pese a todo, agradable.

—Poirot, viejo zorro, ¿cómo ha llegado usted hasta aquí?

—En un vehículo bastante confortable.

—Pero ¿qué hace en este hotel?

—Ha sido un fastidio, créame. Insistieron en que debía proceder a decorar de nuevo mi apartamento. Figúrese mi apuro. ¿Qué podía hacer yo? ¿Adónde encaminarme?

—Hay muchos sitios adonde ir —repuse con frialdad.

—Probablemente tiene usted razón, pero mi médico me indicó que el aire de mar no me perjudicaría.

—¿Qué clase de médico es el suyo? ¿Uno de esos tipos que se enteran reservadamente de cuál es el sitio que desearía visitar su paciente para aconsejárselo más tarde? ¿Fue usted quien me envió esto?

Le enseñé la nota que había recibido en el Clarendon.

—Naturalmente. ¿Qué otra persona podía haber sido?

—¿Es una coincidencia que tenga usted una habitación cuyo número es el 413?

—No, no es una coincidencia. La pedí yo.

—¿Por qué razón?

Poirot inclinó la cabeza a un lado guiñándome el ojo.

—Me pareció muy apropiado.

—¿Y lo de llamar tres veces?

—No pude resistir esa tentación. Solo hubiera podido mejorar esto uniendo a la nota una ramita de romero.[1] Pensé también en provocarme un corte en el dedo y marcar la puerta con una huella dactilar impresa con sangre, pero ¡bueno ya era suficiente, amigo mío! Tampoco quería, por otro lado, tener una herida infectada.

—Supongo que esto es la segunda infancia —observé—. Esta tarde le compraré un balón y un conejito lanudo.

—No ha celebrado la sorpresa que le he preparado. No se ha alegrado en lo más mínimo al verme.

—Pero ¿es que esperaba de mí tal reacción?

—*Pourquoi pas?* Vamos, hablemos en serio después de este rato de broma. Confío en poder ayudar a la policía en su labor. He estado hablando con el jefe de policía, quien ha sido extraordinariamente amable conmigo, y en este momento aguardo la visita de su amigo el detective inspector Hardcastle.

—¿Y qué piensa usted decirle?

—Tengo la impresión de que los tres vamos a sostener una sustanciosa charla.

Le miré y me eché a reír. Mi interlocutor denominaría charla a lo que se avecinaba, pero yo sabía perfectamente quién iba a llevar todo el peso de la conversación: ¡Hércules Poirot!

1. «Romero», en inglés, es *rosemary*, esto es, uno de los nombres de Sheila Webb, como ya se sabe. *(N. del T.)*

Hardcastle llegó por fin. Llevé a cabo las presentaciones y los dos hombres cruzaron las educadas palabras de costumbre. Nos habíamos instalado cómodamente. Dick miraba de vez en cuando a Poirot a hurtadillas, con la expresión que adopta un visitante del parque zoológico cuando estudia una nueva y sorprendente adquisición.

¡Dudo que hubiera visto antes de aquel momento un ejemplar como Hércules Poirot!

Finalmente, Hardcastle se aclaró la voz y dijo:

—Supongo, monsieur Poirot, que usted desea tener una visión de conjunto del caso, ¿no es así? —El inspector vaciló—. Estimo que no será fácil... Mi jefe me ha dado instrucciones en el sentido de que haga cuanto esté a mi alcance por usted. Pero advertirá que existen dificultades, preguntas que deben ser formuladas, objeciones... Sin embargo, ya que ha venido aquí especialmente...

Poirot interrumpió a mi amigo Dick, no sin cierta frialdad:

—Me encuentro aquí porque mi apartamento de Londres está siendo en la actualidad reformado y decorado de nuevo.

Dejé oír una risita y Poirot me dirigió una mirada de reproche.

—Monsieur Poirot no necesita ir a ver lo que sea por sí mismo. Mantiene que la investigación puede llevarse a cabo desde una butaca. Pero esto no es cierto del todo, ¿verdad, Poirot? De lo contrario no se encontraría aquí.

El belga replicó dignamente:

—Yo dije que no era necesario que el sabueso fuese de acá para allá rastreando la pista. No obstante, debo admitir que el perro es imprescindible. Un perro traedor, cobrador. Un buen animal de esta clase.

Se volvió hacia el inspector, retorciéndose con un gesto de satisfacción una punta del bigote.

—Permítame que le diga que a mí no me sucede lo que a todos los ingleses, que viven obsesionados con los perros.

Personalmente, puedo prescindir de ellos. En cambio, acepto buena parte de su ideario con respecto a dichos animales. El hombre ama y respeta a su perro. Ante sus amigos elogia a su silencioso compañero, destacando su inteligencia y sagacidad. Ahora imagínense esta situación a la inversa. El perro quiere a su amo. Se siente, asimismo, orgulloso de él, pregonando su sagacidad e inteligencia. Complacido en cuanto apetece, se desvivirá a su vez por complacer, por mimar a su dueño. El hombre es capaz de violentarse, de contrariar su gusto por el descanso en un momento dado, echándose a la calle solo porque sabe que a su perro le agradan los paseos; el animal, en justa correspondencia, se esforzará por proporcionar al amo lo que ansía con las limitaciones inherentes a su naturaleza.

»Algo semejante ocurre con mi joven y amable amigo Colin. Vino a verme, no para pedirme ayuda, para que colaborara con él en la solución de un problema... Colin confiaba en que podría solucionarlo por sí mismo y no se equivocaba. No. Sabía que estaba desocupado y solo, y quiso proporcionarme algo que iba a interesarme, que yo estudiaría inevitablemente, que me proporcionaría trabajo, una labor agradable. Me desafió. Le he dicho muy a menudo que es posible solucionar un caso policíaco sin abandonar el butacón de nuestro despacho o sala de estar. Se lo he dicho tantas veces que no quiso desaprovechar esta oportunidad que el azar le deparaba de probarme lo contrario. La verdad es que ha obrado con cierta malicia. De todos modos, aspiraba a demostrar que lo que yo sostengo no es fácil. *Mais oui, mon ami...* ¡Eso es cierto! Ha querido burlarse de mí, ¿eh? No se lo reprocho. Me limitaré a decir que lo que pasa aquí es que aún no conoce usted suficientemente bien a su amigo Hércules Poirot.

Poirot se irguió en su asiento, retorciéndose una vez más las puntas del bigote. Yo le dirigí una afectuosa mirada.

—De acuerdo entonces. Denos la solución del problema, si es que la sabe.

—¡Por supuesto que la sé!

Hardcastle le miró, incrédulo.

—¿Dice usted que sabe quién fue la persona que mató al hombre hallado en el número 19 de Wilbraham Crescent?

—Naturalmente.

—¿Y quién mató a Edna Brent?

—Sin duda.

—¿Y también conoce la identidad del asesinado Mr. Curry?

—Sé quién debe ser.

La expresión de duda en la faz de Hardcastle no podía resultar más elocuente. Su actitud continuaba siendo cortés, pero el tono con que habló delataba su escepticismo.

—Perdóneme, monsieur Poirot... Ha dicho que sabe quién es el autor de esos tres crímenes. ¿Conoce el porqué?

—Sí.

—¿Ha solucionado por completo el caso?

—Pues... no, en realidad, no todavía.

—Lo que usted ha querido dar a entender es que ha tenido una corazonada —dije yo, poco atento.

—No pienso reñir con usted por una palabra más o menos, *mon cher* Colin. Todo lo que afirmo es: ¡lo sé todo!

Hardcastle suspiró.

—Compréndalo, monsieur Poirot... Nosotros debemos disponer de pruebas.

—Obviamente. Ahora bien, con los recursos que tiene usted al alcance de la mano no le costará mucho trabajo lograrlas.

—No estoy yo muy seguro acerca de eso.

—Vamos, vamos, inspector. El hecho de saber, de saber realmente, ¿no constituye el primer paso? ¿No puede usted arrancar de ahí?

—Eso no siempre es posible —opuso Hardcastle con otro suspiro—. Andan por el mundo, en libertad, hombres que deberían estar cumpliendo condena. Ellos lo saben perfectamente y nosotros también.

—Esos individuos, hay que reconocerlo, constituyen la excepción. No son...

Interrumpí a Poirot:

—Conforme, conforme. Usted está al tanto de todo... ¡Pónganos al corriente a nosotros!

—Me doy cuenta de que continúa usted mostrándose escéptico. Pero antes de nada permítame que le diga esto: estar seguro de una cosa significa que al alcanzar la solución exacta del problema cada pieza del puzle encaja en su sitio con exactitud. Entonces uno advierte que los hechos no han podido ocurrir de otra manera.

—¡Por el amor de Dios, Poirot! Vaya al grano de una vez. Le doy mi conformidad por anticipado a todas las consideraciones que le sugiera el tema.

Poirot se arrellanó en su butaca y se adelantó hacia el inspector para volver a llenar su vaso.

—Deben comprender algo, *mes amis*: para solucionar cualquier problema hay que empezar por disponer de los hechos. Para eso uno necesita del perro, el perro traedor o cobrador, el cual recoge las piezas, una por una, y las deposita a...

—... a los pies del amo —concluí—. Sí, señor. Admitido.

—No se puede resolver un caso desde un butacón valiéndose únicamente de las informaciones aportadas por los periódicos. Los hechos, para empezar, deben ser exactos, y la prensa se preocupa poco de la exactitud. Los periodistas suelen, por ejemplo, referir algo que sucedió a las cuatro y cuarto redondeando la hora; nos cuentan que un hombre tenía una hermana llamada Elisabeth y luego resulta que no se trataba de una hermana sino de una cuñada, llamada, por cierto, Alexandra... Así sucesivamente. Pero en Colin yo tengo un perro de notables habilidades, habilidades que, he de decirlo, le han llevado lejos en su carrera. Colin ha tenido siempre una memoria magnífica. Es capaz de repetir conversaciones oídas por él varios días más tarde. Detalla con precisión también, sin florituras ni adornos, sin versiones personales, esto es, de una manera distinta a lo que hacemos los demás, determinados pareceres en permanente vigencia. Jamás dirá, es otro ejemplo: «A las once y veinte entregaron el correo», en lugar de describir lo que pasó de verdad, dejando de mencionar una llamada a la puerta y la subsiguiente entrada en la habitación de cualquiera con un puñado de cartas en la mano. Todo esto es sumamente importante. Equivale a afirmar que él oyó lo que yo hubiera oído de haber estado presente, que él vio lo que yo hubiera visto también...

—Únicamente que el desventurado perro es incapaz de efectuar algunas interesantes deducciones...

—De modo que, hasta donde es posible, yo dispongo de los hechos. Me encuentro ya inmerso en el escenario del drama. Lo que más me sorprendió del caso cuando Colin me puso al corriente fue su carácter fantástico. Cuatro relojes, todos ellos marcando una hora de adelanto sobre la normal, los cuales fueron introducidos en una casa sin conocimiento de su propietaria. Al menos, eso fue lo que ella dijo. No olvidemos que no hay que admitir nada, nos digan lo que nos digan, hasta que quede comprobado.

—Los dos pensamos lo mismo —contestó Hardcastle haciendo un gesto de aprobación.

—En el suelo yace un hombre muerto, un hombre de cierta edad, de aspecto respetable. Nadie sabe quién es (de nuevo, eso es lo que se nos dice). En uno de los bolsillos de su traje se encuentra una tarjeta en la que hay impreso un nombre, R. H. Curry, y una dirección: 7, Denvers Street. Al parecer pertenece a la plantilla de la Metropolis Insurance Company. Pero tal entidad no existe. No hay tampoco ninguna calle como la citada ni el tal Mr. Curry. He aquí una prueba negativa, pero prueba al fin y al cabo. Sigamos...

Aparentemente se produce a las dos menos diez una llamada telefónica a una agencia de secretarias. Una señorita llamada Millicent Pebmarsh requiere los servicios de una taquimecanógrafa. Pide que le sea enviada a las tres, al número 19 de Wilbraham Crescent. Se interesa especialmente por miss Sheila Webb. La joven llega a la dirección referida minutos antes de las tres. De acuerdo con las instrucciones recibidas, entra en la sala de estar de la vivienda, donde descubre el cadáver de un hombre. Asustada, sale de la casa gritando y se precipita en los brazos de un caballero.

Poirot hizo una pausa, fijando su mirada en mí.

—Entra en escena nuestro joven héroe —apunté.

—Ya ve —señaló a su vez Poirot—. Ni siquiera usted puede evitar el tono melodramático cuando se alude a esa escena. La historia, efectivamente, es un melodrama. Nos enfrentamos con un cuento fantástico, irreal. Es un asunto que encajaría perfectamente en cualquiera de las obras de determinados escritores: Garry Gregson, por ejemplo. He de advertir que, antes de la llegada de mi joven amigo, había iniciado un estudio de la labor literaria realizada por escritores de novelas de emoción e intriga que más han destacado en los últimos sesenta años. Algo interesante, de veras. Uno se inclina a considerar los crímenes reales a la luz de la ficción artística. Es decir, si yo observo que un perro no ha ladrado cuando debía haberlo hecho, me digo: «¡Ah! Un crimen estilo Sherlock Holmes». De igual manera, si el cadáver es hallado en una habitación sellada, exclamo, naturalmente: «¡Ah! Un caso típico de Dickson Carr». Luego, ahí está mi amiga Mrs. Oliver. Si viera que... Pero ya no voy a decir más al respecto.

»¿Me han comprendido? He aquí el planteamiento de un crimen en circunstancias tan improbables que enseguida se piensa: «Este libro no refleja la vida. Cuanto en él sucede es irreal». ¡Ah! Pero aquí no cabe semejante consideración, pues la historia es real y bien real. Ha sucedido. Esto invita a la meditación, ¿no?

Hardcastle no hubiera planteado las cosas de aquella manera, pero estaba conforme con la idea general, por lo que asintió enérgicamente. Poirot prosiguió diciendo:

—Es lo contrario al pensamiento de Chesterton: «¿Dónde esconderías una hoja?». En un bosque. «¿Dónde esconderías un guijarro?» En una playa. Hay aquí exceso, fantasía, melodrama. Cuando yo me pregunto, imitando a Chesterton: «¿Dónde ocultaría una mujer de mediana edad su belleza en declive?», no me contesto: «Entre otros rostros parecidos». No. En absoluto. La esconde bajo una espesa capa de maquillaje, bajo una máscara de *rouge* y polvos, entre hermosas pieles, entre joyas que rodean su cuello y le cuelgan de las orejas. ¿Me comprenden?

—Pues... —empezó a decir el inspector, queriendo disimular su desorientación.

—Ya verá lo que pasa: la gente se dedicará a contemplar las pieles y las joyas, la *coiffure* y la *haute couture*, gracias a lo cual no observarán a la mujer en sí... En consecuencia, me dije, y le dije también a mi amigo Colin: «En vista de que este crimen presenta tan fantásticos adornos con objeto de distraer la atención de uno, debe ser forzosamente simple». ¿Fue así, Colin?

—En efecto. Ahora bien, todavía estoy esperando a que me demuestre que no se ha equivocado.

—Tiene que continuar aguardando, Colin. Así pues, dejamos a un lado los «adornos» del crimen y fijamos nuestra atención en los puntos esenciales. Un hombre ha sido asesinado. ¿Por qué ha sido asesinado? ¿Y quién es? La respuesta a la primera pregunta dependerá evidentemente de la que se dé a la segunda. Y en tanto no se obtengan las dos contestaciones es imposible seguir adelante. El individuo podría ser un chantajista, un timador de esos que operan granjeándose primero la confianza de su víctima, o el esposo de una mujer que se creyera en peligro o perjudicada por la existencia de su marido. Ese hombre podría haber sido una docena de cosas más. Conforme voy conociendo detalles, me inclino más a pensar como los demás que la víctima era una persona corriente, acomodada, respetable. Repentinamente pienso: «¿Y tú sostienes que este tiene que ser un crimen de estructura muy simple?». De acuerdo. Dejemos que ese hombre sea exactamente lo que parece: un individuo acomodado, respetable, entrado en años. —Poirot miró al inspector—: ¿Me entiende?

—Pues... —repitió Hardcastle.

—Aquí tenemos, por consiguiente, a un hombre de edad y aspecto agradable, corriente, cuya desaparición es necesaria para alguien. ¿Para quién? En este punto, por fin, podemos estrechar el panorama demasiado dilatado que hemos estado contemplando. Se conocen ciertas cosas y personas. Se sabe de miss Pebmarsh y de sus hábitos; no es un secreto la existencia del Cavendish Secretarial Bureau; hay una chica, llamada Sheila Webb, que trabaja en esa firma... Por eso le digo a mi amigo Colin: «Los vecinos». Converse con los vecinos. Averigüe cuanto pueda acerca de ellos. Explore en sus historias respectivas.

»Y, sobre todo, procure charlar con todos, aprovechando el menor pretexto. La conversación normal no es solo una serie de respuestas a determinadas preguntas... Durante el diálogo se le escapan a uno minucias. La gente se mantiene en guardia cuando la conversación es trascendente, peligrosa. En la charla de circunstancias el espíritu se relaja; todos sucumben al alivio de decir la verdad, que no exige esfuerzos, concentración. Hablar sinceramente cuesta mucho menos trabajo que mentir. En ocasiones, una palabra, un concepto espontáneo, es más revelador que un largo discurso.

—He ahí una colección de consideraciones admirablemente expuestas —intervine—. Desgraciadamente, en este caso no son aplicables.

—Sí, *mon cher*, sí. Precisamente hay una breve frase de inestimable valor, a la cual iba a referirme enseguida.

—¿Cuál? —pregunté—. ¿Quién la dijo? ¿Cuándo?

—A su tiempo, *mon cher*, a su tiempo.

—¿Decía usted, monsieur Poirot? —inquirió cortésmente Hardcastle.

—Tracemos un círculo en torno al número 19. Cualquiera de las personas que caen dentro de él puede ser la autora del asesinato de Mr. Curry. Citémoslas: Mrs. Hemming, los Bland, los McNaughton, Mrs. Waterhouse. Más importante todavía: todas ellas ocupan una posición clara. Miss Pebmarsh pudo haber matado a Mr. Curry antes de salir de su casa, a la una y treinta y cinco, aproximadamente; miss Webb pudo haber tomado las medidas necesarias para que su encuentro con la víctima tuviese lugar allí, atacando al hombre antes de abandonar la vivienda para dar la voz de alarma...

—¡Ah! Ahora, monsieur Poirot, ya va usted al grano.

Poirot hizo como si no hubiera oído las palabras del inspector, dando media vuelta para enfrentarse conmigo.

—Y, por supuesto, hay que pensar en usted, mi querido amigo Colin. Usted también ocupa un puesto en este planteamiento. ¿No buscaba un número alto precisamente por la parte en que se hallan los bajos?

—Está bien —repuse indignado—. Veamos qué se le ocurre a continuación. ¡Y pese a todo yo le sirvo el asunto en bandeja!

—Los asesinos son orgullosos, engreídos, a veces —señaló Poirot—. Existía la posibilidad de que usted hubiera querido divertirse un poco... a mi costa.

—Si sigue hablando así me convencerá —contesté. Comenzaba a sentirme molesto.

Poirot se volvió hacia el inspector Hardcastle.

—Pues sí... En esencia fue eso: me dije que aquel tenía que ser un crimen muy simple. La presencia de los relojes, fuera de propósito; la hora de adelanto que marcaban las manecillas; las estudiadas circunstancias que condujeron al descubrimiento del cadáver... Eso había que dejarlo a un lado, de momento. Eran cosas, según se dice en su inmortal *Alicia*, como «zapatos y barcos, lacre, verduras y reyes». Punto vital: un hombre de cierta edad y aspecto corriente ha desaparecido del mundo de los vivos porque estorbaba a alguien. De conocer la identidad del hombre asesinado, hubiéramos señalado casi inmediatamente a su probable verdugo. De haber sido un individuo conocido por su afición al chantaje, habríamos buscado al que podía ser su víctima; de haber sido un detective, hubiéramos procurado descubrir a alguien en posesión de un secreto criminal; de haber sido un sujeto acaudalado, habríamos investigado entre sus herederos... Ahora bien, no sabiendo quién es el finado, poco es lo que puede hacerse. Entonces, entre el que tiene una razón para matar y nosotros se levanta una valla casi insalvable.

»Dejando a un lado a miss Pebmarsh y a Sheila Webb, ¿qué personas pueden no ser lo que aparentan? La respuesta a tal pregunta es desconcertante. Si exceptuamos a Mr. Ramsay, ¿quién no es lo que aparenta ser? —Poirot me miró inquisitivamente y asentí—. A primera vista no hay engaño en los demás... Bland es un maestro de obras bien conocido en la localidad. Mr. McNaughton había estado desempeñando una cátedra en Cambridge; Mrs. Hemming es viuda de un subastador; los Waterhouse son gente respetable que reside en Wilbraham Crescent desde hace bastante tiempo. Volvemos, pues, a Mr. Curry. ¿De dónde procede? ¿Quién le llevó a la casa número 19? Y aquí surge una valiosísima observación o comentario formulado por una de las vecinas: Mrs. Hemming. Al decírsele que el hombre asesinado no vivía en el número 19, exclama: «¡Ah, ya comprendo! Vino aquí para ser asesinado. ¡Qué raro!». Esa mujer apunta directamente al corazón del problema.

He ahí algo que suele pasar con los seres que se hallan demasiado concentrados en sus propios pensamientos para prestar su atención a las manifestaciones de los demás. Ella resumió así el crimen: Mr. Curry fue al número 19 de Wilbraham Crescent para ser asesinado. ¡Más sencillo no puede ser!

—Esta observación me produjo alguna sorpresa a mí también —murmuré.

Poirot continuó hablando, sin escuchar mis palabras:

—... «Ven y morirás.» Mr. Curry fue... y pereció asesinado. Pero ahí no acaba la cosa. Era importante que no resultase identificado. No llevaba encima cartera ni papel alguno. Las etiquetas de su sastrería le habían sido arrancadas. Sin embargo, eso no bastaría. La tarjeta que le presenta como un tal Curry, agente de seguros, representaría solamente una medida temporal. Si la identidad del hombre tenía que ser ocultada permanentemente, había que darle una falsa. Yo estaba convencido de que antes o después aparecería alguien reconociéndole: un hermano, una hermana, la esposa... Apareció la esposa. Mrs. Rival. Este apellido inducía ya a la desconfianza. Hay una población en Somerset, cerca de la cual he estado en una ocasión, con motivo de la visita que hice a unos amigos... Se llama Curry Rival... Inconscientemente, habían sido escogidos estos dos nombres: Mr. Curry, Mrs. Rival.

»Hasta ahora se ve el hilo de la trama. Pero lo que más me desconcertó fue la confianza del asesino en que no se produciría una identificación real. En caso de que la víctima no tuviera familia siempre hay de por medio patronas, criados, socios. Esto me condujo a la siguiente suposición: ese hombre no iba a ser echado de menos. Otra suposición más: el hombre en cuestión no era inglés y se hallaba de paso en este país. Esto quedaría abonado por el hecho de que el trabajo de prótesis dental estudiado en el cadáver no se encontrara registrado en ninguna clínica o consulta particular de por aquí.

»Me han procurado ya un cuadro borroso de la víctima y del asesino. Nada más que eso. El crimen ha sido inteligentemente planeado y llevado a cabo... Pero ahora surgía un detalle de mala suerte, ese que jamás logran prever las mentes criminales.

—¿Cuál? —inquirió Hardcastle.

Inesperadamente, Poirot echó la cabeza hacia atrás, recitando en tono dramático:

Por falta de un clavo se perdió la herradura,
por falta de una herradura se perdió el caballo,
por falta de un caballo se perdió la batalla,
por falta de una batalla se perdió el Reino.
Y todo por la falta de un clavo de herradura.

Hércules Poirot se inclinó hacia delante.

—Muchas eran las personas que podían haber asesinado a Mr. Curry. Solo en cambio, una pudo haber matado o tenido una razón para matar a la joven Edna Brent.

Hardcastle y yo éramos todo oídos.

—Estudiemos el Cavendish Secretarial Bureau. Trabajan en él ocho chicas. El nueve de septiembre, cuatro de las muchachas habían salido para atender a unos clientes de la firma. Como los domicilios de estas quedaban a cierta distancia del Bureau, la comida de las jóvenes corría a su cargo. Eran las cuatro que normalmente cogen el primer turno de la comida del mediodía, doce y media a una y media. Las restantes, Sheila Webb, Edna Brent, Janet y Maureen, toman el segundo turno, de una y media a dos y media. Pero aquel día Edna Brent sufre un accidente a los pocos minutos de abandonar la oficina. Se le rompe el tacón de un zapato en una rejilla del pavimento. No puede andar así por la calle. En consecuencia, compra unos bollos y vuelve al trabajo.

Poirot señaló alternativamente con el dedo.

—Se nos ha dicho que Edna Brent anda preocupada por algo. Hace cuanto está en su mano para ver a Sheila fuera de la oficina, pero no lo consigue. Se ha supuesto que se trataba de algo que atañía a su compañera, pero no hay pruebas de ello. Existía la posibilidad de que deseara consultarle sobre un detalle que no comprendiera... Lo que sí estaba fuera de toda duda era que quería hablar con Sheila fuera de la oficina.

»Sus palabras al agente después de la vista judicial son la única pista para llegar al conocimiento de lo que la atormentaba. La chica dijo algo parecido a esto: «No me explico cómo puede ser cierto lo que ella declaró». Tres mujeres prestaron declaración aquella mañana. Edna podía referirse a miss Pebmarsh. O, como se ha venido suponiendo, a Sheila Webb. Aún existe una tercera posibilidad: pudo haberse referido a miss Martindale.

—¿A miss Martindale? ¡Si su declaración duró tan solo unos minutos!

—Exacto. No tuvo más que mencionar la llamada telefónica hecha, supuestamente, por miss Pebmarsh.

—¿Quiere usted decir que Edna sabía que miss Pebmarsh no era la autora de aquella?

—Creo que todo es más sencillo aún. Sugiero que no se produjo llamada telefónica alguna.

Poirot continuó diciendo:

—El tacón del zapato de Edna se rompe. El incidente tiene lugar cerca de la oficina. Vuelve, por tanto, al Bureau, pero miss Martindale, en su despacho, ignora el regreso de su empleada. Se cree sola en el local. Únicamente necesita decir que a la una y cuarenta y nueve hubo una llamada telefónica. Edna no advierte al principio la significación de lo que sabe. Miss Martindale llama a Sheila Webb y le dice que tiene que atender a una clienta. Ante Edna no se menciona cómo y cuándo ha sido concertada la cita. Se divulgan las noticias relativas al crimen y poco a poco van concretándose los detalles de la historia. Miss Pebmarsh llamó, interesándose por que fuera enviada a su casa Sheila Webb. La ciega niega esto. Se afirma que la llamada se produjo a las dos menos diez minutos. Pero Edna sabe que eso no puede ser cierto. No había habido ninguna llamada telefónica a aquella hora. Miss Martindale tiene que haber cometido un error... Pero miss Martindale no se equivoca jamás. Cuanto más piensa Edna en ello, más confusa se siente. Debe decírselo a Sheila. Ella aclarará sus dudas.

»Y luego viene la vista judicial. Están presentes en la sala todas las chicas. Miss Martindale repite la historia de la llamada y Edna se entera definitivamente de que la prueba aportada por miss Martindale, con mención de la hora exacta, no puede ser cierta. Entonces habla con un agente, con el propósito de entrevistarse con el inspector. Es probable que la directora del Bureau, mezclada entre otras personas, oyera las palabras de la chica. Tal vez hubiera oído a sus empleadas gastando bromas a Edna sobre el incidente del tacón sin comprender lo que implicaba. Sea como sea, decidió seguir a la muchacha hasta Wilbraham Crescent. Yo me pregunto: ¿por qué se encaminaría Edna a dicha calle?

—Para echar un vistazo al escenario del crimen —explicó Hardcastle con un suspiro—. Hay mucha gente que se comporta así.

—Sí, es verdad. Quizá le hablara miss Martindale al llegar allí. Bajando las dos por la calzada, Edna formula su pregunta. Aquella actúa rápidamente. Las dos se encuentran cerca de una cabina telefónica. Le dice: «Esto es muy importante. Tienes que llamar a la policía enseguida. Vamos, llama... Di que vamos para la jefatura enseguida». Edna es de las personas que hacen siempre lo que se les dice. Entra en la cabina y descuelga el teléfono. Entretanto, miss Martindale se desliza tras ella, le ciñe el cuello con un pañuelo y la estrangula.

—¿Y no la vio nadie?

Poirot se encogió de hombros.

—Podían haberla visto, pero no la vieron... Por entonces sería la una. La hora de comer. Y las miradas de las personas que se hallaban en aquellos momentos en Wilbraham Crescent confluían en el número 19. Fue una oportunidad audazmente aprovechada por esa atrevida mujer, carente de escrúpulos.

Hardcastle movió la cabeza. Le asaltaban muchas dudas.

—¿Miss Martindale? No acierto a comprender su papel en la historia.

—No. No se comprende al principio. Miss Martindale mató, indudablemente, a Edna (¡oh, sí, ya lo creo!), crimen del que solo ella puede ser autora. Empiezo a sospechar que en miss Martindale tenemos a la lady Macbeth de este crimen, una mujer despiadada, cruel y carente de imaginación.

—¿Carente de imaginación? —inquirió Hardcastle, sorprendido.

—¡Oh, sí! Carente de imaginación, pero eficiente. Lo planeó todo muy bien.

—¿Por qué? ¿Cuál es el móvil?

Hércules Poirot me miró, haciendo oscilar un dedo índice ante mí.

—De modo que la conversación con los vecinos no significa nada para usted, ¿eh? Yo descubrí una frase que me iluminó. ¿No recuerda que, después de haberle hablado de la cuestión de vivir en el extranjero, Mrs. Bland le comunicó que a ella le gustaba habitar en Crowdean porque tenía una hermana aquí? Precisamente lo contrario de lo que todo el mundo suponía. Esa mujer había heredado una fortuna un año atrás, procedente de un pariente canadiense, por ser la única superviviente de la familia.

Hardcastle, alerta, se irguió.

—De modo que usted cree...

Poirot se recostó en su butaca, juntando las yemas de los dedos. Con los ojos ligeramente entornados, prosiguió diciendo:

—Imaginemos que es usted un hombre como tantos otros, sin excesivos escrúpulos, que pasa por algunas dificultades económicas. Un buen día llega a su casa una carta procedente de una firma de abogados en la cual se le notifica que su esposa ha heredado una gran fortuna de un pariente que reside en Canadá. La carta va dirigida a Mrs. Bland. El único inconveniente reside en que la Mrs. Bland que la recibe no es la auténtica, pues se trata de la segunda esposa, no la primera... ¡Qué disgusto! ¡Qué rabia! Desde luego, posteriormente surge la idea. ¿Quién va a saber que no se trata de la verdadera Mrs. Bland? En Crowdean no hay nadie que sepa que Bland estuvo casado antes con otra mujer. Su primer matrimonio tuvo lugar años atrás, durante la guerra, cuando él se hallaba al otro lado del océano. Habiendo muerto su mujer poco después, no tardó en contraer matrimonio de nuevo, casi inmediatamente. Posee el certificado de matrimonio original, varios papeles familiares, fotografías de los parientes canadienses, ya fallecidos... No le costaba demasiado montar el tinglado. De todos modos, vale la pena correr ciertos riesgos. Deciden desafiar el peligro. Se cubren las formalidades legales. Y aquí tenemos a los Bland ya ricos, prósperos, sin preocupaciones de tipo económico...

»Pasa el tiempo y un año más tarde sucede algo... ¿Qué es lo que sucede? Sugiero que alguien se dispone a visitar este país, alguien que habita en Canadá... Y esta persona conocía a la primera Mrs. Bland lo bastante bien como para no dejarse engañar por una suplantadora. Puede haber sido un miembro de la sociedad de abogados que se ha encargado siempre de los asuntos de esa familia..., puede haber sido un amigo íntimo de esa familia... Pero, sea quien sea, se hallaba en condiciones de provocar un conflicto. Tal vez el matrimonio piense en la manera de evitar un encuentro. Mrs. Bland hubiera podido fingir una enfermedad o marcharse al extranjero... No obstante, eso podría suscitar sospechas. El visitante querría, a lo mejor, ver a toda costa a la mujer y...

—Entonces piensan en el crimen, ¿verdad?

—Sí. Y en este punto me imagino que la hermana de Mrs. Bland debió de ser quien marcara el camino a seguir. Ella fue quien lo planeó todo.

—¿Supone usted que miss Martindale y Mrs. Bland son hermanas?

—Es la única manera de explicarse las cosas.

—Cuando vi por primera vez a Mrs. Bland pensé que me recordaba a otra persona. Son distintas, pero, desde luego, existe cierta semejanza entre las dos. Sin embargo, ¿qué esperanzas de salir airosos con su proyecto se les ofrecían a esa gente? El hombre sería echado de menos. La policía iniciaría indagaciones...

Hardcastle calló, en espera de la respuesta de Poirot a sus consideraciones.

—En el caso de que este hombre estuviese viajando por el extranjero por puro placer, su itinerario resultaría más bien vago... En Canadá se recibiría, normalmente, una carta de aquí, una tarjeta postal de allá... Transcurriría algún tiempo antes de que sus conocidos se preguntasen qué había sido de él. Al cabo de meses y meses, ¿a quién se le ocurriría relacionar a un individuo llamado Harry Castleton, enterrado ya, con un rico turista canadiense que ni siquiera había sido visto en esta parte del mundo? De ser yo el asesino habría hecho un rápido viaje a Francia o a Bélgica. En cualquiera de estos dos países habría dejado «olvidado» el pasaporte de la víctima, en un tren o en un tranvía. Así las indagaciones se hubieran orientado hacia otra nación.

Hice un movimiento involuntario y la mirada de Poirot se posó en mí.

—¿Qué pasa?

—Bland me comunicó que recientemente hizo un viaje a Boulogne, un desplazamiento de veinticuatro horas, en compañía de una rubia, según me dio a entender...

—Ese proceder, como ya he dicho, era el más lógico, sí. Bien, indudablemente, se trata de un hábito...

—Todo eso son suposiciones —objetó Hardcastle.

—Pero pueden ser llevadas a cabo las averiguaciones precisas —manifestó Poirot.

Cogió una hoja de papel de una repisa que tenía ante él y se la entregó a Hardcastle.

—Escriba a Mr. Enderby, que vive en el número 10 de Ennismore Gardens, distrito sudoeste siete, quien me ha prometido realizar determinadas indagaciones en Canadá. Es un abogado muy conocido, extraordinariamente competente y experto en asuntos de carácter internacional.

—¿Y qué me dice de la cuestión de los relojes?

—¡Oh, los relojes! ¡Los famosos relojes! —Poirot sonrió—. Creo que no tardará en ver a miss Martindale como la responsable de este capítulo de la historia. Como el crimen, según declaré, era de lo más sencillo que pueda darse, era preciso disfrazarlo, dotándolo de detalles fantásticos. Pensemos en ese reloj con la inscripción ROSEMARY. Sheila Webb se lo llevó para que procedieran a su reparación y lo perdió en el Cavendish Secretarial Bureau. ¿Lo aprovechó miss Martindale a modo de base de toda su historia? El hecho de que perteneciera a Sheila Webb, ¿fue lo que motivó que escogiese a la chica, puesta a elegir la persona que habría de descubrir el cadáver?

Hardcastle atajó a Poirot preguntándole:

—¿Y decía usted que esa mujer carecía de imaginación? ¿Cuándo planeó todo esto?

—¡Si no lo planeó ella! He aquí lo más interesante del caso. Todo había sido concebido por otra mente... Ella fue quien lo aprovechó. Desde el mismo comienzo del asunto localicé el estilo peculiar de la trama, un estilo que yo conocía perfectamente. Me era familiar, en efecto, porque había leído historias de disposición semejante. He tenido mucha suerte. Colin puede decírselo, esta semana asistí a una venta de manuscritos originales de escritores. Entre otros había varios de Garry Gregson. Pocas probabilidades tenía de hallar lo que buscaba, pero, ya lo he indicado, tuve suerte. Aquí... —Igual que un prestidigitador, Poirot sacó de un cajón dos libretas parecidas a las que emplean los colegiales para hacer sus ejercicios—. ¡Aquí está todo! Entre los argumentos de otros libros que Gregson planeaba escribir. No vivió para escribir este..., pero miss Martindale, que fue su secretaria, conocía la existencia de tal proyecto. No hizo más que convertirlo en realidad para lograr sus particulares fines.

—Sin embargo, originalmente, en el borrador de Gregson, los relojes debían tener algún significado.

—Sí, desde luego. Sus relojes marcaban las siguientes horas: las cinco y un minuto, las cinco y cuatro minutos y las cinco y siete minutos. Era el número de la combinación de una caja de caudales: 515457. Una reproducción de la Mona Lisa ocultaba la puerta de aquella. Dentro de la caja —continuó diciendo Poirot, con un gesto de fastidio—, se encontraban las joyas de la Corona rusa. Un argumento que era un *tas de bêtises*. Y, desde luego, también figuraba en él... una muchacha perseguida. Sí. A miss Martindale todo eso le venía a las mil maravillas. No tenía más que escoger los personajes reales y adaptarlos, señalándoles su papel respectivo... Todas las pistas dejadas conducirían... ¿adónde? ¡A ninguna parte exactamente! ¡Oh, sí! Miss Martindale se reveló como una mujer eficiente. Yo me pregunto: ¿le dejaría el escritor algún dinero? ¿Cómo y de qué murió aquel hombre?

Hardcastle no quería ahondar de momento en asuntos ya pasados. Se apoderó de las dos libretas y me quitó de las manos la hoja de papel en que había escrito a toda prisa las señas de Enderby, que Poirot acababa de facilitarle. Por espacio de dos minutos yo había estado contemplándolo fascinado. Se trataba del trozo de papel que yo le había entregado días atrás, en el que bajo el membrete de un hotel se veía una especie de media luna, un número y una letra. El inspector había anotado la dirección del abogado invirtiendo inconscientemente el fragmento de carta. El membrete quedó así en el ángulo inferior izquierdo. Entonces me di cuenta de lo necio que había sido.

—Muy agradecido, monsieur Poirot —dijo Hardcastle—. Por supuesto, nos ha proporcionado usted abundante materia de reflexión. Si sacamos algo en limpio de todo eso...

—Encantado de haberle sido de utilidad.

Poirot se mostraba modesto.

—Tendré que comprobar ciertos extremos...

—Claro, claro...

Hardcastle se despidió y abandonó la habitación.

Poirot concentró su atención en mí. El hombre enarcó las cejas.

—*Eh bien*... ¿Puedo preguntarle en qué piensa? Parece usted un hombre que acabara de ver una aparición.

—Acabo de darme cuenta de lo tonto que he sido.

—¡Ah! Eso nos sucede a todos con harta frecuencia.

Pero, evidentemente, ¡a Hércules Poirot, no! Tenía que pasar al ataque...

—Dígame algo, Poirot. Si, como usted ha venido afirmando, pudo llegar a las conclusiones específicas sentado tranquilamente en una butaca de su apartamento, donde, además, hubiera podido llamar a Dick Hardcastle, ¿por qué razón se molestó en presentarse aquí?

—Ya le he hablado de las reformas que se estaban llevando a cabo donde resido.

—Si lo hubiera solicitado, le habrían cedido otro apartamento. También hubiera podido trasladarse al Ritz. Este tiene más comodidades que el hotel Curlew.

—Indudablemente —contestó Hércules Poirot—. El café aquí... *Mon Dieu!*, ¡qué café!

—De acuerdo, entonces... Explíqueme pues: ¿por qué?

Hércules Poirot pareció enfadarse.

—*Eh bien*, se lo diré, ya que le cuesta tanto trabajo adivinarlo. Soy un ser humano, ¿verdad? Puedo convertirme momentáneamente en una máquina cuando es necesario; soy capaz de tenderme y reflexionar; estoy en condiciones de solucionar problemas así... Pero soy humano, ya lo he dicho. Y los problemas afectan a mis semejantes.

—¿Así pues...?

—La explicación es tan simple como el crimen inicial de que nos hemos ocupado. Vine aquí arrastrado por un ramalazo de humana curiosidad —declaró Hércules Poirot, irguiendo dignamente la cabeza.

Capítulo 29

Narración de Colin Lamb

Una vez más me encontraba en Wilbraham Crescent, avanzando hacia el oeste. Me detuve frente a la puerta del número 19. Nadie salió dando gritos en esta ocasión. Allí reinaba la más absoluta tranquilidad. Pulsé el botón del timbre. Abrió la puerta miss Millicent Pebmarsh.

—Soy Colin Lamb —le dije—. ¿Me permite que entre? Quisiera hablar con usted unos instantes.

—Pase.

La dueña de la casa me precedía. Se encaminó a la sala de estar.

—Por lo que veo, está usted pasando una larga temporada aquí, Mr. Lamb. Tengo entendido que no pertenece a la plantilla de policía de la localidad...

—Y no anda usted descaminada. En realidad, creo que sabe perfectamente quién soy ... desde la primera vez que hablamos.

—No estoy muy segura de entender bien sus palabras.

—He sido un estúpido, miss Pebmarsh. Vine a Wilbraham Crescent en su busca. La encontré el primer día y, ¡ni siquiera me di cuenta de todo ello!

—Es posible que todo lo del crimen le distrajera.

—También me comporté estúpidamente al contemplar un trozo de papel de cierto modo.

—¿Y a qué viene todo esto?

—Viene a cuento de que el juego ha terminado, miss Pebmarsh. He descubierto el lugar donde son elaborados determinados planes. Los documentos y apuntes necesarios para su confección son conservados por usted, la encargada de transcribirlos al braille. Los informes conseguidos por Larkin en Portlebury fueron pasados a usted. De sus manos, continuaron viaje hasta su punto de destino por medio de Ramsay. Este, cuando era preciso, visitaba esta casa durante la noche pasando por el jardín. Allí se le cayó una moneda checa un día...

—Un descuido por su parte.

—Todos incurrimos en descuidos antes o después. Su «camuflaje» ha sido excelente. Es usted ciega, trabaja en una institución que atiende a la educación de los niños invidentes, lo que le da ocasión de tener en su domicilio muchos libros escritos en braille, algunos de los cuales pertenecen a sus alumnos... Es usted, además, una mujer de notable personalidad, de inteligencia nada común. No me explico cuál es la fuerza que la anima...

—Digamos, si le parece bien, que soy un caso de vocación.

—Sí. Pensé que podría ser así.

—¿Y por qué me está diciendo todas esas cosas? No es lo corriente en estas situaciones.

Consulté mi reloj de pulsera.

—Dispone usted de dos horas, miss Pebmarsh. Dentro de dos horas se presentarán aquí varios miembros del Servicio Especial para hacerse cargo de...

—No le comprendo. ¿Por qué se les ha adelantado? Esto parece un aviso...

—Lo es. He venido aquí para esperar a esos agentes y procurar que de esta casa no desaparezca nada de lo que ahora mismo contiene. Con una excepción: usted. Dispone de dos horas para marcharse si eso es lo que desea.

—Pero ¿por qué? ¿Por qué?

Respondí hablando lentamente:

—Porque me enfrento con la posibilidad de que usted se convierta en breve en mi suegra. Claro que también podría equivocarme.

Millicent Pebmarsh se levantó y se acercó a la ventana. Yo no apartaba los ojos de ella. Con respecto a Millicent Pebmarsh, debo decir que no me había hecho la menor ilusión. No confiaba lo más mínimo en ella. Era ciega, pero hasta una mujer ciega logra en ciertas ocasiones cogernos desprevenidos. Su ceguera no significaba ningún inconveniente grave para tal propósito si le facilitaba la oportunidad de apoyar en mi espalda el cañón de una pistola automática.

Me contestó suavemente:

—No le diré si está usted equivocado o no. ¿Qué le hace pensar que... eso ha de ser así?

—Los ojos.

—Pero no nos parecemos...

—No.

Ahora Millicent Pebmarsh habló en tono de desafío.

—Hice cuanto pude por ella.

—Ese es un tema susceptible de discusión. Para usted hay otra causa más importante.

—Así tiene que ser.

—No estoy de acuerdo.

Se produjo otra pausa en la conversación. Luego le pregunté:

—¿Descubrió la identidad de la muchacha... aquel día?

—Solo cuando oí pronunciar su nombre... He estado informada sobre ella... siempre.

—Jamás ha sido usted tan poco humana como le hubiera gustado llegar a ser.

—No diga tonterías.

Volví a consultar mi reloj.

—El tiempo pasa —señalé.

Millicent Pebmarsh se apartó de la ventana para deslizarse tras una mesa.

—Tengo una fotografía aquí de cuando era todavía una niña...

Me encontraba detrás de ella cuando abrió el cajón. No, no era un arma automática. Se trataba de un pequeño puñal no menos temible.

Mi mano se aferró fuertemente sobre la suya, obligándola a soltarlo.

—Puede que sea blando, pero no estúpido —le dije.

Millicent Pebmarsh se dejó caer sobre una silla, sin revelar la menor emoción.

—No voy a aceptar su ofrecimiento. ¿Qué conseguiría? Me quedaré aquí hasta que los suyos vengan. Siempre surgen oportunidades, incluso dentro de la prisión.

—¿Adoctrinando a los demás, quizá?

—Ya que lo ha citado, le diré que es un procedimiento.

Estábamos sentados uno frente a otro. Éramos dos personas hostiles que, a pesar de todo, se comprendían.

—He solicitado mi baja en el servicio —le expliqué—. Volveré a mi trabajo de siempre, a la biología marina. Quizá se me presente la ocasión de ocupar una vacante en una universidad de Australia.

—Veo que es usted un hombre prudente. Aún no ha logrado sentir lo que nos da nuestra actividad. Es usted como el padre de Rosemary, quien no pudo comprender nunca esta frase de Lenin: «Hay que desterrar la dulzura».

Pensé en las palabras de Hércules Poirot.

—Estoy contento —declaré—. Soy un ser humano...

Continuamos sentados en silencio. Cada uno de nosotros, como ocurre siempre, convencido de que el otro se hallaba en un error.

Carta del detective inspector Hardcastle a monsieur Hércules Poirot:

Estimado monsieur Poirot:

Nos hallamos ahora en posesión de ciertos datos y creo que le interesará a usted conocerlos.

Un señor llamado Quentin Duguesclin, de Quebec, salió de Canadá, en viaje a Europa, hace cuatro semanas, aproximadamente. Carecía de parientes cercanos y sus planes en cuanto al regreso eran algo vagos. Su pasaporte fue encontrado por el dueño de un pequeño restaurante de Boulogne, quien lo entregó a la policía. Hasta ahora no ha sido reclamado por nadie.

Mr. Duguesclin estaba unido por los lazos de una amistad de toda la vida a los miembros de la familia Montresor, de Quebec. El cabeza de esa familia, Henry Montresor, murió hace dieciocho meses, dejando una considerable fortuna a su único pariente, su sobrina nieta Valerie, esposa de Josaiah Bland, de Portlebury, Inglaterra. Una firma famosa de abogados londinenses actuó en nombre de los albaceas canadienses. Todo contacto entre Mrs. Bland y su familia de Canadá cesó desde el momento de su matrimonio, que los miembros de aquella desaprobaron. Mr. Duguesclin comunicó a un amigo suyo que proyectaba visitar a los Bland con motivo de su visita a Inglaterra, ya que siempre había sentido un gran cariño por Valerie.

El cadáver anteriormente identificado como de Henry Castleton ha resultado ser, positivamente, el de Quentin Duguesclin.

Almacenados en un rincón del patio de los Bland han sido descubiertos varios letreros. Pese a haber sido tapados con pintura apresuradamente, tras un tratamiento químico realizado por los expertos, aparecieron en ellos las palabras SNOWFLAKE LAUNDRY, *claramente perceptibles.*

No quiero molestar su atención con detalles de poca importancia, pero le diré que el fiscal considera fácil la consecución de la orden de arresto de Josaiah Bland. Miss Martindale y Mrs. Bland son, como usted supuso, hermanas, pero, aunque comparto sus puntos de vista con respecto a la participación de la primera en los crímenes, nos costará trabajo hacernos con pruebas satisfactorias. Indudablemente, estamos ante una mujer de despejada mentalidad. Mrs. Bland me hace concebir esperanzas. Es el tipo clásico de la mujer que acaba por «cantar de plano».

La muerte de la primera Mrs. Bland, a consecuencia de una operación de las fuerzas enemigas en Francia, y el segundo matrimonio de Josaiah con Hilda Martindale (que pertenecía al Cuerpo Auxiliar Femenino), que tuvo lugar en aquella misma nación, son datos que quedarán, a mi juicio, claramente establecidos, pese a que en aquella época no pocos archivos resultaron destruidos.

Experimenté un gran placer al entrevistarme con usted y debo darle las gracias por las provechosas sugerencias que me hizo en tal ocasión. Confío en que las obras realizadas en su piso en Londres habrán sido ejecutadas a su entera satisfacción.

Suyo afectísimo,
RICHARD HARDCASTLE

Nueva comunicación de Richard Hardcastle a Hércules Poirot:

¡Buenas noticias! ¡La mujer de Bland ha confesado! ¡Lo admitió todo! Echó la culpa de lo sucedido a su marido y a su hermana. Comprendió «lo que se proponían hacer» cuando era ya demasiado tarde. ¡Creyó que lo único que se proponían era administrar una droga al desventurado visitante a fin de que no advirtiera la suplantación efectuada tiempo atrás! Todo un pretexto, sí, señor. No obstante, considero que no es la inspiradora inicial del caso.

La gente de Portobello Market ha identificado a miss Martindale como la dama «americana» que adquirió dos de los relojes.

Ahora asegura Mrs. McNaughton haber visto a Duguesclin en la furgoneta de Bland, en el instante de entrar el vehículo en el garaje. ¿Vio realmente al desventurado canadiense?

Nuestro común amigo Colin se ha casado con la joven del Bureau. Si quiere saber mi opinión, le diré que creo que está loco.

Deseándole todo género de prosperidades,
quedo suyo afectísimo,
RICHARD HARDCASTLE

DESCUBRE LOS CLÁSICOS DE

Agatha Christie®

www.coleccionagathachristie.com